ELSA BERGH

Gourmetkiller

Das Buch

Frauen sind unberechenbar. Sie zu unterschätzen, bedeutet den Tod.

In einem Sternerestaurant in Pisa fällt ein Mann während des Abendessens mit dem Gesicht voran in die Balsamico-Soße seines Hauptgangs. Er verstirbt im Krankenhaus, und seine Begleiterin verschwindet spurlos. Tags darauf verliert ein Restaurantgast fünfzig Kilometer entfernt das Bewusstsein. Die Frau an seiner Seite löst sich ebenfalls in Luft auf. Das Einzige, was die beiden Vorfälle verbindet, ist die Anwesenheit eines berühmten Restaurantkritikers, der seit einiger Zeit anonyme Nachrichten erhält.

Die scheinbar natürlichen Todesfälle sind nur die Oberfläche des Sumpfes aus Intrigen, Geld und Macht, den die Adeligen und Reichen als ihre Spielwiese auserkoren haben. Allen voran eine Frau, deren Identität niemand kennt und die wie eine Puppenspielerin die Fäden zieht.

Das Netz ist bereits so dicht verwoben, dass es für den florentinischen Colonello Lorenzo Valleverde und seinen Partner Tommaso Lo Bianco unmöglich scheint, durch die Maschen zu blicken ...

Die Autorin

Elsa Bergh ist Autorin und Journalistin. Sie lebt in London. Nach dem großen Erfolg von "Waffenkinder" ist "Gourmetkiller" ihr zweiter Thriller.

ELSA BERGH

GOURMET KILLER

THRILLER

ISBN: 978-3-96443-884-3

Korrektorat: SW-Korrekturen e.U.
Cover: Buchcoverdesign.de / Chris Gilcher –
http://buchcoverdesign.de
Covergestaltung unter Verwendung von Bildern von Adobe Stock:
lassedesignen, saicle, robertdering;
Background Elements designed by Freepik.com
Druck: Sowa Sp. z.o.o., Polen

Bestellung und Vertrieb:
Nova MD GmbH, Vachendorf, Deutschland

Herausgeber: Elsa Bergh, London (GB)
Mail: ElsaBergh@gmx.co.uk

*Colonello B. S. und Commissario Capo R. A. in
Freundschaft und mit Dank gewidmet.*

*Es könnte keine besseren Vorbilder für
Lorenzo Valleverde und Tommaso Lo Bianco geben.*

ELSA BERGH

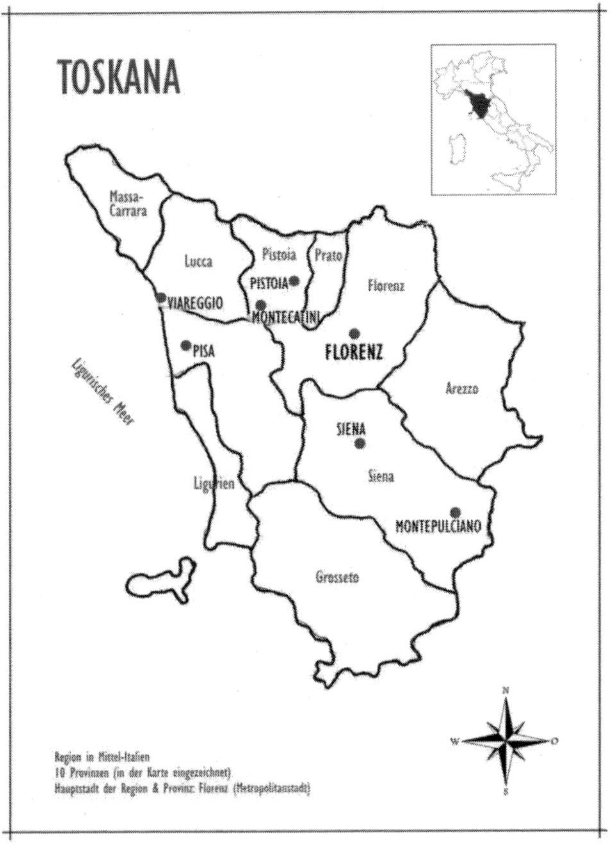
TOSKANA
Massa-Carrara
Lucca
Pistoia
Prato
PISTOIA
VIAREGGIO
MONTECATINI
Florenz
FLORENZ
PISA
Ligurisches Meer
Arezzo
SIENA
Siena
Ligurien
MONTEPULCIANO
Grosseto
N
W
O
S
Region in Mittel-Italien
10 Provinzen (in der Karte eingezeichnet)
Hauptstadt der Region & Provinz: Florenz (Metropolitanstadt)

PROLOG

Bleistiftabsätze klapperten über den Steinboden des Flurs des historischen Palazzo und kündigten ihr Kommen an, bevor sie die Tür aufstieß, die gegen die Wand krachte. Die Frau trug einen dieser kleinen Hüte mit Schleier, die man heutzutage fast nur noch in Filmen sah. Oder auf Begräbnissen. Mit dem schwarzen Mantel und den gleichfarbigen Accessoires sah sie ohnehin so aus, als ob sie von einem solchen käme.

»Das hier ist ein privates Meeting«, sagte der Mann an der Stirnseite des riesigen Besprechungstisches, der alle anderen selbst sitzend überragte.

»Eines, zu dem ich eingeladen bin.« Ihre Stimme war heiser, der Ton schnippisch.

»Das ist mir nicht bekannt. Wir sind vollzählig«, konterte er.

»Stellen Sie sich nicht dümmer, als Sie sind.« Sie hüstelte.

Um seine Mundwinkel zuckte es. Die anderen vier Männer, je zwei an den Längsseiten, vermieden es, ihn oder die Frau anzusehen.

»Was wollen Sie?«, knurrte er unwirsch.

Sie machte ein paar Schritte in den Raum hinein und blieb am Rand des Aubusson stehen, der unter dem ausladenden Tisch und den Stühlen lag. Immer noch verblieben etliche Meter zwischen ihr und den Männern.

»Das, was mir zusteht. Ich bin seine Universalerbin, sein Anteil ist nun meiner.«

Als ob sie ihre Worte damit unterstreichen könnte, rückte sie mit einer resoluten Geste den Trageriemen ihrer eleganten Handtasche, eine golden gefärbte Kette, zurecht.

Unruhe machte sich breit. Ein angestupster Kugelschreiber rollte von der Tischplatte und fiel zu Boden. Einer der Männer flüsterte etwas Unverständliches. Ein anderer griff nach einem Trinkglas und schubste es zwischen seinen Händen auf der glatt polierten Platte hin und her.

Derjenige, der bisher gesprochen hatte, schob seinen Stuhl ein Stück zurück, umfasste die Armlehnen und fragte: »Wovon?«

Dieses eine emotionslos ausgesprochene Wort brachte die Frau sichtlich in Rage. Sie hielt die Luft an, japste, zog die Schlaufe des Gürtels, mit dem ihr Mantel gehalten wurde, enger.

»Das ist ja wohl klar, immerhin war er euer Freund und Partner!«

»Er war ein Bekannter, kein Freund«, konterte der große Mann. »Aber wie Sie richtig sagen«, er machte eine bedeutungsvolle Pause und dehnte das nächste Wort in die Länge, »war er unser Geschäftspartner. Mit Betonung auf war, denn jetzt ist er tot.«

Die Frau atmete hörbar aus und das feine Netz des Schleiers vor ihrem Gesicht bewegte sich. Allerdings nicht genug, um ihre Nase oder gar ihre Augen freizugeben. Nur ihre karmesinrot geschminkten Lippen blitzten darunter hervor.

»Er hatte die Idee«, stieß sie aus.

»Gemeinsam mit uns.«

Die Frau hielt kurz inne und schien zu überlegen.

»Er hat seinen Anteil auf das Projektkonto eingezahlt.« Der Triumph in ihrer Stimme war unüberhörbar.

»Der am Tag nach seinem Tod zurücküberwiesen wurde.«

Sie taumelte leicht und flüsterte: »Das kann nicht sein!«

»Sie wissen es nicht?« Der Mann lachte auf. »Eigenartig, wo Sie angeblich die Universalerbin sind.«

»Natürlich bin ich das, ich war doch seine Frau«, keifte sie heiser zurück.

Er setzte sich kerzengerade auf und schlug mit der Faust auf den Tisch.

»Nein, seine Frau waren Sie nicht. Sie waren nur die letzte

seiner Gespielinnen, diejenige, die zum Zeitpunkt seines Todes an seiner Seite war. Das ist alles. Und jetzt gehen Sie bitte, das Gespräch ist beendet.«

Sie wankte. Einen Moment lang sah es so aus, als ob die Bleistiftabsätze unter ihrem Körpergewicht einknicken wollten, doch dann fing sie sich. Die goldene Kette rutschte von ihrer Schulter. Sie zog die flache Handtasche an ihre Brust und hielt sie mit beiden Händen fest.

»Dafür werdet ihr bezahlen! Glaubt nicht, dass ihr damit so einfach davonkommt!«, spie sie mit heiserer kippender Stimme aus.

Der Mann zeigte mit dem ausgestreckten Arm zur immer noch offen stehenden Tür.

Ohne ein weiteres Wort zu sagen, machte sie kehrt und stöckelte aus dem Raum. Erst als das Geklapper ihrer Absätze am Ende des Flurs verklang und kurz darauf die schwere Eingangstür ins Schloss fiel, wandte einer der Anwesenden sich den anderen zu.

»Ich frage mich, was er an dieser Schlange gefunden hat. So eine würde ich nicht einmal mit der Kneifzange anfassen.«

»Kanntest du sie schon?«, fragte sein Gegenüber.

»Nie zuvor gesehen. Und ihr?«

Einstimmiges Kopfschütteln war die Antwort.

»Eben. Sie ist niemand, und sie hat auch keine Anteile von etwas, was es noch gar nicht gibt.« Der Mann, der als Einziger mit der Frau gesprochen hatte, rückte mit dem Stuhl näher an den Tisch und schlug die Mappe auf, die vor ihm lag. »Wir halten uns weiterhin bedeckt und gründen die Gesellschaft zum geplanten Datum. Bis dahin läuft alles wie bisher. Irgendwelche Einwände?«

Einer räusperte sich. »Wir sind also nur noch fünf?«

Der, der neben ihm saß, schlug ihm auf die Schulter. »Das ist doch perfekt. Dann hat jeder von uns anstatt eines Sechstels ein Fünftel der Gewinne!«

Alle stimmten in sein Lachen ein.

Eins

Pisa, an einem Mittwochabend einige Wochen später

Genießerisch atmete der Mann den Geruch ein. Seine Augen waren halb geschlossen. Es schien, als wartete er auf einen zärtlichen, glückseligen Kuss. Seine rechte Hand näherte den Dessertlöffel dem Mund, vorsichtig öffnete er die Lippen. Die Zunge stieß hervor, um von dem weißlichen Schaum zu kosten. Sobald das Zitronenparfait seine Geschmackspapillen erreichte, verzauberte ein zufriedenes, fast ekstatisches Lächeln sein Gesicht. Gleichzeitig verdoppelten sich die kleinen Schweißtropfen auf seiner Stirn. Mit einer lästigen Bewegung wischte er sie mit dem Einstecktuch, das sich scheinbar nur deshalb in der Tasche der Weste befand, weg. Dann machte er sich daran, die cremige Süßspeise in sich hineinzulöffeln.

Die Jacke des eleganten Maßanzugs aus dunkelgrauem Glencheck hatte er schon kurz nach den Antipasti über die Sessellehne gehängt, die beiden oberen Knöpfe des weißen Hemdes waren geöffnet. Die Krawatte war sorgfältig aufgerollt in einer Hosentasche verschwunden. Eine locker geschnittene schwarze Weste kaschierte meisterhaft den Bauch des Mannes, der sich nun zufrieden zurücklehnte. Er nahm die Stoffserviette von seinen Knien und legte sie neben den Teller auf den Tisch.

Durch das einseitig verspiegelte Bullaugenfenster der Pantry beobachtete der Maître Enrico Gallo die Mimik des Gastes. Dann stieg er mit dem Absatz des eleganten, schwarzen Schuhs auf den Druckknopf im Boden, der die automatische Tür zum Gastraum öffnete. Er bewegte sich lautlos zum Tisch des Mannes, der ohne Begleitung an einem Fenstertisch saß. Mit einem leichten Nicken signalisierte er dem Mitarbeiter, der soeben das Dessertgeschirr abräumte, dass der Gast nun von ihm betreut würde.

»Alles in Ordnung, Signore?«, fragte er mit höflichem Lächeln. »Darf ich Ihnen noch etwas bringen?«

Enrico kannte den Gastrokritiker seit vielen Jahren und wusste, dass man von seinem Gesichtsausdruck nichts ablesen konnte. Von den Artikeln und Bewertungen des Journalisten hing das Schicksal der Restaurants ab, die heute ganz oben waren und morgen in Vergessenheit gerieten. Nando Natuzzi arbeitete unter anderem für einen weltweit berühmten Restaurantführer, der seit Jahrzehnten Sterne vergeben und ebenso schnell wieder aberkennen konnte. Seine unangekündigten Besuche versetzten Restaurantbesitzer und deren Mitarbeiter immer in Aufregung – vor allem, weil sie ihn gut kannten. Jetzt hob Natuzzi das Kinn leicht an und antwortete, den Blick der wasserblauen Augen auf den Maître gerichtet.

»Einen Caffè Ristretto und einen Grappa Tocai.« Dann drehte er den Kopf zur Seite und starrte gedankenverloren aus dem Fenster.

Enrico bereitete persönlich das kleine Tablett vor, auf dem die Auswahl verschiedener Zucker und der kurze, starke Espresso serviert wurden, und übergab es dem jungen Kellner. Dann näherte er sich mit dem eleganten Servierwagen, auf dem neben einigen tulpenförmigen Grappagläsern eine Flasche mit goldfarbenem Grappa aus Tokajer-Trauben stand, dem Tisch des Kritikers. Der Journalist warf einen Kennerblick auf den im Barrique gealterten Likör und nickte diskret. Als der Maître den Flaschenhals über dem Glas neigte, erklang ein schriller Schrei.

Beide Männer drehten ruckartig die Köpfe dorthin, wo jetzt weinerliche Jammerlaute zu hören waren. Eine schlanke

Frau stand neben dem Stuhl ihres Begleiters, dessen Stirn in der Balsamico-Soße auf dem Teller seines Hauptgangs, eines Rinderfilets, lag. Seine Arme hingen beiderseits der Beine reglos nach unten.

»Ein Arzt, ein Arzt«, rief die rot gekleidete Frau hysterisch mit hoher Stimme, auch noch, als der Maître bereits neben dem Tisch stand. Er versuchte, den Kopf des Gastes vorsichtig anzuheben, doch der hatte offensichtlich das Bewusstsein verloren. Geistesgegenwärtig deutete er dem herbeigeeilten Mitarbeiter, einen Wandschirm näher zu rücken, um den Mann vor neugierigen Blicken zu schützen. Mittlerweile erklärte er auf seinem Handy dem Notruf kurz und bündig den Vorfall.

Dann legte er der Frau beschwichtigend einen Arm um die Schulter und drückte sie behutsam auf den Sessel, während sie unaufhörlich mit weinerlicher Stimme »Amore mio, non capisco« murmelte.

Nun, auch Enrico Gallo verstand nicht und hätte gern gewusst, was los war. Hatte die Bewusstlosigkeit des Gastes mit dem Abendessen zu tun? Sofort verwarf er den Gedanken. Nein, niemals. Mimmo Santagati, der Besitzer und Sternekoch des Restaurants, verwendete nur erstklassige, frische Zutaten.

Knappe zehn Minuten später beugte sich der Notarzt über den Mann, der sich noch immer nicht bewegte, und fühlte dessen Puls an der Halsschlagader. Dann nickte er dem Sanitäter zu, der den Bewusstlosen aus dem Jackett schälte und den Hemdsärmel aufrollte, und legte ihm die Blutdruckmanschette an. Währenddessen stellte er der Frau einige knappe Fragen über den Begleiter, der ihren Angaben nach achtundvierzig Jahre alt und bei allerbester Gesundheit war. Er lief jeden Tag fünf Kilometer und spielte zweimal wöchentlich Tennis und nahm, soweit sie wusste, keine Medikamente. Der Arzt zog vorsichtig den Kopf des Mannes hoch, griff ihm unter die Schultern und hob ihn an. Dann legte er ihn mit seinem Kollegen auf die aufgeklappte Rettungsliege. Die Frau war aufgesprungen und wischte dem Bewusstlosen mit einer Serviette die Balsamico-Soße von der Stirn, wurde jedoch unsanft vom Sanitäter zurückgedrängt.

Erneut kontrollierte der Arzt den Blutdruck. Wahrscheinlich hatte er gehofft, dass die liegende Position eine Änderung herbeiführte, dem war aber offensichtlich nicht so. Mit einem irritierten Kopfschütteln zog er eine Spritze mit Adrenalin auf und injizierte es. Der Mann reagierte nicht. »Gehen Sie vor«, sagte der Notarzt an den Maître gewandt, der zur Tür eilte und diese aufhielt. Die beiden Notfallhelfer schoben die Liege aus dem Gastraum und dem Restaurant.

Die rot gekleidete Frau nahm ihre Tasche und die Jacke des Mannes und lief mit trippelnden Schritten auf ihren schwarz-roten High Heels hinterher. Nando Natuzzi war nicht der Einzige, dessen Blick den sich wiegenden Hüften und den schlanken Beinen, die oberhalb der Kniekehlen vom fließenden Stoff des roten Kleides umspielt wurden, folgte.

Die Liege mit dem Patienten war bereits im Wagen, als Enrico Gallo eine Hand auf den Arm des Notarztes legte. »Haben Sie eine Ahnung, warum der Mann bewusstlos ist?«

Der zuckte mit den Achseln. »Kreislauf oder Herz. Wir haben in der Ambulanz nur die Mittel für die Erste Hilfe. Wir fahren ins Krankenhaus. Die Kollegen im Ospedale Cisanello werden ihn gründlich untersuchen.« Mit diesen Worten stieg er in den Fond des Rettungswagens und schloss die Türen hinter sich.

Der Maître sah der Ambulanz nach, die sich rasch mit Blaulicht entfernte. Dann drehte er sich um und ging zurück ins Restaurant. Mit ruhigem Tonfall beruhigte er kurz die Gäste des Raumes und erklärte, dass der Mann ein Kreislaufproblem gehabt hatte und nun auf dem Weg ins Krankenhaus war.

Fast hatte er Nando Natuzzi vergessen, der ihm nun

neugierig entgegenblickte und die Frage stellte, die ihm vorhin durch den Kopf geschossen war.

»Hat der Gast irgendetwas gegessen, was ihm nicht bekommen ist?« Enrico wiederholte die Aussage des Notarztes. Dann schenkte er dem Gastrokritiker ein weiteres Glas Grappa ein, entschuldigte sich und ging eilig in die Küche.

Mimmo Santagati, der applaudierte Sternekoch des Ristorante Da Mimmo, krönte zwei Dessertvariationen mit Minzblättern und betätigte die Glocke für den Service. Dann erst hob er den Blick und sah seinen Freund und Maître fragend an. Natürlich hatte Mimmo alles mitbekommen, dachte Enrico, wie immer. Obwohl er den Großteil des Abends in seinem Heiligtum verbrachte, spürte er mit seinem sechsten Sinn, sobald etwas geschah, auch wenn es nur eine Gabel war, die zu Boden fiel. Enrico umriss kurz die Situation und verließ die Küche. Er druckte die Rechnung für Natuzzi zum Vollpreis aus, nur den zweiten Grappa hatte er aufs Haus boniert.

Vor vielen Jahren hatte er den Fehler gemacht, einen Gastrokritiker einzuladen. Einmal und nie wieder. Man hatte ihnen vorgeworfen, darauf angewiesen zu sein, sich gute Kritiken zu kaufen. Sie hatten Monate gebraucht, um erneut das uneingeschränkte Vertrauen seitens ihrer Gäste wiederherzustellen.

Jetzt ging er mit dem Beleg und der Kreditkarte in der kleinen roten Ledermappe zurück zu Natuzzis Tisch. Der Journalist unterschrieb, legte zwanzig Euro Trinkgeld in die Mappe und stand auf. Der Maître half ihm in die Jacke und der große Mann, der ihn fast einen Kopf überragte, reichte ihm zum Abschied die Hand. Ob das Essen und der Service seinen hohen Ansprüchen entsprochen hatten, würden sie in einem Artikel und im nächsten Restaurantführer erfahren.

Kurz vor elf verließ Mimmo Santagati die Küche, duschte in den Umkleideräumen des Personals und ging hinüber ins Restaurant. Er war mit einem Meter siebzig kein großer, aber ein attraktiver Mann. Seine schwarzen, an den Schläfen leicht angegrauten, welligen Haare und die rußfarbenen Augen ließen auf seine Herkunft schließen. Der gebürtige Sizilianer hatte die heimatliche Insel bereits mit fünfzehn Jahren verlassen, um in einem der besten Restaurants in Rom seinen Traumberuf zu erlernen. Für die Hotelfachschule hatten ihm Lust und Lernfreudigkeit und seinen Eltern das Geld gefehlt. Nach dem glänzenden Lehrabschluss hatte er seine Fähigkeiten in verschiedenen berühmten Lokalen verfeinert. Noch vor seinem dreißigsten Geburtstag hatte er in seiner Wahlheimat Toskana sein eigenes kleines Restaurant am Stadtrand eröffnet. Zehn Jahre später war er damit in den historischen Palazzo gezogen und hatte bald darauf seinen ersten Stern erkocht. Heute, mit zwei Sternen, öffnete das Ristorante Da Mimmo fünf Tage pro Woche abends und drei mittags.

Domenico, von allen nur Mimmo genannt, durchquerte die Gasträume und nickte den wenigen verbliebenen Gästen freundlich zu. An der Bar schenkte er aus dem Dekanter zwei Gläser Sangiovese ein, den sie beide dem Chianti vorzogen, und genoss vorerst den Geruch. Geduldig wartete er auf Enrico, um mit dem freundschaftlichen Ritual den Abend zu beschließen. Gemeinsam gingen sie in das modern eingerichtete Büro Teresas. Mimmos Frau erledigte dort die administrativen Belange des Restaurants. In der gemütlichen Sofaecke und bei geöffnetem Fenster konnten sie in Ruhe eine Zigarre rauchen, doch heute waren sie nicht zum Scherzen aufgelegt wie sonst. Enrico hatte im Krankenhaus angerufen, um über den Zustand des Gastes informiert zu werden, der ihr Lokal ohnmächtig verlassen hatte. Er war von der diensthabenden Nachtschwester der Notaufnahme freundlich, doch bestimmt abgewiesen worden. Auskünfte gab es nur für Angehörige, die persönlich vorsprachen.

»Keine Sorge. Sicher geht es dem Mann wieder besser«,

meinte Mimmo zum wiederholten Mal, während er die Eingangstür des Restaurants von außen abschloss. Es klang, als ob er nicht nur den Freund, sondern auch sich selbst beruhigen wollte.

Zwei

Viareggio, Donnerstagvormittag

Nando Natuzzi stand mit bloßen Füßen auf dem wohltemperierten Marmorboden seines luxuriösen Badezimmers und schaute nervös auf die Waage. Dieses morgendliche Ritual war sein Albtraum, seitdem er vor Jahren die Hundertdreißig-Kilo-Marke gekratzt hatte und trotz seinem Meter siebenundachtzig schlichtweg fett gewesen war. Damals hatte er sich geschworen, dass er stets beim Erreichen der hundertzehn Kilo das nächste Flugzeug in die Schweiz nehmen würde. In der exklusiven Privatklinik konnte er schlafend, ohne an extremem Hunger zu leiden, bis zu zwanzig Prozent seines Körpergewichts verlieren. Mit abgewandtem Blick stieg er auf die verspiegelte und tarierte Glasplatte und wartete ein paar Sekunden, bevor ihm die elektronisch gesteuerte weibliche Stimme »einhundertacht« mitteilte. Zwei Kilo noch, dachte er beruhigt, öffnete die Kristalltür der immensen Dusche und aktivierte das zehnminütige Dampfbadprogramm.

Zweihundert Gramm leichter und mit dem wohligen Gefühl, das ihm die Hydromassage vermittelte, setzte er sich in legerer Hauskleidung an den Frühstückstisch. Er war ein Genussmensch, aber kein Vielfraß, obwohl das allgemein vermutet wurde. Bei ihm schlugen die Kalorien eben mehr an als bei anderen Menschen. Nach einem Glas frisch gepressten Orangensafts und einem gemischten Obstteller genoss er den aromatischen Kaffee, morgens nicht zu kurz und aus frisch gemahlenem Robusta, des höheren Koffeingehalts wegen.

Natuzzis massiger Körper war der Grund, warum man in seinem beruflichen Umfeld davon ausging, dass er nur ans

Essen und Trinken dachte. Böse Zungen behaupteten sogar, dass er seine Artikel nach Schema F und die Bewertungen mit geschlossenen Augen schrieb. Welche Absurdität!

Er war im Restaurant seiner Eltern an der ligurischen Küste aufgewachsen, hatte Teller gewaschen, Gemüse geputzt, die Kaffeemaschine bedient, serviert und natürlich kochen gelernt. Nach dem Abschluss der Hotelfachschule in La Spezia hatte er viele Jahre an Bord von Kreuzfahrtschiffen verbracht – in der Küche. Das Leben auf Luxusschiffen war hart, aber lehrreich. Er hatte sich vom einfachen Commis de Cuisine zum Souschef hochgearbeitet, indem er mit Fantasie und Wagemut exotische Gewürze einsetzte, als noch kaum jemand im europäischen Raum davon Gebrauch machte. Er war nicht einmal dreißig, als ein Journalist auf ihn aufmerksam wurde und sein Name erstmals in einer renommierten Fachzeitschrift erwähnt wurde. Er nahm diesen Artikel zum Anlass, um ins heimatliche Portovenere in Ligurien zurückzukehren und den Platz seines Vaters am Herd einzunehmen. Innerhalb kurzer Zeit brachte er die alte Möwe, wie seine Mutter das Ristorante Il Gabbiano nannte, unter die führenden Restaurants der italienischen Riviera. Doch er wollte mehr.

Er hatte keine Lust darauf, die nächsten vierzig oder fünfzig Jahre in einer Küche zu verbringen und immer dann zu arbeiten, wenn andere Feierabend hatten. Sein Ziel war es, das Leben zu genießen und sich bedienen zu lassen, anstatt zu bedienen. Seine Kenntnis der gehobenen Gastronomie brachte ihn auf die Idee, Restaurants zu rezensieren. Ab dem Moment verbrachte er den einzigen freien Abend pro Woche in irgendeinem Lokal, das in aller Munde war. Dafür nahm er auch einige Stunden Autofahrt in Kauf und verfasste nach seiner Heimkehr eine detaillierte Bewertung, die er noch nachts an mehrere Fachzeitschriften schickte. Bald wurden seine Artikel veröffentlicht, er erhielt zielgerichtete Aufträge und Anfragen verschiedener Medien eine kontinuierliche

Zusammenarbeit betreffend. Als sein Vater starb, der seine Mutter nur ein paar Monate überlebte, hielt ihn nichts mehr. Er verkaufte das elterliche Restaurant, zog in das weiter südlich gelegene Viareggio in der nahen Toskana und war fortan als kulinarischer Journalist tätig, wie er sich selbst bezeichnete. Damals hatte er nicht ahnen können, dass er bald eine der maßgeblichen Personen des internationalen Restaurantführers werden würde, der die ersehnten Sterne vergab.

Vor wenigen Wochen hatte er seinen fünfundvierzigsten Geburtstag zum Anlass genommen, um ein neues Kochbuch, diesmal mit ligurischen Rezepten, vorzustellen. Seine Finger bewegten sich mittlerweile genauso leicht und rasch über die Tasten des Computers wie zwischen Pfannen und Töpfen – und er liebte es, in seiner Küche zu experimentieren. Sein Vorteil war, dass er beide Seiten der Barrikade kannte. Er war Koch, Gastrokritiker, Restauranttester und Kochbuchautor in Personalunion, ein Umstand, der jedoch auch unzählige Neider mit sich brachte, die nicht nur im Stillen geiferten. So hatte ihn ein Möchtegern-Journalist per Mail und Briefen an die Redaktion von Gastronomia Italiana attackiert. Gemeinsam mit dem Verlagschef war er gezwungen gewesen, gegen den Mann wegen übler Nachrede vorzugehen.

Nando Natuzzi war diskret, hatte nie gern und viel über sich erzählt, lehnte jede Art von Interviews generell ab. Das, was er zu sagen hatte, teilte er mittels seiner Artikel mit, darüber hinaus gab es nichts, was er mit der Allgemeinheit teilen wollte. Seine Zurückhaltung hatte natürlich zu Vermutungen geführt, allen voran sein Sexualleben betreffend. Doch er hielt sich bedeckt und betrat Restaurants immer allein oder mit einer kleinen Gruppe von Freunden, niemals zu zweit. Er ignorierte den Gedanken, der sich plötzlich in seinen Kopf stahl, und zog die Tastatur näher.

Mit wenigen Worten beantwortete er eine Mail seines Verlegers. Dann verfasste er die Bewertung des Ristorante

Da Mimmo für die Prüfungskommission des Restaurantführers. Mimmo Santagati und sein Team, allen voran der Maître Enrico Gallo, leisteten erstklassige Arbeit. Sie hielten das Niveau sowohl im Service als auch in der Kulinarik, die beiden Sterne waren ihnen weiterhin sicher. Er ließ die Hände sinken und fixierte den Bildschirm seines Computers. Plötzlich sah er den Mann vor sich, der das Lokal bewusstlos in einer Ambulanz verlassen hatte. Die Neugier überkam ihn. Doch online gab es nicht einmal die allerkleinste Notiz von dem eigenartigen Vorfall des Vorabends. Warum denn auch? Er schüttelte über sich selbst den Kopf. Kein Journalist schrieb von jemandem, nur weil die Sanitäter gerufen wurden. So etwas passierte tagtäglich – Blaulichter und Martinshörner von Notfallwagen zeugten davon. Sie gehörten vor allem zum abendlichen Bild der Städte wie die Straßenbeleuchtung.

Bevor er sich an die Pflichtlektüre der Zeitungen und Zeitschriften machte, die auf dem Lesetischchen auf ihn warteten, griff Nando Natuzzi nach dem Handy. Mit unterdrückter Nummer rief er in dem Restaurant an, das er heute Abend testen würde, um nachzufragen, ob die Reservierung auf den Namen Bruno Bianchi vorlag. Chiara, die Sekretärin des Chefredakteurs, koordinierte stets alle Termine der Mitarbeiter der Gastronomia Italiana von einem Anschluss, der keinen Rückschluss auf den Anrufer zuließ. Aber Vertrauen war gut, Kontrolle besser. Er hatte keine Lust, nach einer Stunde Fahrt festzustellen, dass er unverrichteter Dinge und mit leerem Magen wieder heimfahren musste. Mit einem zufriedenen Nicken beendete er das Gespräch und griff nach der Tageszeitung La Nazione.

DREI

Florenz, zur gleichen Zeit

Sie zog den Gürtel des Morgenrocks enger um ihren schmalen Körper und beugte sich vor. Die Ringe unter ihren Augen waren handtellergroß und dunkelgrau. Sie blinzelte, aber das schreckliche Spiegelbild verschwand nicht.

Nichts war mehr wie zuvor. Selbst ihr Körper stellte sich gegen sie!

Sie kämpfte gegen den Drang an, auf den Absätzen umzudrehen und sich wieder ins Bett zu legen. Stattdessen griff sie nach der Fettcreme und einem Wattepad und rieb sich damit über die Augen.

Das Wichtigste war, den gewohnten Tagesablauf beizubehalten.

Trotz allem.

Die Galle kam ihr hoch, als sie an den Mann dachte, mit dem sie den Vorabend verbracht hatte. Er hatte sie tatsächlich gefragt, welcher sportlichen Betätigung sie wie viele Stunden pro Woche nachging. Als ob sie ihn als Fitnesstrainer engagiert hätte! Dabei war er wahrlich kein attraktives Exemplar seiner Gattung. Gewesen, korrigierte sie sich in Gedanken. Denn er weilte nicht mehr unter den Lebenden.

Sie schüttelte genervt den Kopf. Das war Vergangenheit, und sie musste sich auf das Jetzt konzentrieren und auf den Plan. Und darauf, ihren normalen Tagesablauf einzuhalten.

Der Portier, die Kellnerin im Kaffeehaus, selbst die Frau in dem Blumenladen, an dem sie unweigerlich vorbeikam, sobald sie tagsüber das Haus verließ, alle kannten ihre Gewohnheiten. Niemand durfte Verdacht schöpfen, dass irgendetwas in ihrem Leben nun anders lief als vorher.

Apropos. Sie musste den Computer hochfahren, die Mails checken, zumindest eine sofort beantworten und kurz an irgendeinem Dokument arbeiten, wie sie es bereits in der Nacht gemacht hatte, als sie endlich heimgekommen war. Und am Vorabend, bevor sie das Haus verlassen hatte.

Eilig ging sie hinüber in sein Arbeitszimmer, setzte sich auf seinen Stuhl und betrachtete sein Bild in dem silbernen Rahmen, während der Bildschirm zum Leben erwachte.

»Warum nur?«, fragte sie flüsternd, streckte die Hand aus und fuhr mit den Fingerspitzen die Konturen seines Gesichts nach. Schockiert über das eigenartige Gefühl, das ihre Kehle verengte, blinzelte sie die aufkommenden Tränen weg und starrte den Mann auf dem Foto an.

»Das hättest du mir nicht antun dürfen. Du bist schuld!«, schrie sie und stieß den Bilderrahmen um, sodass sie sein Foto nicht mehr sehen musste.

Dann zog sie schwer atmend, als ob sie soeben einen Berggipfel erklommen hätte, die Tastatur seines Rechners näher und öffnete das Mailprogramm.

Vier

Pisa, Donnerstagvormittag

Teresa Santagati, Mimmos Frau, entsprach dem Bild einer Flamenco-Tänzerin. Sie war in Florenz aufgewachsen, wo ihre kalabrischen Eltern als Oberstufenlehrer arbeiteten. Nach der Hochzeit hatte die Bankkauffrau um Versetzung in die Filiale von Pisa ersucht und neben ihrem Job persönlich die Administration des Restaurants übernommen. Doch mit dem neuen Lokal und den Auszeichnungen waren die kaufmännischen Anforderungen angewachsen. »Warum einem Fremden ein Gehalt bezahlen?«, hatte sie gemeint und Mimmos Einwände abgewinkt, als sie in der Bank kündigte.

Kurz nach halb elf saß sie mit einem Cappuccino und den Kreditkartenbelegen des Vorabends in ihrem Büro, als jemand an der Tür des Restaurants klopfte. Eigenartig, dachte sie, der Lieferanteneingang ist doch allen bekannt, und konzentrierte sich wieder auf ihre Arbeit. Aber wenig später pochte es erneut an der Tür. Sie stieß den Sessel zurück und nahm die Treppe.

»Wir haben noch geschlossen«, sagte sie forsch, drehte den Schlüssel und zog die Tür auf. Jedes weitere Wort verstarb auf ihren Lippen. Sie musste den Blick erheben, um den beiden Carabinieri in die Augen zu sehen. Der Ranghöhere stellte sich als Capitano Fabiani vor und beide folgten ihr. Sie lehnten den angebotenen Kaffee ab und setzten sie ohne jedwede Gemütsregung davon in Kenntnis, dass der Carlo Conti vor einigen Stunden verstorben war.

»Wer?«, fragte Teresa erstaunt.

»Nun, der Gast, der hier gestern das Bewusstsein verloren und nicht mehr wiedererlangt hat, trotz aller

Bemühungen seitens der Ärzte im Cisanello. Er ist am frühen Morgen verstorben«, antwortete Fabiani.

»Signora Santagati, die Todesursache konnte noch nicht einwandfrei festgestellt werden, diese wird erst die Autopsie klären. Ihr Restaurant könnte der Tatort eines Gewaltverbrechens sein.«

Teresa Santagati war nicht leicht aus der Ruhe zu bringen. Doch jetzt erbleichte sie. Ihr Kinn und die Schultern klappten gleichermaßen nach unten, die Knie knickten ein, und wäre die Bank der Sitznische nicht unmittelbar hinter ihr gewesen, wäre sie wohl zu Boden gesunken. Der zweite Carabiniere holte ihr ein Glas Wasser, während der Capitano weiterredete.

»Es handelt sich um eine Formsache, Signora Santagati, da Signor Conti in Ihrem Restaurant die Besinnung verloren hat. Das verstehen Sie doch?«

Teresa murmelte: »Ich rufe meinen Mann an.«

»Wir müssen auch mit dem Maître sprechen.«

Während sie auf die beiden warteten, führte sie die Carabinieri durch das Restaurant. Das Ristorante Da Mimmo war bei seinen Gästen nicht nur für die ausgezeichnete Küche bekannt, sondern auch der diskreten Aufteilung der Räumlichkeiten wegen geschätzt. Die vier Gasträume waren einzeln von einer zentralen Eingangshalle zu betreten und die wenigen Tische jedes Raums mit antiken Kredenzen und Wandschirmen voneinander getrennt. In der großen Diele war auch die Bar, wo die Kellner die Getränke holten. Über eine Treppe gelangte man ins Obergeschoss zu Teresas Büro und zum Untergeschoss. Dort befanden sich Waschräume und Toiletten und der Zugang zum Felsenkeller, in dessen Gewölben Wein gelagert wurde.

Wenige Minuten später traf Mimmo Santagati ein, der in der Nähe bei seinem Fischlieferanten die bestellten Goldbrassen abgeholt hatte.

Maître Enrico war im Laufdress, kam direkt vom Lungoarno, dem Fußufer, wo er jeden Vormittag lief.

Capitano Fabiani stellte Fragen den Vorabend betreffend und bat um den Restaurantbon des Tisches von Signor Conti. Er hatte exakt um 20:08 Uhr bestellt und nach den Antipasti Siciliani zweimal Rindsfilet medium mit Balsamico-Soße und gebratenem Radicchio erhalten. Die Hauptspeisen waren um 21:05 Uhr aus der Küche gekommen und der Gast zehn Minuten später mit dem Gesicht auf den Teller gefallen.

Der Maître erinnerte sich genau, da er unmittelbar nach dem Schrei der Begleiterin des Mannes einen Blick auf seine Armbanduhr geworfen hatte. Ansonsten war der chronologische Ablauf exakt zu rekonstruieren. Das elektronische Boniersystem des Restaurants erfasste Uhrzeiten und Details jeden Tisches.

»Das Dessert war natürlich nicht mehr serviert worden, die Rechnung auch nicht«, erklärte Enrico Gallo. »Außer einer Flasche Mineralwasser hat das Paar nur zwei Gläser Chianti Classico getrunken, der einzige Rote, den wir glasweise verkaufen.« Auf die Frage nach der Herkunft des Weines antwortete er, dass mehrere Gäste den Rotwein aus demselben Fiasco erhalten hatten wie jeden Abend. »Von diesen Zwei-Liter-Korbflaschen stehen immer einige im Barbereich und werden bei Bedarf geöffnet.«

»Signor Conti und seine Begleiterin haben also nicht nur das Gleiche gegessen, sondern auch getrunken«, fasste Capitano Fabiani zusammen und fragte dann: »Können Sie die Signora beschreiben, die Signor Conti begleitete?«

»Ich war den ganzen Abend in der Küche beschäftigt und meine Frau ist abends nie im Restaurant«, erwiderte Mimmo Santagati und schaute zu seinem Freund.

»Sie war mittelgroß, vielleicht einen Meter siebzig, wenn man sich die hohen Absätze wegdenkt, und schlank«, begann Enrico Gallo. »Die dunklen Haare waren schulterlang und glatt. An die Augenfarbe kann ich mich nicht erinnern, ebenso wenig an die Form der Nase oder den Mund. Sie trug ein tief ausgeschnittenes, rotes Kleid und hohe schwarz-rote Stöckelschuhe. Die Tasche passte genau dazu, so eine kleine, flache, mit einer goldenen Kette.« Er runzelte die Stirn. »Ach ja, und sie hatte Strümpfe mit Naht an.«

Teresa meinte lakonisch, dass diese Frau nicht besonders hübsch gewesen sein musste, sonst könnte er sich wohl besser erinnern. Immerhin hatte das Paar bis zum Vorfall bereits eine Stunde in dem Gastraum gesessen.

Die vier Männer wechselten ein einvernehmliches Lächeln.

»Wie alt war sie?«

Enrico schaute den Capitano an, als ob der ihn gefragt hätte, ob er noch an den Weihnachtsmann glaubte. Dann zuckte er mit den Achseln.

»Nicht mehr jung, würde ich sagen, aber auch nicht alt. Mitte/Ende dreißig vielleicht?« Er formulierte die Antwort wie eine Frage und fügte gleich noch eine an. »Haben Sie denn nicht die Personaldaten der Signora? Die ist doch mit der Ambulanz mitgefahren.«

»Richtig, sie hat Signor Conti ins Ospedale Cisanello begleitet und im Wartesaal der Notaufnahme Platz genommen. Erst Stunden später, nach dem Tod von Carlo Conti, fiel ihr Verschwinden auf. Das Krankenhaus hat uns daraufhin informiert und die Kollegen in Florenz, wo der Mann wohnhaft war, haben Signor Contis Ehefrau ausfindig gemacht. Die ist aus allen Wolken gefallen, als sie von seinem Tod erfuhr. Sie hatte ihren Mann auf einem zweitägigen Seminar in Rom vermutet. Seine Begleiterin an dem Abend war also eine andere Person.«

Capitano Fabiani drückte keinerlei Emotion aus, es war ohnehin klar, dass sie alle dasselbe dachten. Ohne ein weiteres Wort hinzuzufügen, stand der Carabiniere auf und ging, seinem Kollegen folgend, zum Ausgang. Dort drehte er sich nochmals um.

»Hier sind wir fertig. Was auch immer der Grund für den plötzlichen Tod des Signor Conti war, er ist sicher nicht hier zu finden.«

Teresa seufzte erleichtert auf, nachdem sie die beiden Carabinieri verabschiedet und die Tür hinter ihnen abgeschlossen hatte.

»So leid es mir um den Mann tut«, sagte Mimmo, »jetzt ist mir besser. So. Auf geht's, die Goldbrassen warten.«

Fünf

Montecatini, Donnerstagabend

Nando Natuzzi hatte seinen Mercedes S-Klasse bei der Talstation der Zahnradbahn von Montecatini Terme geparkt und genoss den langsamen Anstieg zum mittelalterlichen Montecatini Alto. Er dachte an die wenigen Informationen, die er über das Lokal in Erfahrung gebracht hatte. Das Ristorante Gufo Grigio, was so viel wie graue Eule bedeutete, war in einer antiken Residenz unweit vom Castello untergebracht, die der verstorbene Besitzer seinem Enkel hinterlassen hatte. Woher dieser das Geld für die Renovierung hatte, wusste niemand, doch er hatte vor etwa einem halben Jahr eröffnet. Letzte Woche war ein schmeichelhafter Artikel in der florentinischen Ausgabe des Corriere della Sera erschienen, der seine Neugier geweckt hatte. Mittlerweile hatte er die kurze Strecke von der Bergstation zurückgelegt und legte die Hand auf den Türgriff des Restaurants.

Von einem kleinen Vorraum mit Garderobe gelangte man direkt in einen großen Gastraum. Die im Raum verteilten Tische waren von allen Seiten her einsehbar. Zum Glück hatte ihm die Kellnerin einen an der Wand zugeteilt. So fühlte er sich etwas geschützter und hatte einen guten Überblick über das Lokal. Mehr als die Hälfte der grob geschätzten sechzig Plätze waren bereits besetzt, obwohl es erst kurz nach neunzehn Uhr war. Eine Gruppe von Männern schaufelten das Dessert in sich hinein, offensichtlich Kurgäste, die heute auf die Diät pfiffen. An den anderen Tischen saßen nur Paare, Nando war der einzige Gast ohne Begleitung.

Das Mobiliar aus dunklem Holz, die elfenbeinfarbene Tischwäsche und die schlicht gerahmten antiken Drucke von Montecatini gaben dem Lokal Charakter. Die angenehme indirekte Beleuchtung ebenfalls. Der Wein wurde in wohlgeformten, aber billigen Gläsern serviert. Als Amuse-Gueule stellte man einen kleinen Teller mit zwei Stückchen Melone und etwas Rohschinken vor ihn. Einfallslos, dachte er enttäuscht und ließ seinen Blick durch den Raum schweifen. Was ihm auffiel, waren die jungen Frauen im Service. Es mochte zwar diskriminierend erscheinen, doch die gehobene Gastronomie erkennt man auch heute noch am männlichen Personal. So hatte er kürzlich in einem Artikel geschrieben und würde sich nach dem heutigen Abend wohl wiederholen.

Nando hatte auf Antipasti verzichtet, dabei konnte nicht einmal ein schlechter Koch etwas falsch machen. Jetzt betrachtete er interessiert die Pappardelle al sugo di lepre, einen der typischen Primi der toskanischen Küche. Die breiten Pastastreifen waren perfekt kernig gekocht und das Ragout aus Hasenfleisch exzellent gewürzt. Während er an seinem Wasser nippte, das er gewählt hatte, um den absehbaren polizeilichen Kontrollen auf der Rückfahrt ruhig entgegenblicken zu können, beobachtete er die Gäste an den beiden Tischen in seiner Nähe.

Zwei, ein Paar im Pensionsalter, waren sicher deutsche Touristen, wie er anhand ihrer Kleidung und den von roten Äderchen durchzogenen, bleichen Gesichtern erkannte. Selig lächelnd aßen sie ihre Bistecca alla Fiorentina und nippten immer wieder an ihrem Chianti.

Die anderen entsprachen dem klassischen Klischee einer Affäre. Der Mann war teuer und elegant gekleidet, etwa Mitte fünfzig, trug eine protzige Uhr am Handgelenk und hatte das Grau der Haare rotbraun übertönt. Er machte auf Nando den Eindruck eines Emporkömmlings. Die Frau an seiner Seite schätzte er um die vierzig. Sie war mit einem schlichten taubengrauen Tailleur mit weißer Bluse bekleidet. Der Gedanke lag nah, dass sie seine Sekretärin war. Der blonde Pagenkopf war perfekt geschnitten, und mit ihrem kirschrot bemalten Mund deutete sie immer wieder Küsse in die Richtung ihres Begleiters an, der ihre Hand auf der Tischdecke in seiner hielt. Beide hatten einen Teller Pappardelle mit Hasenragout vor sich, die auch Nando gegessen hatte. Dazu tranken sie Chianti.

Überrascht blickte Nando auf, als ein Mann mit seinem Hauptgang, dem Ossobuco alla Fiorentina, auf seinen Tisch zukam. Hat der Maître endlich seinen Weg zu den Gästen gefunden, fragte er sich, als der Mittdreißiger den Teller einstellte und ihn ansprach.

»Guten Abend, Signor Bianchi, mein Name ist Mario Gori. Ich bin der Geschäftsführer.«

Und der Besitzer, der dieses historische Gebäude vom Großvater geerbt hat, ergänzte Nando in Gedanken. Die Tatsache, dass Gori ihn mit dem Namen ansprach, unter dem er reserviert hatte, bedeutete gar nichts. Man konnte ihn auch erkannt haben oder vermuten, dass er ein Kritiker war. Selten aß jemand abends allein in einem gehobenen Restaurant und Natuzzis physische Eigenschaften unterstrichen sein Erscheinen. Doch er spielte seine Rolle weiter, wechselte kurz einige belanglose Worte mit Gori und machte sich über den Hauptgang her.

Das Ossobuco auf florentinische Art, Scheiben von der Kalbshaxe in Marsala-Tomatensoße war eines seiner Lieblingsgerichte und in diesem Fall ausgezeichnet zubereitet. Genussvoll schloss er die Augen, um den Geschmack ungestört zu genießen, als ihn der Ausruf »Hilfe, bitte helfen Sie mir!« aus seinen Gourmetfantasien riss.

Die schlanke Blondine lehnte über ihrem Begleiter, dessen Gesicht in dem vor ihm stehenden Teller lag, schüttelte ihn und rief dabei nach einem Arzt. Ihre unangenehm schrille Stimme drang Nando durch Mark und Bein, überdies hatte er das Gefühl eines Déjà-vus. Nur lag diesmal die Stirn des Mannes in Hasenragout statt in Balsamico-Soße, man war in einem anderen Restaurant und gute fünfzig Kilometer von Pisa entfernt, doch für Nando handelte es sich um eine Wiederholung. Der Gast mit der protzigen Uhr und der Begleiterin, die nach Affäre schrie, rührte sich nicht. Seine Schultern waren nach vorn gekippt. Die Arme hingen wie leblos beiderseits des Körpers und die Fingerspitzen berührten beinah den Boden.

Mario Gori lief zu dem Tisch und rief mit seinem Handy offensichtlich den Notruf. Eine seiner Mitarbeiterinnen versuchte währenddessen, die hysterische Frau zu beruhigen.

Nando Natuzzi beobachtete die Geschehnisse unter halb gesenkten Lidern, während er, jeden Bissen ausgiebig kauend, das Ossobuco verspeiste und sich dabei wie ein Zuschauer in einem Theaterstück fühlte, das er bereits gesehen hatte – nur mit einer anderen Besetzung.

Die Situation war grotesk, denn er sah den Ablauf der Ereignisse minutiös vorher.

De facto kontrollierte der Notarzt nach seinem Eintreffen Puls und Blutdruck, injizierte Adrenalin und hievte dann den weiterhin Bewusstlosen gemeinsam mit dem Sanitäter auf die Liege. Nandos Blick fiel auf die blonde Frau im grauen Tailleur, die auf ihren schwarzen High Heels und mit der Anzugjacke des Begleiters auf dem Arm den Notfallsanitätern aus dem Gastraum zur Ambulanz folgte. Auch diese abschließende Szene war eine Kopie der gestrigen. Nando legte Gabel und Messer parallel auf den Teller, nahm die Serviette und tupfte sich damit den Mund ab.

Die Sirene des Rettungswagens entfernte sich, eine Kellnerin servierte Nandos Teller ab und der Restaurantbesitzer entschuldigte sich bei den Gästen für den Vorfall. Einige winkten ab, das deutsche ältere Paar rief ihn zu sich, und Nando Natuzzi widmete sich der Dessertkarte. Er entschied sich für die Traubencreme nach Art des Hauses und fragte, welche Kaffeemischung man verwendete. Die Kellnerin warf Mario Gori einen Hilfe suchenden Blick zu und der Restaurantbesitzer kam näher.

Die beiden Männer vertieften sich in ein Gespräch über Kaffeesorten und landeten schließlich bei dem Vorfall von vorhin. Der Journalist erfuhr, dass der Notarzt annahm, dass ein Herzanfall die Ursache für die Bewusstlosigkeit war und man den Gast in das Krankenhaus Ospedale San Jacopo in Pistoia gebracht hatte. Nando reagierte, als ob ihn das Ganze nicht interessierte, und kam beiläufig wieder auf das Essen und auf den Küchenchef des Restaurants zu sprechen.

»Er heißt Paolo Paolini und ist mein Jugendfreund«, erzählte ihm Mario Gori bereitwillig. »Nach dem Schulabschluss haben wir verschiedene Wege eingeschlagen. Ich habe Wirtschaft studiert, mein Freund in einem bekannten Hotelrestaurant in Capri gearbeitet und war innerhalb weniger Jahre Souschef geworden. Dann ist mein Großvater gestorben und hat mir dieses Haus hinterlassen. Daraufhin haben wir die nötigen Kredite aufgenommen und das Restaurant eröffnet, der unser Jugendtraum war.«

Als das Dessert serviert wurde, entschuldigte sich der jüngere Mann bei Nando Natuzzi und verließ den Gastraum. Die Quarkcreme mit Trauben und Zimtschaum war wirklich gut, wenn auch nicht besonders fantasievoll, unterstrich jedoch im Allgemeinen den positiven Eindruck, den er gewonnen hatte. Das Lokal würde in der wöchentlichen Restaurantrezension dreieinhalb von fünf Punkten erhalten, was einem Lob gleichkam, doch auch die Aufforderung beinhalten würde, den Appetithäppchen mehr Sorgfalt zu widmen. Ein ausgezeichneter Arabica-Kaffee wurde mit der Rechnung serviert und nicht verrechnet, was er als angenehm und korrekt empfand.

Natürlich bezahlte der angebliche Signor Bianchi bar, hinterließ ein angemessenes Trinkgeld und verließ mit einem grüßenden Kopfnicken das Restaurant. In seinem Rücken spürte er die neugierigen Blicke, die ihm folgten und vermuten ließen, dass ihn jemand des Personals erkannt hatte.

In Gedanken versunken saß er im stehenden Waggon der

Standseilbahn und schaute hinunter auf das Lichtermeer von Montecatini Terme. Dann zog er sein Handy aus der inneren Jackentasche. Der Vorfall im Ristorante Gufo Grigio ließ ihn wünschen, umgehend die Nummer des Ristorante Da Mimmo zu wählen. Doch er musste sich gedulden, das Abendservice war in vollem Gange. Noch konnte er nicht stören, auch wenn es ihn drängte, in Erfahrung zu bringen, wie es dem Mann vom gestrigen Abend ging. Die beiden Vorkommnisse ähnelten einander zu sehr, um als Zufälle abgetan zu werden. Die Eindrücke von gestern und heute reihten sich wie die Szenen eines Films aneinander und er dachte nach. Und je mehr er das tat, umso klarer erkannte er, dass er der Einzige war, der in beiden Restaurants während der eigenartigen Vorfälle zugegen war.

In seinen Gedanken verloren hatte er die leichte Bewegung der Zahnradbahn nicht wahrgenommen, aber jetzt spürte er das Abbremsen und die Einfahrt in die Talstation. Nando erhob sich und näherte sich dem Ausgang. Er war in Eile, hatte einige offene Fragen zu beantworten. Und dazu brauchte er seinen Computer.

Sechs

Viareggio, Donnerstagnacht

Eine Stunde später saß Nando Natuzzi im dunklen Arbeitszimmer seiner Wohnung in Viareggio. Das Licht des Screensavers beleuchtete schemenhaft sein Gesicht. Seine rechte Hand lag auf der ledernen Schreibunterlage und umklammerte das Handy, mit der linken hielt er sich die Stirn. Es war fünf Minuten vor elf Uhr, und Enrico Gallo hatte ihn soeben informiert, dass Carlo Conti noch letzte Nacht im Krankenhaus verstorben war, ohne die Besinnung wiederzuerlangen. Die Todesursache war Herzversagen, hatten die Carabinieri gesagt. Zum Glück hatte man nach dem Maître gerufen, der sich entschuldigte und das Telefongespräch unterbrach, denn Nando war wie vor den Kopf geschlagen. Er erhob sich und öffnete das Fenster, um frische Luft hereinzulassen. Dann ging er in die Küche und holte eine Flasche Mineralwasser aus dem Kühlschrank.

Um zwei Uhr kauerte er immer noch an seinem Schreibtisch. Stundenlang hatte er im Internet alle verfügbaren Informationen über Carlo Conti recherchiert. Er war achtundvierzig gewesen und hatte eine Firma besessen, die Hotels und Restaurants mit Gläsern, Porzellan und Besteck belieferte. Nando hatte nie mit dem Unternehmen zu tun gehabt. Er hatte einige Fotos gefunden, die Conti meist mit seiner Ehefrau bei gesellschaftlichen Ereignissen zeigten. Ein gut sortiertes Paar, dachte er. Die Frau war schlank und hatte schwarzes Haar, drückte Eleganz aus. Und sie war eindeutig nicht seine Begleiterin im Ristorante Da Mimmo gewesen. Conti war weit oben in den Ranglisten des Circolo del Tennis

Firenze, des traditionsreichsten florentinischen Tennisklubs gelistet. Und das nicht nur im Einzel, sondern auch im Doppel – und das trotz seiner fast fünfzig Jahre.

Irritiert hatte Nando dann festgestellt, dass es nicht die allerkleinste Notiz über den Tod des Mannes gab. Bis ihm klar wurde, dass es dafür an sich keinen Grund gab. Warum hätte man darüber berichten sollen? Ein Herzversagen war nichts Weltbewegendes, davon gab es tagtäglich unzählige. Außerdem war die heutige Kontrolle der Carabinieri im Ristorante Da Mimmo ergebnislos verlaufen, hatte Enrico Gallo gesagt.

Trotz der Müdigkeit, die Nando verspürte, lehnte er sich grübelnd zurück. Irgendetwas irritierte ihn. Immer wieder sah er die beiden Männer, deren Gesichter auf den Tellern lagen, vor sich – und plötzlich erkannte er, was es war. Niemand würde den Vorfall im Ristorante Gufo Grigio in Montecatini Alto mit dem in Pisa in Verbindung bringen. Die Restaurants waren fünfzig Kilometer voneinander entfernt in zwei verschiedenen Städten und Provinzen, wie die zuständigen Dienststellen der Carabinieri. Und die wurden sicher nur hinzugezogen, falls jemand in einem Krankenhaus verstarb, so wie Conti gestern. Nando hatte nachgelesen, dass der Gesetzgeber bei plötzlichen Todesfällen eine Autopsie vorsah, sofern die Ursache nicht einwandfrei feststand. Diese wurde von der Direktion der Sanitätsbehörde angeordnet und durfte nicht früher als vierundzwanzig Stunden nach dem Tod durchgeführt werden. Offenbar hatte man Angst, dass eine Leiche wieder von den Toten auferstand. Der Gedanke entlockte ihm ein heiseres Lachen.

Bevor er den Schreibtisch gegen das Bett tauschte, skizzierte er die Mindmap fertig, auf der er die wenigen Fakten aufgezeichnet hatte, die ihm sonderbar erschienen. Morgen wollte er zuallererst vorsichtig die Identität und den Zustand des Mannes ausfindig machen, der vor mehreren Stunden im Ristorante Gufo Grigio zusammengebrochen war. Es kam immer wieder vor, dass sich jemand während eines Essens schlecht fühlte und zusammenklappte. Wie oft hatte er das schon miterlebt! Aber zweimal innerhalb von vierundzwanzig Stunden war zumindest eigenartig.

Eigentlich entbehrt das bizarre Gefühl, das mir nun auch den wohlverdienten Schlaf raubt, jeder Grundlage, überlegte er, zog die weiche Decke bis ans Kinn und schloss die Augen.

SIEBEN

Pistoia, Donnerstagnacht

Es war zwei Uhr nachts und die Notaufnahme des Ospedale San Jacopo war wie ausgestorben. Die Assistenzärztin Monica Beltrami rieb sich mit den Knöcheln beider Hände die Augen und nahm einen Schluck Kaffee aus dem Plastikbecher. Noch sechzehn Stunden bis zur Ablöse, um den doppelten Turnus abzuschließen und endlich zwei Wochen Urlaub am Stück genießen zu können.

Seit ihrem Dienstbeginn hatte sie eine Bindehautentzündung und einen verstauchten Knöchel verarztet. Dann hatte eine vermeintliche Magenverstimmung sich als Schwangerschaft herausgestellt. Die Patientin lag nun in der Gynäkologie. Ein junger Motorradfahrer war ohne Schutzkleidung einige Meter über Asphalt geschlittert, seine Gliedmaßen ähnelten abgeriebenen Karotten. Das Desinfizieren und Verbinden hatte sie und eine der diensthabenden Schwestern fast eine Stunde lang in Anspruch genommen. So weit war der Nachtdienst bisher ziemlich ruhig verlaufen, nur zwei weitere Patienten waren eingeliefert worden.

Kurz vor halb zehn war eine Ambulanz mit Orazio Proietti, sechsundfünfzig, vorgefahren, der während des Abendessens in einem Restaurant in Montecatini Alto bewusstlos zusammengebrochen war. Der Notarzt hatte nach seinem Eintreffen vor Ort Adrenalin gespritzt, um die vitalen Werte zu stabilisieren. Ein Infarkt war ausgeschlossen, wie das Elektrokardiogramm diagnostizierte, die anfänglich observierte Tachykardie hatte sich gelegt. Pupillenreaktion, Blutdruck und Herzfrequenz waren normal. Es war zwar eigenartig, dass er immer noch nicht aufgewacht war, doch oftmals war es der Organismus, der sich selbst kurierte. Der Patient lag in einem der Überwachungszimmer in ruhigem Tiefschlaf. Um Mitternacht hatte sie ihm trotzdem aus Skrupellosigkeit Blut abgenommen, das man im Labor morgen analysieren würde.

Um Viertel vor eins hatte man einen Volltrunkenen eingeliefert. Er war von den Bewohnern eines Wohnhauses im Hauseingang gefunden worden, wo er lallend am Boden saß und sich erbrach. Die gerufenen Sanitäter hatten ihn mitgenommen. 2,2 Promille Blutalkohol hatte der Schnelltest festgestellt. Daher hatte sie der Infusion Glukoselösung hinzugefügt und den Patienten in einem Überwachungszimmer untergebracht, wo er nun seinen Rausch ausschlief.

Monica Beltrami warf den Kaffeebecher in den Abfallkorb und ging durch die automatische Tür zum Eingang der Notaufnahme. Die Bewegungsmelder reagierten, das unangenehm starke Licht flammte auf und irritierte ihre Pupillen. Außer ihr war weit und breit niemand zu sehen. Sie war auf der Suche nach der Begleiterin des Mannes, die ihre Fragen zu dem Bewusstlosen so gut wie möglich beantwortet und dann erklärt hatte, dass sie warten würde, bis er wieder aufwachte. Nötigenfalls die ganze Nacht. Doch sie war weder im Wartesaal noch vor den automatischen Doppeltüren. Die beiden diensthabenden Schwestern hatten die Frau schon seit Stunden nicht mehr gesehen. Eigenartig, überlegte sie, die war so aufgeregt und besorgt, und jetzt ist sie verschwunden, ohne mitzuteilen, wie man sie erreichen konnte? Kopfschüttelnd drehte sie sich um und ging nach draußen. Sie schaute hinter die Pfeiler vor dem Eingang, aber nicht einmal einer der Nikotinsüchtigen aus der Nachtschicht war zu sehen. Diese Frau war tatsächlich nicht mehr da – und sie hatte Zeit mit dem Suchen verloren.

Fröstelnd trat sie in den vom Neonlicht taghell beleuchteten Eingangsbereich und kniff die Augen zusammen. Die eine der beiden Schwestern der Notaufnahme rief ihr »Gute Nacht« zu, als sie sich gähnend in den Bereitschaftsraum mit der Liege zurückzog. Sie wollte zumindest ein wenig schlafen, bevor der nächste Notfall eintraf.

Die Vibration ihrer Armbanduhr weckte sie um halb sechs. So tief und lange schlief sie nur selten während eines Nachtdiensts. Sie stand auf, strich den Kittel glatt und nutzte das kleine private Bad. Dann holte sie sich einen Kaffee aus dem Automaten im Warteraum und nahm sich das Journal vor. Seit der Einlieferung des Betrunkenen hatte es tatsächlich keine Notfälle mehr gegeben.

Als sie in das Zimmer des Mannes kam, saß er auf der Bettkante und wartete nur darauf, von Monitor und Infusion befreit zu werden, damit er verschwinden konnte. Sie überließ die Formalitäten der Schwester und ging in das nächste Krankenzimmer.

Orazio Proietti hatte seit gestern Abend die Position im Bett nicht verändert. Er lag immer noch so, wie man ihn hineingelegt hatte. Der Überwachungsmonitor gab für Kreislauf und Atmung normale Werte an, das Bewegungsdiagramm war gleichmäßig, der Pupillentest ergab die erwartete Lichtreaktion. Monica war ratlos. Nie zuvor hatte sie bei einem offensichtlich gesunden Menschen eine achtstündige Bewusstlosigkeit erlebt, doch er war nicht wachzurütteln. Was auch immer der Grund für seinen Tiefschlaf war, sie hatte keine Erklärung dafür. Aber in den kommenden zwei Stunden würden die Ärzte und das Pflegepersonal vom Tagdienst ihren Dienst aufnehmen. Sie würde einen Kollegen aus der intensivmedizinischen Station um Rat bitten. Man konnte den Mann nicht einfach hier in der Notaufnahme liegen lassen.

Acht

Freitag, in den frühen Morgenstunden

Sie stolperte über die Fußmatte, polterte gegen die Tür – und hielt erschrocken die Luft an, bevor sie in Zeitlupe den Schlüssel ins Schloss schob und die Tür öffnete.

Wenn irgendjemand mitbekam, dass sie um diese Uhrzeit heimkam, würde man sie zumindest schräg anschauen. In ihrer aktuellen Situation erwartete man Contenance. Und die fette Kuh vom ersten Stock würde es nicht dabei belassen, sondern eine ihrer Spitzzüngigkeiten von sich geben. Die hatte sie ohnehin seit Jahren im Visier und sprach hinter ihrem Rücken über sie – und zwar so, dass sie es gut hören konnte. Einmal waren ihre Nägel zu spitz gefeilt, dann die Schuhe zu hoch, das Dekolleté zu gewagt, die Haare zu kurz, zu lang oder zu wellig. Als ob der blöde Trampel nicht genug mit sich selbst zu tun gehabt hätte! Sie hatte dicke Waden, die Kartoffelstampfern glichen, und die Polsterung um ihre Mitte waren nicht weiblich gerundete Hüften, wie er immer gesagt hatte, sondern reines Fett. Aber die Männer waren ja alle gleich!

Der Beweis dafür lag nur ein paar Stunden zurück. Zuerst hatte er sich geschmeichelt gefühlt, dass sie ihm ihre Aufmerksamkeit gewidmet hatte, um sie schon beim Aperitif zu fragen, ob sie nie dran gedacht hätte, ein wenig mehr zu essen. Hätte er sich nur stattdessen auf die tiefen Furchen in seinem Gesicht konzentriert oder sein Geld einem fähigeren Barbier geschenkt. Diese Haarfarbe hatte sie sofort an einen Haufen Scheiße erinnert.

Die Frau schob die Wohnungstür leise ins Schloss, streifte die High Heels ab, warf die Handtasche auf die Kommode und ließ auf ihrem Weg durch die weitläufige Wohnung

Stück für Stück ihre Kleidung fallen. Im Badezimmer trat sie in die Walk-in-Dusche und griff sich in die Haare. Sie schmiss die blonde Perücke in weitem Bogen von sich, legte den Hebel um und den Kopf in den Nacken. Als das lauwarme Wasser aus der Regendusche beruhigend über ihre Haut rann, überzog ein zufriedenes Lächeln ihr Gesicht.

Sie hatten die Warnung erhalten und gewusst, dass sie für ihre Fehler bezahlen würden. Aber nicht, dass der Preis ihr Leben war.

Neun

Viareggio, Freitagvormittag

Das Telefon riss ihn aus seinem traumlosen Schlaf. Er ließ es zweimal klingeln, bis ihm klar wurde, dass er den Anruf nicht ignorieren konnte. Sicher war es die Redaktion in Rom, die immer noch auf eine Antwort von ihm wartete. Er hob ab, und prompt legte Chiara, die Sekretärin des Chefredakteurs der Gastronomia Italiana, auf die ihr eigene Art los. Sie war ebenso effizient wie geschwätzig – und das zu jeder Tageszeit, auch am frühen Morgen.

»Entschuldigen Sie die Störung, Signor Natuzzi, aber es ist wichtig.«

»Kein Problem, jetzt bin ich ohnehin schon wach«, brummte er, doch sie hörte ihn gar nicht.

»Zuerst einmal soll ich Sie daran erinnern, dass Sie noch zwei Stunden Zeit haben, um uns die Artikel zu schicken. Und dann müssen wir wissen, ob Sie morgen und Sonntag an dem Wein-Event teilnehmen.«

Er seufzte auf. Das schlechte Gewissen drückte ihn. Das Consorzio del Vino Nobile di Montepulciano, der Zusammenschluss der Produzenten des mehrfach ausgezeichneten Sangiovese-Weines des gleichnamigen Städtchens, lud zum alljährlichen Wochenende für die internationale Presse. Er war erstmals als italienischer Ehrengast eingeladen worden, allerdings erst zu Beginn der Vorwoche. Aufgrund der knappen Vorankündigung hatte er gedacht, dass er der Ersatz für irgendeinen önologisch versierteren Kollegen war, und sich Bedenkzeit erbeten. In Wahrheit hatte er sich geehrt gefühlt – und dann einfach vergessen, zuzusagen. Das holte er jetzt nach.

»Gut, Signor Natuzzi. Ich leite das weiter und schicke

Ihnen die Informationen per Mail, sobald ich sie erhalte. Schönen Tag noch.«

Wie immer unterbrach Chiara das Gespräch, ohne seine Antwort abzuwarten.

Nando gab sich einen Ruck und schwang sich aus dem Bett. Waage, Dusche, Kaffee, Obst, Arbeitszimmer. Er fuhr den Laptop hoch, schob die Pantoffeln von seinen Füßen und öffnete ein neues Dokument für einen Artikel.

Eine Dreiviertelstunde später war sein Bericht über das gestrige Abendessen im Ristorante Gufo Grigio fertig. Mit den anderen schickte er ihn an die Redaktion. Es war die vierte Rezension in zehn Tagen, womit er sich ein Polster geschaffen hatte. Die Gastronomia Italiana war die einzige Zeitschrift, die seine Artikel exklusiv erhielt und in jedem Heft vertraglich drei Beiträge von ihm veröffentlichte. Anderen Massenmedien lieferte er Texte zu allgemeinen kulinarischen Themen. Diese Woche hatte er bereits zwei solcher Anfragen bearbeitet, sein Arbeitspensum war erfüllt.

Seine Outlook-Mailbox war voll mit Werbemails für Weine, Spirituosen und Lebensmittel aus aller Welt. Die meisten löschte er, nachdem er sie überflogen hatte. Nur wenige behielt er. Plötzlich stutzte er. Da war schon wieder eine dieser Mails irgendwelcher Mädchen mit russischen Namen, die ihn einluden, das mitgeschickte Foto zu öffnen. Wie ihm der Techniker geraten hatte, deklarierte er die Nachricht als unerwünscht und scrollte weiter. Ein französischer Kollege, der wie er als Tester für den Restaurantführer arbeitete, schlug den gemeinsamen Besuch eines neuen Restaurants in Sardinien vor. Der Chefredakteur einer litauischen gastronomischen Zeitschrift, mit dem er bereits zusammengearbeitet hatte, lud ihn nach Vilnius ein.

Er verschob beide Anfragen in die To-do-Mappe und öffnete die letzte Mail im Eingangsordner, deren Absender eine konfuse Aufeinanderfolge von Buchstaben und Ziffern war. Noch bevor er zu lesen begann, lief ein eigenartiges Kribbeln über seine Wirbelsäule.

> Meine Bewunderung für Sie kennt keine Grenzen, Signor Natuzzi. Wie oft muss ich Ihnen das noch schreiben, damit Sie antworten? Warum reagieren Sie auf keine meiner Nachrichten? Ich will von Ihnen lernen, die Möglichkeit haben, Sie einen Tag lang bei Ihrer Arbeit begleiten zu dürfen. Da meine Geduld nicht unbegrenzt ist, habe ich beschlossen, mich auf andere Art bemerkbar zu machen. Vielleicht erhören Sie mich doch noch. X.Y.

Diesmal löschte er die Mail nicht. Er druckte sie auf Papier aus und verschob sie in einen neuen Ordner, den er mit X.Y. beschriftete. Erst da bemerkte er, dass sie um 4:27 Uhr eingegangen war, zu einer Uhrzeit, in der die meisten Menschen schliefen. Seltsam, dachte er. Da hat jemand nichts anderes zu tun, als nachts Mails zu schreiben. Er hatte schon drei ähnliche digitale Nachrichten erhalten, seit der ersten war etwa ein Monat vergangen. Die wenigen Zeilen, die sich inhaltlich alle ähnelten, kamen stets von einem anonymen Account und waren nicht unterschrieben. Er hatte sie gelöscht.

Vor etwa zwei Wochen war ein Brief gekommen. Der Umschlag aus zartlila Büttenpapier hatte seine Haushälterin zum Lächeln gebracht. »Na, Signor Nando, haben Sie einen Verehrer oder eine Verehrerin?«, hatte die treue Seele augenzwinkernd gemeint. Auf dem gleichfarbigen Blatt Papier war in Druckbuchstaben, wie Name und Anschrift auf dem Umschlag, ein einziger Satz zu lesen, gefolgt von denselben Initialen.

Werden Sie mir helfen? X.Y.

Er stand auf und durchquerte barfuß die Diele. Wie erwartet fand er Rosa in der Waschküche neben der Küche. Er fragte sie nach dem Brief. Sie ließ die Hände sinken und schaute ihn konsterniert an.

»Aber der ist doch im Altpapier gelandet, nachdem Sie die eine Zeile kopfschüttelnd gelesen hatten, Signor Nando!«

Er schlug sich mit der flachen Hand gegen die Stirn. War es normal, dass das Vergessen bereits mit fünfundvierzig einsetzte? Nicht nur, dass ihn der Gedanke beunruhigte, jetzt musste er seine treue Seele beruhigen, die dachte, sie hätte irgendwas falsch gemacht. Er nahm sie mit in die Küche, bereitete mit der Maschine, die sie niemals berühren würde, zwei aromatische Kaffee zu und stellte die Dose mit den Keksen daneben.

Seitdem er in Viareggio lebte, arbeitete Rosa drei Vormittage pro Woche bei ihm. Sie putzte und besorgte die Wäsche, und wenn er länger auswärts war, pflegte sie die Pflanzen. Zwischen ihnen hatte sich eine angenehme Beziehung entwickelt und Nando vertraute in vielen alltäglichen Belangen ihrem Urteil, auch beim Einkauf von Lebensmitteln – und das wollte etwas heißen!

»Diese Mails sind eigenartig, Rosa, und der Brief scheint damit in Zusammenhang zu stehen. Ich erinnere mich natürlich, dass ich ihn damals zum Altpapier gelegt habe, aber es wäre ja möglich, dass Sie ihn noch nicht hinuntergetragen haben.«

»Es kommt doch bei Ihnen mit all den Zeitschriften und Broschüren so viel Papier zusammen, Signor Nando, da muss ich jede Woche entsorgen.« Sie legte die Stirn in Falten, dann schob sie ihre Hand über den Tisch und legte sie auf seine. »Machen Sie sich keine Gedanken. Diese Nachrichten sind ja keine Bedrohungen, klingen eher nach jemandem, der Sie verehrt. Außerdem haben Sie doch alle bis auf die letzte vernichtet. Wen wollen Sie denn mit nichts in der Hand anzeigen?«

»Gegen Ihre Logik komme ich nicht an, Rosa.«

Er zwinkerte ihr zu und verließ die Küche.

Zurück im Arbeitszimmer suchte er online die Nummer des Krankenhauses Ospedale San Jacopo in Pistoia heraus und hob den Hörer des Festnetztelefons ab. Von der Telefonzentrale verband man ihn überraschend schnell mit der Notaufnahme. Er brachte sein Anliegen vor, aber die Krankenschwester verweigerte jede Auskunft.

»Sie können doch nicht einfach hier anrufen und nach dem Namen eines Patienten fragen«, meinte sie entrüstet und legte auf.

Nandos Verblüffung schlug in Ärger um, bis ihm klar wurde, dass die Frau nur so reagiert hatte, wie er es an ihrer Stelle auch getan hätte. Mit einem Kopfschütteln schob er alle Gedanken beiseite, stieß den Drehsessel zurück und ging zum Laufband vor dem Fenster. Mit Quick-Start setzte er es in Bewegung. Die nächsten zwanzig Minuten würde er rasch gehend seinem körperlichen Wohlbefinden widmen. Vielleicht konnte er so das Wochenende ohne den leidigen Gedanken an die sprechende Waage genießen.

Zehn

Pistoia, Freitag um die Mittagszeit

Das plötzliche schrille Pfeifen ging ihr durch Mark und Bein.

Monica Beltrami ließ den Verbandmull fallen und rannte aus dem Behandlungsraum. Die Notleuchte über der Tür bestätigte ihren Verdacht. Es handelte sich um den bewusstlosen Patienten. Sie stürzte in das Zimmer von Orazio Proietti, dessen Verlegung in die Intensivmedizin am frühen Nachmittag geplant war. Ihr Blick erfasste augenblicklich die drei schnurgeraden Linien auf dem Monitor.

»Defibrillator, schnell«, rief sie dem Pfleger zu, riss das Spitalshemd auf der Brust des Mannes auf, entfernte die Elektroden und drückte Gel aus der Tube. Auf die erste Stimulation folgte keine Reaktion. Sie setzte zur zweiten an, als der Chefarzt aus dem Nichts auftauchte und sie unsanft zur Seite stieß.

Er kontrollierte die Pupillen und die Halsschlagader des Patienten und gab ihr das Zeichen, erneut zu defibrillieren. Unendlich erscheinende Minuten später kommentierte Dottor Nocentini schließlich nüchtern mit einem Blick auf seine Armbanduhr: »Tod eingetreten um 12:46 Uhr, Todesursache Herzstillstand«, und ging aus dem Zimmer. Monica Beltrami wusste, dass er seine Gefühle hinter einer Fassade versteckte, so wie sie auch. Sie trug die fehlenden Daten in das Patientenblatt ein, gab dem Pfleger eine Kopie und wies ihn an, den Toten ins Untergeschoss zu bringen.

Danach setzte sie sich an den Schreibtisch im Bereitschaftsraum und erledigte den restlichen Bürokram, der aufgrund des Notfalls liegen geblieben war. Ausgelaugt und fix und fertig von dem doppelten Turnus war sie froh, als sie kurz nach zwei das Krankenhaus verließ, um ihren wohlverdienten Urlaub anzutreten.

Elf

Pisa, Freitagnachmittag

Capitano Fabiani kontrollierte bei seinem Dienstantritt die Dokumente auf dem Schreibtisch auf der Suche nach der Autopsie des Carlo Conti. Endlich. Er riss den Umschlag des Pathologen auf und überflog das wenig beschriebene Blatt. Enttäuschung zeichnete sich auf seinem Gesicht ab. Niente, absolut gar nichts. Zwar wusste er nicht, was er sich erwartet hatte, doch das Dokument bestätigte die Todesursache Herzstillstand, die der diensthabende Arzt des Ospedale Cisanello, wo der Mann verstorben war, in den Totenschein geschrieben hatte. Wie konnte ein gesunder, sportlicher Mann von nicht einmal fünfzig einfach so das Bewusstsein verlieren und einige Stunden später im Schlaf sterben? Hatte der Pathologe auch gründlich kontrolliert?

Vom Bücherregal nahm er das Manual über die Gerichtsmedizin und begann zu lesen. »In Italien gibt es zwei Arten von Autopsien. Die eine wird aus diagnostischen Gründen gemacht, die andere gerichtlich angeordnet, wenn ein Gewaltverbrechen vermutet wird oder vorliegt. Das äußere Examen ist in beiden Fällen Usus, das innere nur im ersten, da bei gewalttätigem Tod die Todesursache meist sichtbar und offenkundig ist.«

Er nahm noch einmal den Befund zur Hand. Innere Autopsie, las er. Somit hat der Pathologe eine komplette Obduktion durchgeführt, überlegte Fabiani, mehr geht nicht. Der Fall war abgeschlossen. Er griff zum Telefon, um die Witwe des Carlo Conti zu informieren, dass der Leichnam ihres Mannes freigegeben war und sie ihn bestatten lassen konnte.

ZWÖLF

Montepulciano, Samstag

Die antike Villa Flora lag in einem weitläufigen Park mit atemberaubendem Blick auf die umliegenden Hügel und den naheliegenden Ort Montepulciano. Altmodische, gusseiserne Gartenmöbel verteilten sich auf den steinernen Terrassen und im Bereich des Schwimmbeckens mit dem Mosaikboden. Die Zufahrt war von unzähligen hohen Zypressen gesäumt, die für die Toskana genauso typisch waren wie die umliegenden Weinberge.

Caterina Neri stand in der Nähe des Haupteingangs des Luxushotels und schaute Richtung Landstraße. Sie war froh, zu dem schwarzen Hosenanzug, den sie mit einer beigefarbenen Bluse kombiniert hatte, Schuhe mit flachen Absätzen gewählt zu haben. Ungeduldig kontrollierte sie die Uhrzeit auf ihrem Handy. 15:23 Uhr. Die vom Consorzio del Vino Nobile di Montepulciano eingeladenen zwölf ausländischen Journalisten waren im Laufe des Vormittags vom Flughafen Florenz abgeholt worden. Sie hatten ihre Zimmer zugeteilt bekommen und waren mit Antipasti und einem ersten Glas Wein eines Weinbauern des Konsortiums begrüßt worden. Warum mussten Italiener immer mit Verspätung eintreffen, fragte sie sich und kontrollierte erneut das Programm der nächsten Stunden. Dabei hatte sie es organisiert und kannte den Ablauf bis auf die Minute auswendig.

Der kleine luxuriöse Bus stand bereit, um die Gruppe kurz vor vier Uhr am Stadttor Porta delle Farine abzusetzen. Die Begrüßung seitens des Präsidenten des traditionsreichen Zusammenschlusses der Weinbauern des Vino Nobile und des Bürgermeisters der Stadt war im

Palazzo del Capitano vorgesehen, dem Sitz des Konsortiums. Nach einer ersten Weinverkostung in der hauseigenen Vinothek stand der Besuch der Città sotterranea, der unterirdischen in den Sandstein gegrabenen Stadt mit ihren Weinkellern, auf dem Programm. Caterina freute sich auf den Abend in der Fattoria Dante unweit von Valiano, einer der schönsten und ältesten Weinkellereien Montepulcianos. Das antike Gutshaus, der in Stein gehauene Keller und die toskanischen Speisen aus biologischen Produkten brachten ihre Heimat jedem Besucher nahe. Schmeichelhafte Artikel, die kurz darauf rund um die Welt erschienen, waren die Belohnung für die vielen Stunden harter Arbeit, die sie die Vorbereitung des Wein-Events für die internationale Presse gekostet hatte.

Gerade als sie wieder die Uhrzeit kontrollieren wollte, sah sie zwei Autos, die sich in rascher Fahrt hintereinander näherten und parkten. Aus jedem stieg ein Mann. Der eine war schlank und mit Jeans und kakifarbenem Shirt bekleidet, der andere war ziemlich groß und kaschierte mit einem eleganten, dreiteiligen Anzug aus dunkelgrauem Stoff seine Körperfülle. Fasziniert blickte sie auf das Doppelkinn und die wasserblauen Augen, die sie fröhlich anblitzten.

Der Mann, der sein mittelbraunes Haar mit Seitenscheitel trug, kam erstaunlich leichtfüßig auf sie zu, ergriff ihre vorgestreckte Hand und beugte sich galant zu einem angedeuteten Handkuss darüber.

»Ferdinando Natuzzi, aber alle nennen mich Nando. In wenigen Minuten bin ich bei Ihnen«, meinte er mit Nonchalance und ging mit der Reisetasche zum Hoteleingang. Sie sah ihm lächelnd nach. Er war genau so, wie sie ihn sich vorgestellt hatte. Erst als er in der Villa Flora verschwand, drehte sie sich um.

Der sportliche Typ, der über den Kofferraum seines Wagens gebeugt war, musste Molteni sein, der Journalist aus Mailand, der an der Neufassung seiner önologischen Enzyklopädie schrieb. Rasch näherte sie sich dem Mann, stellte sich vor und bat ihn, sich zu beeilen und innerhalb von zehn Minuten wieder herunten zu sein. Er knallte den Kofferraumdeckel zu und ging wortlos mit seiner Tasche an ihr vorbei zum Eingang.

Komischer Typ, dachte sie. Kommt im letzten Moment, ist unfreundlich, und außerdem trägt er Jeans und ein Shirt, als ob er mit einer Jugendgruppe unterwegs wäre. Der Hinweis auf die passende Kleidung war im Programm vermerkt, das alle Teilnehmer per Mail erhalten hatten. Obwohl sie die Bemerkung bereits auf der Zunge hatte, hatte sie es sich verbissen, ihn darauf hinzuweisen. Sie hatte während ihrer Studienzeit in Mailand schon genug an eingebildeten Lombarden abbekommen – und doch wirkte die überhebliche Reaktion dieses Schnösels wie eine kalte Dusche auf sie. Dieser Molteni war ihr absolut unsympathisch.

Beruhigend war hingegen, dass alle Anwesenden miteinander auf Englisch kommunizierten, was Caterinas Arbeit erleichterte und auf die essenziellen Informationen lenkte. Die amerikanischen Journalisten waren vier Frauen im sogenannten besten Alter, die sich offensichtlich untereinander kannten und schon mit dem Japaner und der Schwedin auf anderen Pressereisen zusammengetroffen waren. Außer dem Gastrokritiker Natuzzi warteten noch zwei Deutsche, ein Südafrikaner, ein Franzose, ein Spanier und eine Australierin auf den Nachzügler. Maurilio Molteni war mit vierunddreißig nicht nur der Jüngste der Gruppe, er hatte auch beruflich wesentlich weniger aufzuweisen als die anderen.

Bevor man Journalisten einlud, wurde genau kontrolliert, dass diese sich tatsächlich mit dem Thema Wein und Kulinarik auseinandersetzten, vor allem aber bevorzugte man diejenigen, die für Zeitschriften hohen Niveaus schrieben. Heuer hatte es keine Absage gegeben, doch der Vorstand des Konsortiums war sich über den Italiener nicht einig geworden. Und so hatte man sich auf zwei geeinigt und diese zu Beginn der Vorwoche eingeladen. Ferdinando Natuzzi, der eine Koryphäe auf seinem Gebiet war, hatte auf seine Zusage bis zum gestrigen Tag warten lassen, was ihr fast ein Magengeschwür eingebracht hatte. Sie hatte ihn dem Präsidenten des Konsortiums persönlich vorgeschlagen, und der hatte natürlich sofort gewusst und war begeistert gewesen. Bis gestern hatte er sie dann ständig gefragt, ob sie denn noch immer nichts wüsste, und ihre Nervosität war stetig gewachsen – bis dann endlich die Sekretärin der Gastronomia Italiana angerufen und Natuzzis Teilnahme bestätigt hatte. Und jetzt war er hier. Zum Glück.

Denn der andere Italiener war in ihren Augen ein absoluter Fehlgriff. Den Grund, aus dem der Vizepräsident ausgerechnet auf diesem Molteni bestanden hatte, war ihr nicht klar. Sicher hatten die beiden eine Nacht bei irgendeinem Ereignis miteinander durchgesoffen, und so kam ein unbedarfter Schreiberling, der nicht einmal für einen gastronomischen Verlag schrieb, in diese erlesene Runde. Einer, der sicher von ihr noch einiges lernen könnte. Einer, der sich mit dem Geld seiner Familie einkaufte, wo er wollte. Einer ...

Sie ballte ihre Hände zu Fäusten und bohrte die Fingernägel in die Handinnenflächen, bis sie vor Schmerz aufstöhnte.

Geduld, befahl sie sich – und halte deinen vorlauten Mund.

Eisiges Schweigen empfing Molteni, als er endlich den Bus bestieg. Natürlich entschuldigte er sich nicht für seine Verspätung. Zumindest hatte er das kakifarbene Shirt und die Jeans gegen einen dunkelblauen Anzug getauscht und trug auch eine Krawatte, dachte Caterina und gab dem Fahrer das Zeichen zur Abfahrt.

Anfangs schienen alle ein wenig gehemmt, doch nach den ersten Kostproben von Sangiovese in seinen erlesensten Formen wurden die fachlichen Fragen zahlreicher. Die

Australierin grub ihr angeblich fast vergessenes Italienisch aus, das sie während ihrer Studienzeit in Rom erlernt hatte, und erheiterte damit die Runde. Nando Natuzzi teilte seine Aufmerksamkeit gleichermaßen zwischen allen anwesenden Frauen und wurde von ihnen rasch als Experte erkannt.

Schadenfroh beobachtete Caterina Neri den abseits stehenden Molteni, der von allen ignoriert wurde und offensichtlich nicht verstand, wie ihn der große Dicke, der auch noch um einiges älter war, ins Out spielen konnte.

Nach der offiziellen Begrüßung hatte er sich ihr genähert und ihr vertraulich mitgeteilt, dass er Maurilio hieße und sie gern auf das freundschaftlichere Du wechseln könnten, wo sie doch derselben Generation angehörten. Sicherlich würde sich der Pseudo-Gigolo mit dem absurden Vornamen noch lange Zeit der schneidenden Abfuhr erinnern, die er von ihr erhalten hatte.

Als der Bus im abendlichen Dämmerlicht die lange Allee der Fattoria Dante entlangfuhr, kommentierten die Journalisten die Schönheit der Landschaft und unterhielten sich angeregt. Nando Natuzzi fühlte sich entgegen seiner Erwartung richtig wohl. Die Kollegen waren niveauvoll, fachlich beschlagen und sympathisch. Alle, bis auf dieses junge Großmaul aus Mailand, dem es plötzlich die Sprache verschlagen hatte. Maurilio Molteni saß schmollend mit vor der Brust verschränkten Armen und beleidigtem Gesichtsausdruck ganz hinten auf der Bank unter dem Rückfenster. Er wirkte wie ein Kind, dem man das Spielzeug weggenommen hatte.

Wenig später spazierten die Journalisten mit großem Interesse durch die herrlichen Weinkeller des Betriebes und blieben schließlich bewundernd vor den kleinen, alten Fässern des weltberühmten Vin Santo stehen. Der Chefönologe erklärte geduldig die Eigenschaften des Dessertweins und wies darauf hin, dass sie ihn am Ende des Abends verkosten würden. Glücklicherweise hatten die Journalisten also nichts getrunken, als sie die steilen Stiegen aus dem Keller hinaufgingen und den eleganten Speiseraum, der nur ihnen vorbehalten war, betraten. Das Abendessen in dem berühmten Restaurant ließen sich auch die Vorstandsmitglieder des Konsortiums samt Ehefrauen nicht entgehen, und so war die Gruppe auf fast dreißig Personen angewachsen.

Caterina Neri war mit Geschick neben Nando Natuzzi gelandet und wartete gespannt auf seine Meinung. Beginnend bei der Pastete, mit denen die Crostini neri bestrichen waren, über die handgemachten Pici mit Ragù, einer Art dicker Spaghetti mit fantastischem Ragout, bis hin zur Tagliata von der autochthonen Rinderrasse Chianina hatte der als ausgesprochen kritisch bekannte Journalist nichts auszusetzen. Bei der Nusstorte angekommen, die mit einer Kostprobe des Vin Santo serviert wurde, zwinkerte er ihr zu.

Nando fühlte sich rundum wohl. »In meinem Artikel werde ich zum ersten Mal seit fast einem Jahr die volle Punktezahl, also fünf Kochtöpfe, vergeben«, vertraute er seinen Kollegen und seiner Sitznachbarin an, die ihn auch dann nicht aus den Augen ließ, wenn er sich mit den Amerikanerinnen gegenüber und dem Franzosen und Spanier, die auf der anderen Seite neben ihm saßen, austauschte. Jetzt strahlte Caterina Neri über das ganze Gesicht, auch wenn ihr die Bewertung des Restaurants eigentlich egal sein konnte. Ihre mittelbraunen leicht gewellten Haare standen rundum vom Kopf ab, als ob man sie elektrisch aufgeladen hätte, und ihre Wangen glänzten ebenso wie die Augen. Die Jacke ihres Hosenanzugs hatte sie ausgezogen und auf der beigefarbenen Bluse zeichneten sich ein paar dunkelrote Flecken Sugo ab.

Maurilio Molteni beobachtete alles aus seiner Abseitsposition am Ende des Tisches, abgedrängt von den Kollegen, für die er wohl einfach zu jung war. Das war die Erklärung, die er sich für das Verhalten der anderen

Journalisten und der Leute des Konsortiums zurechtgelegt und somit die nötige Ruhe hatte, um sie zu beobachten.

Caterina Neri schien nur an ihrem Tischnachbarn interessiert, der wiederum galant seine Aufmerksamkeit zwischen den anwesenden Kolleginnen aufteilte. Maurilio wusste über Natuzzi Bescheid, kannte seine Kochbücher und viele seiner Artikel und Rezensionen. Insgeheim bewunderte er den Mann, der aus eigener Kraft zu einem angesehenen Journalisten in der kulinarischen Nische geworden war, ohne das Metier des Schreibens gelernt zu haben. Dass der Fettwanst auch gut kochen konnte, und das nicht nur zum Hausgebrauch, wusste er natürlich ebenfalls. Er hingegen hatte in der Küche zwei linke Hände, verbrannte selbst ein Spiegelei und hatte acht Jahre für das Journalistik-Studium gebraucht. Monatelang hatte er bei allen Redaktionen in Mailand die Klinken geputzt, doch niemand hatte ihm auch nur die Chance gegeben, ein Praktikum zu beginnen. Da ihm das Genre egal war und er außer Videospielen keine Vorlieben hatte, hatte er beschlossen, über Wein zu schreiben. Nicht, weil er etwas davon verstand, sondern aus reiner Berechnung. Zum Ersten gab es nur wenige italienische Journalisten im önologischen Bereich, vor allem aber konnte er sich innerhalb kurzer Zeit und mit geringen Mitteln das nötige Wissen aneignen. Mithilfe von Internet und Fachlektüre hatte er begonnen, eine Enzyklopädie zu schreiben, die nichts anderes war als eine detaillierte Aufzählung der italienischen Weine mit den wichtigsten Details. Seine Eltern hatten ihn, den einzigen Sohn, gern finanziell unterstützt und an einen Bekannten verwiesen, der einen kleinen Verlag leitete. Seitdem das Buch auf dem Markt war, hatte es sich gar nicht so schlecht verkauft, was vor allem auf das Fehlen gleichwertiger Konkurrenzprodukte zurückzuführen war. Allerdings war es ihm seither noch immer nicht gelungen, in irgendeinem Fachjournal als Journalist Fuß zu fassen. Deshalb hatte er die Einladung zu dieser Pressereise als enorme Gelegenheit bewertet – nur saß er abseits und wurde ignoriert. Das bringt so nichts, überlegte er und beschloss, mit dem Präsidenten des Konsortiums sprechen. Der Vizepräsident, den er in Verona auf der Weinmesse Vinitaly kennengelernt hatte, war bei Weitem nicht so einflussreich, wie es dort den Anschein gehabt hatte. Maurilio straffte die Schultern und stand auf, um sich dem seiner Meinung nach wichtigsten Mann des Abends zu nähern.

Nando Natuzzi erhob sich ebenfalls und verließ den Speisesaal Richtung Toilette. Er hatte sicher nicht so viel getrunken wie die meisten anderen, aber jetzt fühlte er sich wie ein Luftballon, dem langsam die Luft ausging. Leider nicht wirklich, ironisierte er. In Wahrheit hatte er nach Stunden geforderter Aufmerksamkeit und Freundlichkeit Lust darauf, allein zu sein. Immerhin war er bereits mittags von zu Hause weggefahren und hatte auch noch den Verkehr unterschätzt, weshalb er nicht einen Moment Ruhe gehabt hatte.

Er wusch sich die Hände lange mit kaltem Wasser, wischte mit dem Papierhandtuch über Nacken und Stirn und holte das Handy aus der Innentasche. Zwar erwartete er keine Anrufe, doch er wollte kurz seine Mails abrufen. Er erkannte auf einen Blick, dass es nichts von Bedeutung gab. Allerdings hatte er eine SMS-Nachricht erhalten.

Er öffnete das Programm und las verwundert die wenigen Worte.

> Vergessen Sie mich nicht. Ich warte
> auf Ihre Antwort! X.Y.

Nando war verärgert. Weniger über die präpotente Aufforderung dieses anonymen Schreibers, der sich an ihn wandte, als ob er ein Geschäftspartner oder Freund und ihm etwas schuldig wäre, sondern über die Violation seiner Privatsphäre.

Eine Mailadresse konnte man relativ leicht herausbekommen, vor allem seine, die viele kannten. Doch seine Handynummer? Die Nachricht war vor etwa einer Stunde, um 22:15 Uhr, eingegangen – von einem anonymen Absender. Diese Person schien unter Einsamkeit und Schlaflosigkeit zu leiden, stellte er fest, wenn sie abends und nachts nichts anderes zu tun hat, als an einen Wildfremden zu schreiben. Armer Mensch, dachte er und schob das Telefon in die Innentasche seiner Jacke – allerdings ohne die Nachricht zu löschen.

Kurz darauf steuerte er mit einem freundlichen Lächeln im Gesicht seinen Platz an und wunderte sich, dass die Frau des Präsidenten des Konsortiums jetzt auf Tuchfühlung neben dem jungen Mailänder saß, der auf sie einredete.

Maurilio Molteni war bei dem Versuch, sich dem Mann seiner Wahl zu nähern, kläglich gescheitert, da dieser unter Alkoholeinfluss stand und ihn schlichtweg nicht wahrnahm. Dessen Ehefrau jedoch umso mehr. Die Signora war jenseits der fünfzig und wurde von ihrem Ehemann geflissentlich ignoriert – und das wahrscheinlich nicht nur hier und jetzt. Offenbar sah sie in dem jungen Mailänder eine interessante Alternative zum Alltäglichen. So war sie ihm zu seinem Platz gefolgt und klebte nun förmlich an ihm. Ihre Hände strichen unablässig über seinen Unterarm, während er ununterbrochen auf sie einredete. Bisher war sich keiner von ihnen darüber im Klaren, dass die jeweiligen Interessen dem anderen nicht nur egal waren, sondern auch unbeachtet blieben.

Mittlerweile schien sich rund um den Tisch Müdigkeit breitzumachen. Einige Vorstandsmitglieder des Konsortiums verabschiedeten sich und verschwanden. Caterina nahm dies zum Anlass, um einen Blick in die Runde zu werfen und die Gruppe mit der freundlichen Aufforderung, ein letztes Glas zu trinken, zur Heimfahrt zu bewegen. Die Journalistinnen schienen froh darüber, wieder etwas frische Luft schnappen zu dürfen, und Nando

Natuzzi folgte ihnen bereitwillig nach draußen, während die Männer noch zurückblieben.

Nur Molteni hatte das Lokal fast fluchtartig verlassen, wurde jedoch von der aufsässigen Signora eingeholt, die nun ihrerseits auf ihn einredete.

Nando war keine drei Meter von den beiden entfernt und konnte klar verstehen, dass sie ihn nach seiner Zimmernummer im Hotel fragte und nachkommen wollte. Geplauder, das nicht für seine Ohren bestimmt war, interessierte ihn nicht und war ihm generell unangenehm. Daher ging er eilig zum Bus, den der Fahrer mittlerweile geöffnet hatte. Eine Viertelstunde später fuhren sie durch die dunkle, sternenklare Nacht der Toskana zum Hotel.

Caterina Neri nahm das Mikrofon zur Hand und bat die Journalisten, morgen um zehn Uhr zur Abfahrt bereit zu sein.

»Wir besuchen einen landwirtschaftlichen Betrieb, wo Olivenöl, Schafskäse und Marmelade hergestellt werden. Dort ist ein frühes Mittagessen mit Verkostung typischer Produkte geplant, damit Sie alle ausreichend Zeit für Ihre Transfers zum Flughafen oder Bahnhof haben. An Sonntagen ist nachmittags mit starkem Verkehr zu rechnen, weil nicht nur Touristen das gute Essen unserer Region zu schätzen wissen«, erklärte sie lächelnd.

»Beneidenswert diejenigen, die hier leben dürfen«, rief der Spanier und erntete allgemeine Zustimmung, als der Bus hielt und sich langsam leerte.

Nando ließ den anderen den Vortritt und stieg als Letzter aus. Caterina Neri stand neben dem Einstieg auf dem Parkplatz. Die zur Hose passende Jacke hatte sie angezogen und geschlossen, sodass man die Flecken auf der Bluse nicht mehr sehen konnte. Aber ihre Wangen waren gerötet und die Augen glänzten. Sie hatte eindeutig zu viel getrunken, um noch selbst fahren zu können.

»Wie kommen Sie denn jetzt nach Hause?«

»Machen Sie sich Sorgen um mich, Signor Natuzzi?«, fragte sie lächelnd und zwinkerte ihm zu.

Nur das nicht! Er richtete sich zu seiner vollen Körpergröße auf, um sein Gesicht von ihr zu entfernen.

»Nun, ich würde um diese späte Uhrzeit nicht mehr durch die Dunkelheit heimfahren wollen.«

»Ich habe es nicht weit«, erwiderte sie und reichte ihm die Hand.

»Sollten Sie noch Fragen zum Konsortium haben, Signor Natuzzi, so beantworte ich Ihnen diese gern bei einem Kaffee, sobald Ihre Kollegen morgen abreisen.«

Sie wies ihn in die Schranken, stellte er irritiert fest. Als ob er ihr zugezwinkert hätte und nicht sie ihm. Anstatt ihr den beabsichtigten Handkuss zu geben, drückte er nur kurz ihre Hand.

»Danke, Signora Neri, bis morgen.«

Er nickte ihr zu, wandte sich ab und ging direkt auf sein Zimmer.

Nach einer belebenden Dusche stand er nun im dunklen Seidenpyjama mit dazu passendem Kimono auf dem kleinen Balkon seiner Suite. Hier, weit weg von jedem bewohnten Gebiet, konnte man nicht nur die Sterne beobachten, sondern auch die berauschende Ruhe der Natur spüren, die Stadtbewohner gar nicht mehr kannten. Er ließ die Balkontür einen Spalt breit offen und legte sich zufrieden in das große Bett mit Baldachin. Wenige Minuten später schlief er tief und fest.

Dreizehn

Montepulciano, Sonntagmorgen

Belebender Kaffeeduft, der alle Hotelgäste angelockt hatte, durchzog die Villa Flora. Touristen und Journalisten plünderten das Buffet und saßen dann glücklich lächelnd vor hausgemachtem Kuchen, Cornetti und Weißbrot, Marmelade und Honig. Die vier Amerikanerinnen hatten einen größeren Tisch ergattert, in dessen Mitte eine ovale Platte mit Mortadella, Parmaschinken und Salami prangte. Nando Natuzzi hatte seine Reisetasche bereits ins Auto gebracht und den Zimmerschlüssel abgegeben. Nachdem er die anderen Journalisten rundum freundlich gegrüßt hatte, saß er nun allein an einem Fenstertisch, einen kleinen Teller mit frischem Obst vor sich. Der Kaffee war eine typische Frühstücksmischung, weder stark noch geschmacklich ausgeprägt, nicht das, was er sich in einem Hotel dieser Kategorie erwartet hätte. Mit Vorfreude dachte er an seinen Robusta zu Hause, als Caterina Neri in den Raum trat. Sie ging von Tisch zu Tisch und erkundigte sich bei jedem Einzelnen nach dem Befinden. Schließlich blieb sie bei ihm stehen. Er erhob sich und begrüßte sie mit einer angedeuteten Verbeugung.

»Wollen Sie sich setzen, Signora Neri?«

Mit einem Lächeln nahm sie Platz und schüttelte verneinend den Kopf, als ein herbeieilender Kellner sie fragte, ob sie etwas trinken wollte.

»Ich hatte schon zwei Kaffee heute Morgen, danke.«

Außenstehende hätten eine längere Bekanntschaft zwischen den beiden vermutet, so selbstverständlich schien ihr Verhalten. Nando, der Klatsch und Tratsch ablehnte und die Freundlichkeit anderer Menschen als natürlich hinnahm, dachte nicht mehr an Caterinas Zwinkern vom Vorabend, das unbestritten dem Alkoholkonsum zuzuschreiben war. Jetzt freute er sich nur über die nette Geste der Frau, die ihm Gesellschaft leistete, da er allein an einem Tisch saß, das war alles. Was er sofort bemerkt hatte, war, dass sie wieder den schwarzen Hosenanzug vom Vortag und wieder eine beigefarbene Bluse trug. Das fand er eigenartig. Als ob sie nicht daheim geschlafen und dieselben Sachen wieder angezogen hätte.

»Haben Sie gut geschlafen, Signor Natuzzi?«

Ihre Frage klang, als ob sie besorgt wäre, dass dem nicht so war.

»Ausgezeichnet«, beruhigte er sie. »Ich nehme an, das Hotel wirbt mit diesem herrlichen Standort fernab von jedem Verkehrslärm und inmitten der Natur, richtig?«

»Und mit dem Vogelgezwitscher, das manchmal ziemlich laut ist und sehr früh beginnt«, erwiderte sie lachend. »Sind Sie nicht davon aufgewacht?«

»Ganz und gar nicht, und das, obwohl ich nachts die Balkontür einen Spalt offen ließ.«

»Tatsächlich?«, fragte sie und schaute durch das Fenster nach draußen. Das gab ihm die Gelegenheit, einen versteckten Blick dorthin zu richten, wo gestern der Sugo Flecken hinterlassen hatte. Es waren keine zu sehen.

Die ausländischen Journalisten übergaben dem Busfahrer ihr Gepäck, wie Caterina mit einem Blick durch das Fenster feststellte. Es fehlten noch zehn Minuten bis zum festgelegten Abfahrtstermin und der kleine Speisesaal hatte sich nach und nach geleert, wie sie nun bemerkte. Das Angenehme an Presse-Events war, dass für Journalisten Pünktlichkeit selbstverständlich war. Kamen sie zu spät, sahen sie – vor allem bei Pressekonferenzen – durch die Finger.

Nando Natuzzi entschuldigte sich, um sich vor der Abfahrt noch die Hände zu waschen. Schmunzelnd beobachtete sie ihn, als er den Raum verließ. Er war so herrlich altmodisch, nicht nur, weil er diesen Anzug mit Weste trug, sondern auch seine Ausdrucksweise war es.

Sie erhob sich ebenfalls und trat direkt durch eine Terrassentür auf den Vorplatz. Dort beobachtete sie die Szene, die sich ihr bot. Mit ihren Digitalkameras, die Teil der Grundausstattung jedes Journalisten waren, schossen alle Erinnerungsfotos. Der Japaner schien dabei sogar professionell vorzugehen. Als der Franzose Nando entdeckte, der den dunkelgrauen Anzug heute mit einem silbergrauen Hemd kombiniert hatte, begann das Spiel von vorn mit dem italienischen Kollegen, und dann wollte jeder von ihnen zumindest ein Erinnerungsfoto mit Caterina.

Schließlich setzte sie sich durch und brachte die Gruppe dazu, in den Bus zu steigen. Als der Fahrer fragte, ob er die Tür schließen konnte, rief eine der Amerikanerinnen: »Fährt der junge Italiener heute nicht mit uns?«

Caterina erstarrte. Erst jetzt bemerkte sie, dass der Mailänder fehlte. Eine rasche Umfrage ergab, dass ihn niemand beim Frühstück gesehen hatte. Wenig später wusste sie, dass Maurilio Molteni weder seinen Zimmerschlüssel abgegeben hatte noch jemandem des Personals aufgefallen war.

Nando Natuzzi meinte, dass der Wagen des Kollegen immer unberührt neben dem seinen auf dem Parkplatz stand.

Caterina holte die Teilnehmerliste aus der Handtasche und wählte Moltenis Handynummer. Es klingelte, niemand antwortete. Sie war verunsichert, überlegte, wie sie sich verhalten sollte. Dann eilte sie zur Rezeption, fragte nach seiner Zimmernummer und nahm im Laufschritt die Stiegen hinauf in den ersten Stock. Sie klopfte, wartete, versuchte es noch einmal. Niemand öffnete. Kurz darauf bat sie den Empfangschef, dass jemand mit einem Zweitschlüssel kontrollieren sollte. Der Mann kontaktierte mit dem hotelinternen Funkgerät die Gouvernante, die wenige Minuten später an der Rezeption erschien. Der Gast war nicht im Zimmer. Das Bett war benutzt worden, ein

Laptop stand auf dem Sekretär, die Kosmetikartikel im Badezimmer und ein kleiner Koffer lag geöffnet auf dem Kofferbock.

Jetzt musste Caterina eine rasche Entscheidung treffen. Sie konnte nicht dreizehn Personen warten lassen, nur weil einer fehlte. Da der Wagen des Mailänders vor dem Hotel parkte und er das Programm des heutigen Tages kannte, beschloss sie, mit der Gruppe zur Azienda Il Poggio zu fahren.

Sie würde weiterhin versuchen, Molteni telefonisch zu erreichen. Da sein Handy nicht auf dem Zimmer war, musste er es mitgenommen haben. Sie entschuldigte sich beim Empfangschef der Villa Flora und ersuchte ihn, alles so zu belassen und sie zu kontaktieren, sobald der Gast wieder auftauchte. Nachmittags käme sie dann vorbei, um die Rechnung der Gruppe abzuzeichnen.

Offensichtlich hatten die Journalisten die Wartezeit im Bus mit fachlicher Konversation verbracht, vor allem der Vin Santo hatte sie beeindruckt, und nun freuten sie sich auf die Kostproben des Olivenöls.

Sie wies den Fahrer an loszufahren und nahm das Mikrofon zur Hand.

»Der landwirtschaftliche Betrieb, den wir besuchen, liegt auf einem der typischen toskanischen Hügel und ist von Olivenhainen und Obstbäumen umgeben. Daher auch der Name Azienda Il Poggio, was Anhöhe bedeutet.«

Auf einer Wiese graste eine nahezu unüberschaubare Schafherde und in der Mitte gab es mehrere Gebäude aus Sandstein. In einem laubenartigen Innenhof, der an drei Seiten vom Wohnhaus, dem Restaurant und dem Bürogebäude begrenzt wurde, war ein langer Tisch mit Kostproben verschiedener landwirtschaftlicher Produkte gedeckt.

Das ungesalzene Pan Toscano, das typische Brot der Region, war zwar nicht jedermanns Sache, doch mit einigen Tropfen des geschmackvollen Olivenöls oder etwas

Pflaumenmarmelade wurde es zum Genuss. Nando Natuzzi interessierte sich vor allem für die Leberpastete, deren Rezept von jeder toskanischen Hausfrau eifersüchtig gehütet wurde. Im Laufe der Jahre hatte er festgestellt, dass auch die Chefs hochgepriesener Restaurants ihre Crostini mit der Hühnerlebercreme servierten, deren Zubereitung sie von Mutter oder Großmutter erlernt hatten.

Genussvoll leckte er sich die Lippen und schob den Gedanken an seine Waage beiseite, als er sich dem Pecorino, dem Schafskäse, näherte. Das Besitzerehepaar des Betriebes beantwortete in gutem Englisch und mit Geduld die Fragen der Journalisten, ausgenommen die nach dem Rezept der Leberpastete, die immer wieder gestellt wurde.

Scheinbar meinte man, sie hätten noch nicht genug gegessen, denn kurz nach zwölf Uhr läutete die rundliche Köchin die große Glocke vor dem Eingang zum Restaurant. Die Amerikanerinnen nahmen Nando Natuzzi in ihre Mitte und setzten sich neben ihn, die anderen Männer gegenüber. Als Caterina an den Tisch trat, schaute Nando fragend zu ihr auf, doch die Frau schüttelte den Kopf. Offenbar hatte sich Maurilio Molteni immer noch nicht gemeldet.

Anders als am Vorabend begann man vegetarisch, mit einer Zuppa contadina, der traditionellen toskanischen Suppe aus Brot und Kohl. Darauf folgte ein Stracotto, Schmorbraten vom Rind, mit frischem Salat aus eigenem Anbau und zum Abschluss eine Karotten-Nuss-Torte. Heute wurde zwar etwas Wein getrunken, aber es fiel auf, dass sich in erster Linie die Wasserflaschen rasch leerten. Nach dem Kaffee stürzten sich die ausländischen Kollegen auf die Souvenirs und typischen Produkte im Hofladen, während Caterina und Nando bereits zum Bus gingen.

Er bedankte sich bei der jungen Frau für das interessante Wochenende und versprach einen ausführlichen Artikel, in dem er nicht nur über das Konsortium des Vino Nobile, sondern auch die beiden Betriebe und das Hotel schreiben würde.

»Allerdings bin ich froh, in ein paar Stunden wieder daheim zu sein«, meinte er augenzwinkernd, »da ich nicht mehr zum Essen gezwungen werde.«

Sie bestätigte seine Bemerkung lachend, doch dann wurde sie ernst.

»Ich muss das Rätsel um das spurlose Verschwinden des Mailänders klären. Vorhin habe ich den Präsidenten des Konsortiums angerufen, und der meint, dass man seitens des Hotels die Polizei informiert, da Signor Molteni dort als Gast registriert ist. Das werde ich also noch besprechen, bevor ich den Rest des Sonntags zu Hause genießen kann.«

Der Busfahrer hielt nur kurz vor der Villa Flora. Die Journalisten verabschiedeten sich lautstark von Caterina Neri und überschütteten sie mit Lob und Dank.

Nando Natuzzi war hingegen atemlos und verwirrt, als er plötzlich unzählige Visitenkarten in der Tasche und den Geruch verschiedener Parfums auf der Haut hatte. Sowohl die australische Kollegin als auch die Amerikanerinnen hatten ihn fest umarmt und auf die fleischigen Wangen geküsst.

Als sich der Bus Richtung Flughafen Florenz in Bewegung setzte, war er bereits im Inneren des Hotels verschwunden, wusch sich Lippenstiftreste und den gemischten Geruch der überschwänglichen Damen vom Gesicht.

Caterina Neri war in ein angeregtes Gespräch mit dem Empfangschef vertieft und winkte ihn heran. Sie stellte die Männer einander vor. Manfredo Neri, der vermeintliche Angestellte, war in Wirklichkeit der Besitzer des Hotels und trotz der Namensgleichheit nicht mit Caterina verwandt. Die beiden hatten vor wenigen Minuten über den Notruf die Carabinieri gerufen, da sich Maurilio Molteni bis dato nicht gemeldet hatte und die Anrufe weiterhin auf seiner Mailbox landeten.

Nando bat um ein Glas Wasser für Caterina, die verstört schien.

Sie saßen noch keine fünf Minuten an einem der kleinen Tische in der Halle, als zwei Carabinieri hereinkamen. Mit wenigen Worten umrissen der Hotelier und die Pressesprecherin des Konsortiums die Situation. Vielleicht hatten sie erwartet, zu hören, dass es zu früh war, um eine Vermisstenanzeige aufzugeben, wurden jedoch von dem Ranghöheren der beiden eines Besseren belehrt. »Verschwindet ein Gast aus einem öffentlichen Gebäude, ist es absolut korrekt, die Behörden umgehend zu informieren. Liegt ein begründeter Verdacht auf ein Verbrechen vor, kann die Suche sofort eingeleitet werden, aber davon ist in diesem Fall nicht auszugehen. Es ist nur bedauerlich, dass die anderen Teilnehmer des Presse-Events bereits abgereist sind.«

Sein Kollege kontrollierte das Zimmer des Gastes, dann dessen Wagen auf dem Parkplatz. Als er in die Eingangshalle trat, kontaktierte er über Funk die Kommandantur und bat um die Kontrolle des Autokennzeichens. Schließlich holte er Caterina Neri beiseite und begann mit seiner Befragung.

Der ranghöhere Capitano Pirro nahm neben Nando Natuzzi Platz, notierte zuerst seine Kontaktdaten und ersuchte ihn dann, den Ablauf des Wochenendes zu rekonstruieren. Mit hochgezogenen Augenbrauen lauschte er Nandos Schilderung des Gesprächs zwischen der Gattin des Präsidenten des Konsortiums und dem Mailänder Journalisten, das dieser gestern Abend beim Verlassen der Fattoria Dante gehört hatte.

»Haben Sie Signor Molteni danach noch einmal gesehen, Signor Natuzzi?«

»Nein. Wie alle anderen Kollegen und Kolleginnen bin ich unmittelbar nach der Ankunft hier sofort auf mein Zimmer gegangen.«

Nachdem die beiden Carabinieri sich zurückzogen und leise beratschlagten, ersuchte Capitano Pirro den Hotelier, das Hotelzimmer bis morgen verschlossen im aktuellen Zustand zu belassen.

»Sollte Maurilio Molteni bis dahin nicht auftauchen, wird sich die Spurensicherung genauer damit befassen.«

Dann verabschiedeten sie sich und Nando folgte ihnen kurz darauf. Caterinas Frage, was er von der Sache hielt, überging er, so wie er einen weiteren Kaffee ausschlug. Er war froh, endlich die Heimfahrt antreten zu können.

Vierzehn

Viareggio, Montagnachmittag

Wie eine graue Decke hingen die dichten Wolken am Himmel und tauchten die Stadt am ligurischen Meer in diffuses Licht. Der richtige Tag zum Arbeiten, hatte Nando Natuzzi gedacht, als er sich nach seinem morgendlichen Ritual an seinen Schreibtisch setzte. Weder per Mail noch auf dem Handy waren eigenartige Nachrichten eingegangen und der Artikel über Montepulciano, seine Weine und Gastronomie schritt flüssig voran. Er hatte bereits die beiden Restaurantkritiken ausgegliedert, sowohl die Fattoria Dante als auch die Azienda Il Poggio betreffend, und war in den Produktkatalog des Konsortiums des Vino Nobile di Montepulciano vertieft, als das Handy summte. Mobilnetz, doch er kannte die Nummer nicht und ließ den Anruf unbeachtet. Konzentriert schrieb er an dem Artikel weiter, als das leise Summen erneut einsetzte. Wer immer das auch ist, er gibt sowieso keine Ruhe, dachte er und meldete sich mit einem forschen »Pronto?«.

Die Stimme, die ihm antwortete, erkannte er sofort. Nur sein Freund Guido Vanni brummte wie ein Grizzlybär. Der Chefredakteur der Florentiner Tageszeitung La Nazione war ein ausgezeichneter Journalist und schrieb immer noch leidenschaftlich gern selbst, obwohl er mittlerweile als Direktor im administrativen Sumpf versank, wie er ständig betonte. Sie kannten sich ewig. Ihre Väter hatten gemeinsam ihren Dienst beim Militär geleistet, für den jeweils anderen als Trauzeuge fungiert und ihre Söhne waren wenige Monate nacheinander zur Welt gekommen. Kein Wunder also, dass Guido mit seinen Eltern regelmäßig im Ristorante Il Gabbiano der Natuzzis zu Besuch gewesen war und sie Freunde wurden, obwohl der eine in Florenz und der andere in Portovenere an der ligurischen Küste aufwuchs. Das hatte sich nie geändert, egal, wie weit sie voneinander entfernt lebten. Teils mochte es daran liegen, dass sie beide mit ihrem Beruf verheiratet waren, doch zudem verband sie ihre doppelte Liebe für gutes Essen und den Journalismus. Dass sie auch noch ungefähr gleich groß waren und ihre Figur die des jeweils anderen widerspiegelte, war das Tüpfelchen auf dem i – oder der Ausgleich dafür, dass sie keine Geschwister hatten. Und keine Ehefrauen. Im Gegensatz zu ihm hatte Guido es einmal versucht und sich einen Ring an den Finger stecken lassen, aber es war schiefgegangen und ihm selbst eine Lehre gewesen. Männer wie sie, die in ihrer Arbeit vollste Befriedigung fanden, blieben besser allein.

Guido hielt sich nicht lange mit Floskeln auf und kam auf den Punkt. Er wollte sichergehen, dass Nando letzten Donnerstag, wie geplant, im Ristorante Gufo Grigio in Montecatini Alto gegessen hatte.

»Ja, selbstverständlich, du kennst mich doch. Programme sollte man nie ändern«, erwiderte er.

»Ist dir an dem Abend etwas Ungewöhnliches vorgefallen?«

Nando stutzte. Natürlich vertraute er dem Freund, aber der war auch Journalist und nicht im gastronomischen Bereich, sondern in der lokalen und regionalen Chronik. Und als solcher hatte er eine sensible Nase, mit der er jeden Trüffelhund in den Schatten stellte.

»Ich will nicht lange herumreden, Nando, und verspreche dir, dass es vorerst nur um Recherche geht. Ein gewisser Orazio Proietti ist Freitag im Krankenhaus in Pistoia verstorben, nachdem er am Vorabend in einem nicht näher benannten Restaurant in Montecatini Alto zusammengebrochen war. Der Mann war der Besitzer eines Weingroßhandels, weshalb das Interesse an seinem plötzlichen Tod besonders groß sei.«

»Lass uns persönlich darüber sprechen«, erwiderte

Nando. »Ich komme morgen zu dir nach Florenz.«

Somit würde er gleich zwei Fliegen mit einer Klappe schlagen.

Er konnte seine Neugierde stillen, die diese explosionsartige Nachricht vom Tod des zweiten Mannes ausgelöst hatte, und mit Vanni im Ristorante La Fiorentina mittagessen, dessen Bewertung ohnehin anstand.

Sie verabredeten sich für den späten Vormittag in der Redaktion und beendeten das Gespräch.

FÜNFZEHN

Montepulciano, Montagabend

Bei seinem Dienstantritt in der Kommandantur am Nachmittag erfuhr Capitano Pirro, dass der Mailänder Journalist immer noch nicht aufgetaucht war. Die Spurensicherung hatte am Vormittag im Hotelzimmer in der Villa Flora nur die Fingerabdrücke des Gastes und der Gouvernante gefunden. Maurilio Molteni war am Samstagabend mit einem dunkelblauen Anzug bekleidet gewesen, der wie das hellblaue Hemd und die Krawatte im Koffer lag. Die entsprechenden eleganten Schnürschuhe standen im Zimmer, es fehlten hingegen die Jeans und das kakifarbene Shirt, die er bei seiner Ankunft am Samstagnachmittag getragen hatte. Weder Caterina Neri noch Nando Natuzzi hatten sich bei der Befragung am Vortag an das andere Paar Schuhe oder eine Jacke erinnert.

Der Mailänder war seit dem gestrigen Sonntagmorgen unauffindbar und antwortete nicht auf dem Handy. In knapp zwei Stunden würde die Dunkelheit hereinbrechen. Pirro kontaktierte seinen Vorgesetzten in der Provinzhauptstadt Siena. Der Tenente Colonello Califano leitete das Provinzkommando, womit ihm natürlich auch die Compagnia Montepulciano, die Kommandantur des kleinen Städtchens, unterstellt war.

»Wie gesagt, Pirro, als man mich heute Vormittag informierte, ging ich davon aus, dass sich der Mann irgendwo besoffen hat und wieder auftaucht, sobald er nüchtern ist. Mit vierunddreißig ist er ja kein minderjähriger Jugendlicher mehr, der von zu Hause ausbüxt. Vielleicht hat er eine Frau kennengelernt und das Zeitgefühl verloren und kehrt heute Nacht ins Hotel zurück. Gehen Sie also vor, wie wir besprochen haben.«

Nachdem er das Gespräch beendet hatte, organisierte er die Suchtrupps und forderte vom Centro Cinofili in Florenz, dem Hauptsitz der Hundestaffel, Suchhunde an. Dann legte er die Lagebesprechung für acht Uhr am kommenden Morgen auf dem Hotelparkplatz fest.

Ein Kollege übernahm seinen bereits begonnenen Dienst, damit er ausgeruht am nächsten Tag die Suche leiten konnte. Telefonisch setzte er Manfredo Neri, den Besitzer des Hotels Villa Flora, darüber in Kenntnis. Er musste seine Gäste informieren, dass diese Hunde die Spuren direkt im Hotelzimmer aufnehmen würden.

Um Viertel nach sieben verließ er das Gebäude der Kommandantur und lief prompt Caterina Neri in die Arme. Früher war ihm die Frau nie aufgefallen, obwohl der Sitz des Konsortiums nur ein paar hundert Meter entfernt lag. Andererseits kannte er sie ja nur, weil sie eine der Personen war, die er befragt hatte.

»Capitano Pirro, Sie hier?«

Wer denn sonst, dachte er. Als ob es verwunderlich wäre, einen Carabiniere unmittelbar vor der Kommandantur im Zentrum des Städtchens zu treffen.

»Und Sie, Signora Neri?«

»Ich komme aus dem Büro.« Sie deutete in die Richtung, aus der sie gekommen war, und sprach sofort weiter. »Gibt es Neuigkeiten?«

Er hatte keine Lust, lange Erklärungen darüber abzugeben, was er ihr sagen durfte oder konnte. Daher erklärte er ihr mit wenigen Worten, was soeben beschlossen worden war, und wies sie kurz und bündig darauf hin, dass man bereits Kontakt mit der Familie des Signor Molteni aufgenommen hatte.

»Ab sofort sind seine Angehörigen die einzigen Ansprechpartner seitens der Behörden. Ich wünsche Ihnen einen guten Abend, Signora Neri.«

Mit einem angedeuteten militärischen Gruß verabschiedete er sich und ging eilig die Straße hinunter.

Sechzehn

Florenz, Dienstagvormittag

Das Stadtzentrum der toskanischen Hauptstadt ähnelte einem Wespennest. Wie immer war Nando Natuzzi von der Autobahn Firenze-Mare, der A11, abgefahren, hatte seinen Wagen unmittelbar am Ortseingang geparkt und ein Taxi gerufen. Die Innenstadt war verkehrsarme Zone, Parkplätze so gut wie nicht vorhanden und Strafzettel der Normalzustand.

Aufgrund seiner Körperfülle vermied er den Lift, nahm die Treppe und landete mitten in der Chronik-Redaktion. Guido Vanni stand wie ein Dirigent inmitten des Großraumbüros der Tageszeitung La Nazione. Seine sonore Stimme untermalte die fließenden Bewegungen seiner Hände, mit denen er seine Arbeitsanweisungen unterstrich, die er mit einem fröhlichen »al lavoro, an die Arbeit« beendete. Ein allgemeines Grinsen der Redakteure kommentierte den Gruß der beiden Freunde, deren Bäuche sich berührten, als sie einander kurz umarmten, um dann in Vannis Kabuff zu verschwinden. Eigentlich war er ja bereits seit einigen Jahren der Direktor der Tageszeitung, und als solcher hatte er ein geräumiges Büro im letzten Stock. Guido war jedoch durch und durch Journalist, würde immer in erster Linie Chefredakteur bleiben und liebte das winzige unaufgeräumte chaotische Zimmer, das von der Redaktion nur durch eine gläserne Wand getrennt war.

Er nahm eine Flasche Mineralwasser aus dem kleinen Kühlschrank, der wie alle anderen Flächen in dem Raum als Ablage für Papier in jeder Form diente.

Dann setzte er sich dem Freund gegenüber hinter den Schreibtisch, um das telefonische Gespräch vom Vortag dort aufzunehmen, wo sie es unterbrochen hatten.

»Einer meiner alten Hasen hat nach dem Tod des Proietti erfahren, dass dieser von einer Ambulanz am Donnerstagabend aus einem Restaurant in Montecatini Alto abgeholt wurde. Da es in dem kleinen Ort nur wenige Lokale gibt und das Ristorante Gufo Grigio seit einigen Monaten sehr beliebt ist, wäre es möglich, dass der Unternehmer dort gegessen hat. Und du, mein Freund, hast mir gesagt, dass du es testen wolltest.« Guido beugte sich vor und zwinkerte ihm zu. »Eins und eins macht zwei«, sagte er und schaute Nando fragend an.

»Ja, du hast recht, ich war Donnerstagabend in dem Restaurant«, bestätigte dieser. Dann erzählte er von dem eigenartigen Vorfall, der Ankunft des Notarztes und des Abtransportes des Gastes, der immer noch bewusstlos war. Als er die junge Begleiterin des Mannes erwähnte, hob Guido eine Augenbraue an, die sich in ebendieser Position blockierte, griff zum Telefon, sagte wenige Worte, legte wieder auf. Endlich kehrte der buschige Haarbogen oberhalb des Auges an seinen angestammten Ort zurück.

Kurz darauf stürmte Marcello Russo, Redakteur der Cronaca nera, in den Raum. Fast zwanzig Jahre in der Berichterstattung über Verbrechen hatten aus ihm den perfekten Spürhund gemacht, dem die Erwähnung der Frau ausreichte, um die Witterung aufzunehmen. Zwar war die Beschreibung schlank, blonder Pagenkopf, grauer Tailleur und schwarze High Heels lächerlich wenig, doch besser als nichts, meinte er, drehte sich um und stieß die Tür von außen hinter sich zu. Kommentarlos, was den Auftritt des Mitarbeiters anbelangte, griff Vanni nach der Jacke auf der Sessellehne und sprach das Wort aus, das ihn und Nando seit Jahrzehnten verband: »Hunger.«

Die toskanische Rinderrasse Chianina war schon zu Zeiten der Etrusker berühmt, vor allem aber war es das T-Bone-Steak aus Florenz. Nur wenige Minuten von der Redaktion entfernt lag das Ristorante La Fiorentina, dessen Name keiner weiteren Deutung benötigte. Als der Konsum von Fleisch mit Knochen zu Beginn des Jahrtausends fast fünf Jahre lang verboten wurde, war zwar niemand verhungert, doch die Feste, die im Januar 2006 zu Ehren der wiederauferstandenen Bistecca alla Fiorentina gefeiert wurden, übertrafen die des vorangegangenen Jahreswechsels bei Weitem. Vor allem in diesem Restaurant.

Nando Natuzzi war in dem berühmten Lokal seit langer Zeit bekannt. Er hatte es vor Jahren in seine Bewertungsliste aufgenommen und der Kommission des internationalen Restaurantführers einen Stern empfohlen, der schließlich verliehen worden war. Service und Essen waren konstant auf höchstem Niveau, doch wäre dem irgendwann nicht so, würde er eine ehrliche Bewertung abgeben. Seine Unparteilichkeit und Unbestechlichkeit waren allseits bekannt.

Die Freunde nahmen an dem Tisch Platz, der mittags für die Zeitungsredaktion reserviert war. Nachdem sie ihre Bestellung aufgegeben hatten, räusperte sich Nando, legte die Fingerspitzen seiner Hände aneinander, als ob er beten wollte, und suchte Guidos Blick.

»Mein Lieber, ich würde gern etwas mit dir besprechen, nur …« Er unterbrach sich kurz, bevor er weitersprach. »Ich will mit meinem Freund sprechen, nicht mit dem Zeitungschef.«

Der Angesprochene musste nicht überlegen, denn wenn Nando so ernst mit ihm redete, war absolute Verschwiegenheit für ihn selbstverständlich.

Die Erzählung vom Mittwochabend der Vorwoche im Ristorante Da Mimmo in Pisa malte vorerst Verwunderung in das Gesicht des Florentiners. Doch sobald Nando fortfuhr und erzählte, dass der Mann in der gleichen Nacht im Ospedale Cisanello in Pisa verstorben war, nestelte er mit nervösen Fingern das Handy aus der Tasche.

»Nein, du hast es mir versprochen«, sagte Nando und legte seine Hand beschwichtigend auf die das Freundes, »außerdem ist da noch etwas …«

Er behielt nichts für sich, berichtete von dem Brief und den Nachrichten, die er per Mail und SMS erhalten hatte.

»Guido, ich habe das Gefühl, da in irgendetwas hineingeraten zu sein, was mit mir zu tun hat, worauf ich jedoch keinen direkten Einfluss habe. Ich bin sozusagen ohnmächtig.«

Sie unterbrachen das Gespräch, als der Kellner mit dem riesigen T-Bone-Steak kam, es vor ihren Augen vom Knochen trennte und auf zwei Tellern anrichtete. Schweigend machten sie sich über ihre Bistecca alla Fiorentina und die Ofenkartoffel her, doch man konnte förmlich die Gedanken spüren, die beide Männer beschäftigten. Glücklicherweise braucht man für den Verzehr von gut sechshundert Gramm Fleisch pro Person fast eine halbe Stunde, überlegte Nando. So verdaut er, was ich ihm erzählt habe, und die Vernunft übernimmt wieder eine tragende Rolle – auch die eines besessenen Journalisten. Er kannte Guido wie einen Bruder und verstand dessen professionelle Gier nach Knüllern. Vor allem aber vertraute er in der skrupulösen Wahrheitsfindung des Freundes, die jedem Artikel vorausging.

Schließlich legten sie beide das Besteck nieder und bestellten eine weitere Flasche Wasser. Guido setzte soeben zum Sprechen an, als sein Handy läutete. Aufmerksam lauschte er den Worten des Anrufers, antwortete mit einem knappen »Natürlich, selbstverständlich. Bis später« und unterbrach das Gespräch.

»Man hat einen Toten gefunden, unweit von einem Luxushotel bei Montepulciano.«

Entsetzen zeichnete sich im Gesicht von Nando Natuzzi ab. Wortlos winkte er den Maître herbei und bestellte einen doppelten Cognac.

Siebzehn

Montepulciano, Dienstagmittag

Mit knurrendem Magen lehnte Capitano Antonio Pirro an der Motorhaube seines Dienstfahrzeugs und träumte von einem Teller duftender Pasta, als es aus dem Funkgerät krachte. »Wir haben ihn gefunden. Tot. Position …« Mit einem Blick auf die Karte eruierte er die Koordinaten und bestieg den Jeep. Vier Minuten später hielt er unweit der äußersten westlichen Ecke des riesigen Areals des Hotels. Wie im ländlichen Bereich der Toskana üblich war das Grundstück nicht umzäunt, sondern mit eng aneinanderstehenden Koniferen bepflanzt. Die Nadelholzgewächse waren fast bis zum Boden bewachsen und zwischen vier und fünf Meter hoch. Vor dieser grünen Mauer stand ein großer, dunkler Schäferhund mit buschigem Schwanz und glänzendem Fell neben seinem Führer. Saturno war in der Suche vermisster Personen abgerichtet, wie Antonio Pirro beim Meeting erfahren hatte – und er war fast immer erfolgreich. Eigentlich auch heute, dachte er und schaute traurig auf den Hund, der seinen Blick erwiderte. Als ob er verstünde, was sein Fund bedeutete.

Saturno hatte Maurilio Molteni exakt um 12:17 Uhr gefunden. Der Mann lag bäuchlings mit den Beinen unter den Koniferen, ein Teil des Rumpfes und der Kopf lagen im Gras auf der äußeren Seite der pflanzlichen Umgrenzung. Ein zufälliger Spaziergänger hätte ihn niemals gesehen. Auf den ersten Blick war der Körper des Toten unversehrt, zumindest rückwärts.

Capitano Pirro zog sein Handy aus der Tasche und rief seinen Vorgesetzten an. Die unkomplizierte Art des

Tenente Colonello Califano vereinfachte die Zusammenarbeit mit allen Untergebenen, doch sobald er schlechte Nachrichten erhielt, wurde er ungenießbar. Verschwundene Menschen waren schon schlimm, ein Toter entsprach einem verheerenden Erdbeben.

»Sie wissen, was zu tun ist, Pirro«, bellte er ins Telefon. »Ich mache mich sofort auf den Weg.«

Als er »Verstanden« antwortete, hatte Califano die Verbindung bereits unterbrochen. Antonio Pirro warf einen Blick auf seine Armbanduhr. Wenn er nicht in einen Stau geriet, konnte sein Vorgesetzter in eineinhalb Stunden hier sein und er war die Verantwortung los.

Mittlerweile waren weitere Kollegen eingetroffen, die sich um die Spurensicherung kümmerten. Die Hundestaffel und die Suchtrupps konnten abziehen. Antonio Pirro bedankte sich bei allen über Funk und blieb vor Ort.

Carabinieri schritten beiderseits der Koniferen auf und ab, verwendeten Maßbänder, riefen einem Kollegen unverständliche Begriffe zu, die dieser auf einem Schreibblock vermerkte, den er auf einer metallenen Unterlage festgeklemmt hatte. Dazwischen krochen Männer in weißen Overalls, deren Schuhe in Plastiksäcken steckten, unter den Nadelholzgewächsen herum, einer von ihnen in unmittelbarer Nähe des Toten. Jetzt beugte er sich über dessen Oberkörper, nur konnte Pirro von seiner Position nicht erkennen, was er tat. Die Zeit verging schleppend langsam, aber endlich kam der Mann auf ihn zu.

»Der Fundort der Leiche ist mit ziemlicher Sicherheit kein Tatort, weil ich auf den ersten Blick davon ausgehe, dass es sich nicht um ein Tötungsdelikt handelt«, erklärte ihm eine Stunde später der hochrangige Militärarzt, der über seiner Uniform einen dieser weißen Overalls trug und in seiner jahrzehntelangen Laufbahn schon viele Tatorte gesehen hatte. »Man hat ihn weder erstochen noch erschossen, ihm nicht den Schädel eingeschlagen und nicht die Kehle durchtrennt. Sieht so aus, als ob er tot umgefallen wäre. Aber selbstverständlich sind diese Angaben ohne Gewähr, bis ihn nicht der Pathologe in der Gerichtsmedizin auf dem Tisch hat.«

Antonio nickte, weil er die Worte verstand, allerdings nicht deren Sinn.

Ein Mann von vierunddreißig Jahren, der aus seinem Hotel verschwand und zwei Tage darauf in der äußersten Ecke des Grundstücks desselben Beherbergungsbetriebes tot aufgefunden wird, lässt den Schluss zu, dass sein Tod kein natürlicher ist. Er selbst war zwar jung und kein Mediziner, aber er wusste, dass jemand, der tot umfiel, nicht zugleich unter eine Konifere kroch, um sich zu verstecken.

Als die Kriminaltechniker den Leichnam umdrehten, wurde die Sache für Capitano Pirro noch undurchsichtiger. Denn jetzt konnte er mit eigenen Augen sehen, was der Arzt meinte. Auch die Vorderseite des Toten zeigte keinerlei Verletzungen oder Blutspuren auf. Dass Irritierendste war jedoch sein friedlicher Gesichtsausdruck und die zu einem leichten Lächeln nach oben gezogenen Mundwinkel.

Gegen halb drei waren die Spurensicherer vor Ort fertig, packten ihre Werkzeuge und beschrifteten Plastikbeutel in Koffer und entledigten sich der Overalls. Zwei Männer hoben die Leiche in einen metallenen Sarg, verschlossen diesen und schoben ihn in den Leichenwagen, als sich eine Dienstlimousine mit blinkendem Blaulicht näherte.

Antonio Pirro seufzte innerlich auf. Endlich!

Tenente Colonello Califano stieg aus dem Fond des Wagens und grüßte knapp in die Runde. Dann sah er zu den Männern des Leichenwagens und ordnete die Überführung des Toten nach Florenz in die Gerichtsmedizin an.

»Ich habe Oberstaatsanwalt Benelli über den Fall informiert. Er hat die Autopsie des Maurilio Molteni bereits mündlich angeordnet, der schriftliche Befehl wird in Kürze vorliegen.«

Ohne auf eine Antwort zu warten, wandte er sich Antonio zu.

»Wir sehen uns auf der Kommandantur, Capitano«, sagte er und stieg in seinen Wagen. Sein Fahrer startete die Limousine und fuhr an, noch bevor Antonio den Jeep erreichte.

Achtzehn

Florenz, Dienstagnachmittag

Der Cognac hatte Nando etwas beruhigt, seinen Freund hingegen nervös gemacht. Sie bestellten beim Maître des Ristorante La Fiorentina Walnuss-Parfait und Kaffee, als Guido das Schweigen unterbrach.

»Jetzt sag doch endlich! Was ist los mit dir?«

»Der Tote, ich kannte ihn«, erwiderte Nando leise, »wir waren am Samstag zusammen.«

Stockend, mühsam die Fakten und den chronologischen Ablauf des Wochenendes in Montepulciano hervorkramend, berichtete er seinem Freund, dessen Augen vor Erstaunen immer größer wurden.

»Na, wenn das der Sache nicht die Krone aufsetzt«, meinte Guido und bestellte zwei Cognac, diesmal auch einen für sich selbst.

Guido vergaß fast die Kreditkarte, mit der er bezahlt hatte, als er die Rechnung aus der Quittungsmappe nahm. Er hatte es eilig, in die Redaktion zu kommen. Ein Blick genügte, um Marcello Russo, den Redakteur der Cronaca nera, zum Aufstehen aufzufordern. Schnellen Schrittes durchquerte der Mann das Großraumbüro und folgte den beiden Dicken, wie er seinen Chef und dessen Freund im Stillen nannte.

»Und?«, fragte Guido Vanni.

»Ruhetag«, stieß der Mann verärgert aus. »Und nicht nur, dass dieses Ristorante Gufo Grigio heute geschlossen hat, im Krankenhaus muss ich erst einmal herausbekommen, wer in der betreffenden Nacht Dienst hatte, bevor man an Informationen kommt. Das wird dauern und sicher etwas kosten.« Er rieb den Daumen und zwei Finger aneinander, um klarzumachen, dass er von Geld sprach. »Was den Leichenfund in Montepulciano anbelangt, so herrscht seit der Meldung Funkstille. Die Carabinieri haben scheinbar auf einen reservierten Kanal gewechselt.«

»Will ich wissen, wie du überhaupt an deren heutige Frequenz gekommen bist? Nein, will ich nicht«, beantwortete Guido seine Frage selbst. »Du hältst mich also ...«

»... über jeden Fliegenscheiß auf dem Laufenden, auch nachts«, vervollständigte Russo den Satz und verließ den Raum. Diesmal ließ er die Tür offen.

Hochprozentiges war nicht unbedingt eine Gewohnheit des Nando Natuzzi, die beiden doppelten Cognac setzten ihm ziemlich zu. Dabei sagte man, dass erhöhtes Körpergewicht mehr Alkohol absorbierte. Wenn das wahr ist, dann bin ich in Wahrheit ein Fliegengewicht, dachte er, so beschissen, wie ich mich fühle.

Guido hatte ihm angeboten, bei ihm zu übernachten. Bekleidungsprobleme gab es sowieso nicht, da sie von der Figur her wie Zwillinge waren. Außerdem, wenn er schon in Florenz war, konnten sie morgen Vormittag den Oberstaatsanwalt besuchen, den Guido Vanni seit Jahrzehnten kannte.

Benelli und er hatten im Gymnasium Parallelklassen besucht und mit der Fußballmannschaft ihres Jahrgangs mehrmals die regionalen Schulmeisterschaften gewonnen. Beide hatten anschließend in ihrer Heimatstadt studiert, der eine Rechtswissenschaft, der andere Politikwissenschaft, und in der Stadt Karriere gemacht. Solche Männerfreundschaften überstehen alles, auch die wechselnden Freundinnen der Jugendzeit und, im Fall der beiden Florentiner, Guidos gescheiterte und Benellis harmonische Ehe.

Nandos Entschluss stand fest. Morgen würde er sich dem Oberstaatsanwalt anvertrauen. Vielleicht hingen die einzelnen Fakten, die ihn nervös machten, wie er es noch nie in seinem Leben war, tatsächlich irgendwie zusammen. Und Benelli war der Einzige, der in allen zehn Provinzen der Toskana die Fäden ziehen konnte, wenn er denn wollte.

Den Abend verbrachten die beiden Journalisten in Guidos wundervoll renoviertem antikem Haus auf einem Hügel im Südosten der Stadt, von deren Terrasse man einen berauschenden Blick auf den Arno und das Stadtzentrum am gegenüberliegenden Ufer hatte. Auch an heißen Tagen konnte man hier zumeist eine leichte Brise spüren und nicht von Smog durchsetztem Sauerstoff tanken. Sie hatten auf weiteren Alkohol verzichtet, Crudo San Daniele mit Cantaloupe-Melone gegessen und saßen nun mit einem exzellenten Kaffee auf der Terrasse. Die Suche im Internet hatte nichts Neues ergeben, was die drei toten Männer betraf, und in Nandos Mailbox waren keine ungewöhnlichen Nachrichten eingegangen. Vor ihnen lag eine Ledermappe mit einem Notizheft, dem typischen Handwerkszeug eines Journalisten. Eine Seite war in vier Spalten unterteilt. Unter den Überschriften Pisa, Montecatini, Montepulciano und Natuzzi hatten sie in mühsamer Kleinarbeit die ihnen bekannten Fakten eingefügt. Jetzt starrten sie im diffusen Dämmerlicht immer noch darauf, aber es fiel ihnen nichts mehr ein.

Guido schloss die Schreibmappe, schob sie beiseite und griff nach der Zedernholzkiste mit den Zigarren.

Wenig später saßen die beiden Freunde nebeneinander auf der nur vom Mond beschienenen Gartenterrasse. Mit den dicken Cohibas hätten sie auf einen Betrachter wie das doppelte Schattenbild des Alfred Hitchcock gewirkt.

Neunzehn

Florenz, Mittwochmorgen

Serafico Benelli empfing Guido und Nando in seinem Büro im futuristisch anmutenden Justizpalast im Stadtteil Novoli. Die glänzende Platte des wuchtigen Besprechungstisches aus dunklem Holz glänzte im durch die breite Fensterfront einfallenden Licht und war, bis auf eine Thermoskanne mit Kaffee, einigen kleinen Wasserflaschen, Tassen und Gläsern, leer. Man konnte anhand der Einrichtung des Raumes die Macht erahnen, die von der Person ausging, die ihn nutzte. Der Oberstaatsanwalt, dem bereits vor seinem vierzigsten Geburtstag das hohe Amt übertragen worden war, entsprach so gar nicht dem Bild, das man von einem Mann in dieser Position hatte. Schlank, fast mager, war er einen Kopf kleiner als die beiden Freunde. Der elegante Maßanzug, das blütenweiße Hemd und die perfekt gebundene Krawatte ließen ihn wie einen erfolgreichen Unternehmer wirken. Den schmalen Mund in seinem hageren Gesicht umspielte ein freundliches Lächeln, das jedoch vom stechenden Blick der dunklen Augen übertroffen wurde.

Guidos Jugendfreund hatte eine volle Stunde Zeit bis zu seinem nächsten Termin, teilte er ihnen mit. Trotzdem verzichtete der Chefredakteur der wichtigsten Tageszeitung der Toskana auf Small Talk und legte sofort detailliert die Fakten dar. Er rollte alles vom Ende her auf, begann mit dem Auffinden des Toten in Montepulciano, der den Justizbehörden bekannt war, sprach daraufhin von den beiden Vorfällen in den Gourmetrestaurants von Montecatini und Pisa und Nando Natuzzis Präsenz in den drei Orten. Schließlich berichtete er von den verschiedenen

Nachrichten an den Gastrokritiker, dann lehnte er sich im Sessel zurück und verschränkte die Arme vor der Brust.

Benelli saß unbeweglich da. Er hatte die Fingerspitzen beider Hände aneinandergelegt, die Zeigefinger berührten Lippen und Nase. Die Zeit schien unendlich langsam zu verstreichen. Nando griff fahrig nach dem Wasserglas, das vor ihm auf dem Tisch stand, als sich der Oberstaatsanwalt räusperte.

»An sich fällt nur der ungeklärte Todesfall in Montepulciano in den Aufgabenbereich der Staatsanwaltschaft und somit in unsere. Ich erkläre Ihnen, warum«, sagte er an Nando gewandt. »Den Brief haben Sie nicht mehr, doch inhaltlich drückt er wie die anderen Nachrichten keine Bedrohung, sondern Bewunderung für Sie aus, finde ich. Was hingegen die beiden anderen Todesfälle anbelangt, so waren Sie zwar zugegen, als die Restaurantbesucher das Bewusstsein verloren, doch …« Er unterbrach sich mitten im Satz und beugte sich vor. »Mit viel Fantasie könnte man Zusammenhänge herstellen, aber im Grunde genommen fehlt dazu jeder Anhalt. Allerdings«, fuhr er fort, »kann ich eure Überlegungen auch nicht komplett abweisen. Wir sollten zumindest die Zweifel aus dem Weg räumen«, meinte er dann, stand auf und ging zu seinem Schreibtisch. Mit dem Rücken den beiden Freunden zugewandt hob er den Telefonhörer ab.

Kurz darauf klopfte es an der Tür, zugleich wurde die Klinke nach unten gedrückt. Ein Mann, der mit seinem Kopf den Türrahmen zu streifen schien, trat ein. Die dunkelblaue Stoffhose und das gleichfarbige Poloshirt unterstrichen die sportliche Figur des Neuankömmlings, der auf sie zukam.

»Lorenzo Valleverde«, stellte er sich vor und drückte den beiden Freunden nacheinander fest die Hände. Dann griff er nach einer Tasse, schenkte sich Kaffee aus der Thermoskanne ein und nahm Platz.

Serafico Benelli meinte: »Understatement, wie immer«,

und wandte sich Guido und Nando zu. »Zwar muss ich etwas weiter ausholen, doch ihr werdet meinen Kommentar gleich verstehen.«

Er deutete auf den Mann, der soeben seine Kaffeetasse leerte und abstellte.

»Colonello Lorenzo Landi di Valleverde ist zwar erst achtunddreißig, leitet jedoch bereits seit fünf Jahren die florentinische Gerichtspolizei. Dieser gehören, wie Sie vielleicht nicht wissen, Signor Natuzzi, nicht nur Carabinieri, sondern auch Mitarbeiter von Staatspolizei, Finanzpolizei, Forstpolizei und der Küstenwache an. Die Procura della Repubblica, die Staatsanwaltschaft, setzt sich wiederum einerseits aus den Anwälten, andererseits aus der Polizia giudiziaria, der Gerichtspolizei, zusammen.«

Was er nicht sagte, war, dass er nach seiner Berufung zum Oberstaatsanwalt das gesamte engere Team, mit dem er zusammenarbeitete, selbst ausgewählt hatte. Stattdessen deutete er auf den Colonello, der mit den Augen rollte und leicht den Kopf schüttelte, als Benelli weitersprach.

»Als zweitgeborener Sohn des Conte Valleverde ist Lorenzo, erfreulicherweise für uns, nicht der Erbe des Titels.«

Nando warf dem Oberstaatsanwalt einen fragenden Blick zu, der abwinkte und ohne Pause weitersprach.

»Zwar sind diese Adelstitel seit der Gründung der Republik ohnehin nur noch Teil des Namens, aber wir wissen ja alle, dass dies das Interesse an den Angehörigen adeliger Familien nicht geschmälert hat. Im Gegenteil. Die Lebensumstände von Baronen, Grafen, Marchesen und sogar ausländischen Prinzen und Prinzessinnen füllen in manchen Zeitungen ganze Seiten. Mein Glück war und ist, dass Lorenzo einen älteren Bruder hat, den jetzigen Conte Landi di Valleverde. Somit interessiert sich die Presse nicht für ihn.«

Benelli lachte kurz auf und sprach weiter über den Mann, den er die Geheimwaffe der Staatsanwaltschaft nannte und der mit gesenktem Kopf seine Hände betrachtete.

Valleverde hatte in Rom Rechtswissenschaft studiert, danach Kriminalstrafrecht in Washington D.C. und anschließend ein Jahr lang in Langley, Virginia, Profiling. Als er nach Italien zurückkehrte, war er vom Innenminister umgehend in die Arma dei Carabinieri, eine der italienischen Streitkräfte, integriert und als verdeckter Ermittler eingesetzt worden.

Benelli trank einen Schluck Wasser und sprach weiter.

»Wir lernten uns kennen, als er in einen albanischen Mädchenhändlerring eingeschleust wurde, dessen Zerschlagung in meine Kompetenz fiel. Lorenzo hat immer wieder den Wunsch geäußert, in seine Heimatstadt Florenz zurückzukehren. Als man mich zum Oberstaatsanwalt berief, setzte ich seine Versetzung durch. Wir arbeiten also nun bereits seit fünf Jahren zusammen und haben vor allem in den Bereichen Gewaltverbrechen und Wirtschaftsdelikte laufend Erfolge zu verzeichnen.«

Valleverde war zwar nicht rot angelaufen, doch offensichtlich war ihm die ausschweifende Lobeshymne unangenehm. Das Aufblitzen in seinen strahlend blauen Augen, die schmale, leicht gebogene Nase und der dunkelblonde Haarschopf, der so gar nicht militärisch kurz geschnitten war, unterstrichen den Schmollmund, der besser in das Gesicht eines aufsässigen Jugendlichen gepasst hätte.

»Serafico, wenn du keine weiteren Details über mich und mein Leben ausplaudern musst, wüsste ich gern, warum ich hier bin.«

Nando Natuzzi lachte auf. Übermütig wackelte sein Doppelkinn und setzte die wellenförmige Bewegung in der Bauchregion fort. Sein Heiterkeitsausbruch lockerte die Atmosphäre, doch sobald Benelli zu sprechen begann, wurden alle ernst.

Lorenzo Valleverde griff nach dem Blatt mit der Tabelle, das ihm von Guido Vanni gereicht wurde, und schrieb in unlesbarer Schrift einiges dazu, während er immer wieder Fragen stellte. Man sah ihm förmlich an, dass er versuchte, die verschiedenen Punkte logisch miteinander zu verbinden.

»Interessant«, sagte er plötzlich. »Ich nehme die Sache in die Hand und werde mich melden.« Er schaute zu Nando Natuzzi. »Sind Sie in den nächsten Tagen in Viareggio erreichbar?«

»Sie meinen daheim?«

Valleverde nickte.

»Berufsbedingt bin ich oft unterwegs, aber mein Handy ist immer an.«

Der Colonello erhob sich, grüßte mit einem Nicken in die Runde und verließ das Zimmer. Kurz darauf folgten ihm auch die beiden Journalisten.

Guido fuhr in die Redaktion und Nando nahm ein Taxi zurück zu seinem Wagen am Ortseingang von Florenz.

Zwanzig

Pistoia, Mittwochnachmittag

Nocentini hatte einen Wutanfall. Er schrie so laut, dass man es bis in die Patientenzimmer hören konnte.

»Dummköpfe, Nachlässigkeit, Vollidioten, unprofessionelles Verhalten …«

Die Worte waren gegen alle und niemanden gerichtet, aber die junge Schwester, die dem Koller des Chefarztes des Ospedale San Jacopo ausgesetzt war, war allein. Leider, denn ihre beiden Kolleginnen waren in der Mensa. Mit eingezogenem Kopf stand sie hinter der hohen Theke und war froh über die räumliche Trennung.

»Wo ist die Beltrami?«, schrie er jetzt mit hochrotem Gesicht. »Meint die, dass Hauspost Werbung ist?«

Ohne eine Antwort der Schwester abzuwarten, die ohnehin zu keinem Wort fähig war, stürmte er durch die Flügeltür in den Korridor, der zu den Patientenzimmern und dem Bereitschaftsraum führte. Dort hing neben der Stechuhr der Dienstplan der Mitarbeiter der Notaufnahme, die er leitete. Nervös fuhr er mit dem Zeigefinger über das Blatt der aktuellen Woche und landete beim Buchstaben B.

Sein kurz zuvor krebsrotes Gesicht wurde aschfahl, der Brustkorb fiel zusammen, die Atemluft wurde aus dem halb offenen Mund gepresst. Mit der linken Hand riss er das Blatt Papier herunter, das augenscheinlich der Anlass seiner veränderten Hauttönung war. Er zerknüllte es und stierte wie geistesabwesend auf die leere Stelle an der Wand.

Die von der Datenverarbeitung aufgrund des Patientenblatts angelegte digitale Patientenakte war unauffällig und komplett. Orazio Proietti war am Freitag um 12:46, nach mehreren Reanimationsversuchen, verstorben – und er selbst hatte den Tod festgestellt. Herzstillstand.

Die Assistenzärztin hatte die Akte abgeschlossen und man hatte die Leiche automatisch nach vierundzwanzig Stunden, also Samstag am Nachmittag, freigegeben, wie das bei natürlichem Tod üblich war. Der Tote war aber erst Montag in seine Heimatstadt Florenz überführt worden – warum auch immer. Er überlegte, ob er die Angehörigen informieren sollte, oder aber ... Nocentini ging zum Schreibtisch des Bereitschaftsraumes und griff nach der Computermaus. In der Patientenakte war keine Rufnummer von Angehörigen zu finden, aber die eines florentinischen Bestatters. Er streckte den Arm zum Telefon aus.

Eine Viertelstunde später wusste er, dass das Begräbnis morgen Nachmittag am Friedhof Cimitero delle Porte Sante in Florenz stattfinden würde. Er hatte keine Wahl. Immer noch hielt er den Telefonhörer in der Hand. Mit dem Zeigefinger drückte er die Gabel hinunter und wählte die Nummer der Staatsanwaltschaft in Florenz.

Von innerer Unruhe getrieben und entgegen seiner Gewohnheit aktivierte Lorenzo Valleverde das im Frontgrill eingebaute Blaulicht seines anonymen Dienstwagens, um nicht im dichten Verkehr der Autobahn Firenze-Mare hängen zu bleiben. Der schwarze Alfa Giulia Biturbo mit der Aluminiumkarosserie, der in knapp vier Sekunden auf hundert beschleunigte, war aufgrund der neutralen Kennzeichen nicht als Fahrzeug der Arma dei Carabinieri zu erkennen.

Dreißig Minuten später nahm er die Ausfahrt Pistoia, holte die Warnleuchte ein und hielt kurz darauf auf dem Parkplatz des Ospedale San Jacopo. Wie immer war er in Zivilkleidung, doch als er an der Annahme seinen Namen nannte, wurde er sofort von einer Schwester in Schlepptau genommen und im ersten Stock vor dem Büro des Chefarztes Nocentini abgeliefert. Auf sein Klopfen öffnete ein weißhaariger, stattlicher Mann mit randloser Brille und bat ihn höflich herein. Er deutete auf den Stuhl vor dem Schreibtisch und nahm selbst dahinter Platz.

»Wenn Sie erlauben, Colonello, komme ich sofort zur Sache, der Oberstaatsanwalt hat Sie ja sicher schon informiert.«

»In groben Zügen, ja. Deshalb bin ich auch persönlich gekommen.«

Dass sie bereits durch Nando Natuzzi und Guido Vanni von diesem und einem weiteren Toten erfahren hatten und die beiden Männer meinten, dass da ein Zusammenhang zu der Leiche in Montepulciano bestehen könnte, verschwieg er natürlich.

»Seien Sie bitte so detailliert wie möglich.«

»Selbstverständlich.« Der Chefarzt nickte, legte beide Hände auf der Schreibtischplatte ab und beugte sich vor. »Donnerstag letzter Woche kurz vor halb zehn wurde ein Orazio Proietti eingeliefert, der während des Abendessens in einem Restaurant in Montecatini das Bewusstsein verloren hatte. Der Notarzt untersuchte ihn vor Ort und spritzte ihm Adrenalin. Danach führte meine Assistentin Monica Beltrami sämtliche Tests durch, die der Fall vorschrieb. Die körperlichen und zerebralen Funktionen waren im Normalbereich, es gab auch keine äußeren Anzeichen auf einen Unfall, wie eine Platzwunde am Kopf oder ein Hämatom. Der Patient lag in einem Überwachungszimmer in der Notaufnahme im Tiefschlaf – auch noch am Vormittag. Ein von Dottoressa Beltrami hinzugezogener Kollege aus der Intensivabteilung wollte ihn nachmittags auf seine Station übernehmen. Alle Werte waren im grünen Bereich, bis Freitag um 12:37 Uhr der Alarm des Monitorings läutete. Wir haben versucht, ihn zu reanimieren, doch neun Minuten später ist der Patient verstorben. Herzstillstand. Das habe ich selbst diagnostiziert und dementsprechend den Totenschein ausgestellt«, erklärte Dottor Nocentini und sprach weiter. »Ich war seit Samstag auf einem Ärztekongress, kam erst heute Vormittag zurück. Nach dem Mittagessen fiel mir im

Bereitschaftsraum der Notaufnahme das halb volle Postfach der Kollegin Beltrami auf. Die Kollegen und das Pflegepersonal sind angewiesen, ihre Post regelmäßig, zumindest aber bei Dienstantritt und Dienstschluss zu kontrollieren. Meine Assistentin ist seit dem Ende ihres doppelten Turnus am Freitag achtzehn Uhr auf Urlaub und so blieb ihr Posteingang unkontrolliert. Normalerweise werden Befunde auch an die Abteilung und nicht persönlich an einen Arzt gerichtet, aber lassen wir das.« Der Chefarzt machte eine wegwerfende Geste. »Dottoressa Beltrami hat am Patienten Proietti Donnerstagnacht eine routinemäßige Blutabnahme durchgeführt und zur Analyse ins Labor geschickt. Nun, um es kurz zu machen. Im Blut des Orazio Proietti, das etwa zwei Stunden nach seiner Einlieferung abgenommen worden war, konnte Gamma-Hydroxybuttersäure nachgewiesen werden.« Der Chefarzt ließ die Worte frei im Raum stehen und schaute Lorenzo Valleverde geradewegs in die Augen.

»Wir müssten klären, wann Dottoressa Beltrami der Befund zugestellt wurde«, sagte dieser.

»Schon erledigt«, antwortete Nocentini. »Die letzten Werte des Blutbilds des Patienten sind Freitag um 17:11 ausgewertet worden, wie man aus dem Diagramm ersehen kann. Das krankenhausinterne Labor schließt den regulären Betrieb um sechs Uhr abends. Da unsere Abteilung beim Ausgang liegt, nimmt einer der Mitarbeiter die letzten Befunde mit, wenn er oder sie das Haus verlässt. Jemand an der Annahme hat den Umschlag für Monica Beltrami dann offensichtlich in ihr Postfach gelegt. Nur hatte die Kollegin zu der Zeit ihren Urlaub bereits angetreten. Aber selbst wenn ...«

Der Chefarzt ließ den Satz unvollendet.

»Sie meinen, man hätte ihn nicht retten können?«

»Da wir Ärzte nicht hellsehen können, sind wir bei der Vielfalt an Drogen auf das Ergebnis der Drogenanalytik angewiesen – und ein komplettes Screening braucht seine Zeit. Aber um ehrlich zu sein, hatte ich mich heute gewundert, als ich sah, dass die Kollegin dieses angefordert hatte. Ein Mann von sechsundfünfzig ist nicht das typische Vergewaltigungsopfer ...«

»Sie wollen damit sagen, dass in einem Fall wie dem des Signor Proietti nicht auf Drogen getestet wird?«

Nocentini schüttelte den Kopf.

»Nicht nur in seinem, sondern generell, außer man hat es mit einem Drogenabhängigen zu tun. Sie wissen doch, dass in Strukturen wie unserer an allererster Stelle die Kostenkontrolle steht, Colonello. Ein Drogenscreening ist teuer, was bedeutet, dass man zwar selbstverständlich Blut abnimmt und die Routinekontrolle anordnet, den Rest jedoch einfriert, um für den Notfall ...«

Lorenzo unterbrach ihn.

»Ich habe verstanden, Dottor Nocentini. Obwohl Ihre Assistenzärztin eine komplette Drogenanalyse angefordert hat, ist der Patient verstorben, bevor die Ergebnisse vorlagen.«

Irgendetwas hatte der Arzt gesagt, was ihn hatte aufhorchen lassen, aber er konnte den Gedanken nicht greifen. Doch zumindest war klar, dass Orazio Proietti GHB eingenommen hatte und deshalb gestorben war. Als er in Washington Kriminalrecht studierte, gab es einige Vorlesungen über Drogen und ihre Wirkung. Gamma-Hydroxybuttersäure war gemeinhin unter dem Namen K.-o.-Tropfen oder Liquid Ecstasy bekannt und im Blut nur wenige Stunden nach der Verabreichung nachweisbar.

»Wie sicher ist der Befund?«, fragte er den Chefarzt.

»Das Ergebnis des Bluttests ist eindeutig. Der Mann hatte eine hohe Dosis GHB eingenommen, das zur Bewusstlosigkeit und zum Tod geführt hat.«

Das war eindeutig – und der Ermittlungsansatz, dachte Lorenzo Valleverde.

»Jetzt hätte ich gern mehr über die Einlieferung des Patienten gewusst. Konnten Sie mit den Sanitätern sprechen?«

»Nach dem Telefonat mit dem Oberstaatsanwalt habe ich

den Notarzt erreicht, der an dem betreffenden Abend Ambulanzdienst hatte«, erwiderte der Chefarzt. »Orazio Proietti war in Begleitung einer Frau, die mit dem Rettungswagen vom Restaurant in Montecatini Alto ins Krankenhaus mitgefahren ist. Auch eine der diensthabenden Schwestern kann sich flüchtig an die Blonde erinnern, vor allem, da sie gesagt hatte, dass sie auf jeden Fall bleiben würde, bis der Patient wieder bei Bewusstsein war. Allerdings hat Dottoressa Beltrami sie ungefähr um zwei Uhr nachts gesucht und nicht gefunden.«

Nocentini übergab seinem Gesprächspartner einen Ausdruck der Patientenakte und des Laborbefundes sowie Namen und Telefonnummern des Personals der Ambulanz und der Notaufnahme und seine persönliche, private Handynummer. Dann rief er den krankenhausinternen Sicherheitschef an, der wenig später mit zwei CDs erschien. Zwar meinte der Mann, dass man nichts Besonderes sehen konnte, da er stets unmittelbar nach ungewöhnlichen Vorfällen informiert würde. Doch er hatte, wie vom Chef angeordnet, sämtliche Aufzeichnungen der drei Kameras der Notaufnahme im Zeitraum von vierundzwanzig Stunden ab Donnerstag achtzehn Uhr darauf kopiert.

Effizient, dieser Dottor Nocentini, dachte Lorenzo Valleverde, bedankte sich und erteilte telefonisch Anordnungen an seine Mitarbeiter, bevor er vor dem Krankenhaus in seinen Wagen stieg.

Er setzte sich auf den Fahrersitz, fischte das Handy aus der Tasche und wählte die Direktwahl des Kommandanten der Provinz Siena. Der Anruf wurde automatisch auf ein Mobiltelefon umgeleitet, er hörte das Klicken und wartete, bis es klingelte.

»Califano«, meldete sich der Tenente Colonello, der die Verantwortung für die Compagnia Montepulciano und somit den Leichenfund dort hatte.

»Valleverde. Wir haben zwei weitere Todesfälle in der Region, deren Ursachen nicht eindeutig sind. Um jeden

Verdacht auszuschließen, müssen wir eventuelle Zusammenhänge mit Ihrem Fall ausschließen. Dazu benötigen wir detaillierte toxikologische Befunde. Welche Examen haben Sie bei der Gerichtsmedizin angefordert?«

Califano kannte den Colonello, seitdem dieser die Gerichtspolizei leitete. Er bewunderte seine exzellente Arbeit und auch seine Vorgehensweise. Hatte Lorenzo Valleverde einen Zweifel, so lag er zumeist richtig. Der Mann hatte einen stark ausgeprägten sechsten Sinn, wenn es sich um Verbrechen handelte. Dementsprechend fiel seine Antwort aus.

»Oberstaatsanwalt Benelli hat bereits schriftlich eine komplette Autopsie angefordert, wie bei ungeklärten Todesfällen üblich. Aber ich setze mich sofort mit dem Pathologen in Verbindung, Colonello, und weise darauf hin, dass eventuelle Giftstoffe im Organismus nachgewiesen werden müssen. Blut, Haare, Nägel, alles. Molteni wird morgen Vormittag obduziert.«

»Ausgezeichnet. Wir hören uns.«

Lorenzo beendete das Gespräch und startete den Motor. Kurz darauf verließ er Pistoia über die Landstraße und fuhr Richtung Montecatini.

Einundzwanzig

Montecatini, Mittwoch später Nachmittag

Marcello Russo saß in seinem Wagen und war immer noch verärgert. Von der Leiche in Montepulciano gab es keine Neuigkeiten. Wenn er Glück hatte, würde er morgen Nachmittag etwas in Erfahrung bringen. Im Krankenhaus in Pistoia hatte man ihm freundlicherweise den Namen der Assistenzärztin mitgeteilt, die Donnerstagnacht Dienst in der Notaufnahme des Ospedale San Jacopo gehabt hatte, als dieser Proietti eingeliefert wurde. Allerdings war die Dame auf Urlaub. »Zwei Wochen ohne Handy und Computer, absolut unerreichbar«, hatte ihm eine Krankenschwester gesagt.

Dann musste er es eben zuerst im Restaurant versuchen, hatte er gedacht und war heraufgefahren, mitten in den Ort. Er hatte seinen Wagen eng an einer Hausmauer geparkt und starrte auf das Gefallenendenkmal. Manchmal hasste er es, sich sein Brot als Redakteur zu verdienen. In solchen Momenten der Flaute und des Wartens beschloss er, dass er umsatteln sollte. Allerdings machte er seinen Job schon ewig und liebte ihn mehr, als er ihn hasste. Daher wusste er genau, dass er es ohnehin nicht tun würde. Und immer wenn er am absoluten Tiefpunkt tödlicher Langeweile war, witterte er ein Verbrechen und vergrub sich in dem Fall, was ihn dann oft wochenlang nicht losließ. Dabei vergaß er zu essen, oft auch zu schlafen und nährte sich vom Adrenalin, das seinen Körper flutete.

Im Moment war davon nichts zu bemerken. Die Indizien waren nicht mehr als ein paar vereinzelte Kleckser auf einer weißen Leinwand. Aber was nicht war, konnte noch werden. Er musste nur die Punkte verbinden, damit sie zur

Spur wurden. Mit einem tiefen Seufzer griff er nach der Jacke, die auf dem Beifahrersitz lag. Er stieg aus, streckte sich, zog das Hemd glatt und streifte das Sakko über. Dann schloss er den Wagen ab und ging die kurze Strecke zum Ristorante Gufo Grigio.

Lorenzo Landi di Valleverde lehnte nur wenige Meter vom Auto des Redakteurs entfernt in einem Hauseingang. Bevor er dem Mann nachging, der Guido Vannis bestes Pferd im Stall war, wollte er ihm ein paar Minuten Vorsprung geben. Erstens kannte ihn Russo, so wie er ihn, was offensichtlich war, da sie sich beide beruflich zwischen Verbrechen und Kriminellen bewegten. Und zweitens konnten eine inoffizielle und eine offizielle Befragung von Zeugen gemeinsam mehr ergeben als einzeln.

Aus der Innentasche seiner Lederjacke zog er eine Zigarette aus dem Paket und entzündete sie mit dem altmodischen, schweren Feuerzeug mit dem Wappen seiner Familie, das er von seinem Vater geerbt hatte. Der alte Herr fehlte ihm, vor allem die langen Gespräche vor dem Kamin in der Bibliothek oder auf der Dachterrasse des Stadtpalais, je nach Jahreszeit. Der Graf war ein Gelegenheitsraucher gewesen, hatte dieses Laster und die Liebe für jede Art von Genuss auf seinen Zweitgeborenen übertragen. Adalrico, Lorenzos Bruder, war zwar nur wenige Minuten vor ihm zur Welt gekommen, aber bis auf die äußerlichen Attribute homozygoter Zwillinge hatten sie so gut wie nichts gemeinsam. Lorenzo verdrängte den Gedanken an den kläglichen Rest seiner Familie, drückte die halb gerauchte Zigarette unter den Schuhsohlen der weichen, handgemachten Slipper aus und stieß sich von der Hausmauer ab.

Mario Gori und Paolo Paolini, die beiden Eigentümer des Ristorante Gufo Grigio, standen hinter dem Tresen der Bar und sprachen angeregt mit Marcello Russo, als sich die Tür des sonst fast leeren Restaurants öffnete. Der große, schlanke Mann, der trotz der Lederjacke elegant wirkte, grüßte freundlich und kam auf sie zu. Er legte eine Hand auf die Schulter des Redakteurs der La Nazione, der auf einem der hohen Barhocker saß. Überrascht drehte Russo den Kopf nach rechts und sein Gesicht erhellte sich.

»Colonello, was für eine Überraschung!« Mit dem einen Satz klärte er die Identität des Neuankömmlings ebenso wie den Grund seines Kommens.

Lorenzo stellte sich vor und ersuchte die Besitzer des Restaurants um einen kurzen Bericht der Geschehnisse vom Donnerstag der Vorwoche.

Paolinis Aussage war knapp. Er hatte, wie immer, den ganzen Abend in der Küche verbracht und den bewusstlosen Gast nicht einmal zu Gesicht bekommen. »Zum Glück laufen unsere Geschäfte gut, da fehlt mir die Zeit, um in den Gastraum zu gehen. Mario hat alles miterlebt.«

Der Küchenchef schaute zu seinem Partner.

»Richtig«, sagte Gori. »Ich hatte soeben ein Ossobuco serviert und ging wieder hinter die Theke, als mir eine eigenartige Bewegung eines Gastes auffiel. Sein Oberkörper kippte vorwärts und sein Gesicht fiel auf den Teller. Mit wenigen Schritten war ich bei dem Tisch. Die Begleiterin des Signor Proietti, eine mit einem Tailleur bekleidete unauffällige Frau, schrie zuerst mit schriller Stimme um Hilfe und nach einem Arzt und murmelte dann weinerlich vor sich hin. Ich habe sofort den Rettungsdienst gerufen, und meine Mitarbeiterin versuchte, die Signora zu beruhigen. Während wir warteten, strich ich dem Gast immer wieder über die Schultern und stupste ihn an, aber der bewegte sich nicht. Bewegungslos lag er mit der Stirn im Hasenragout, bis der Notarzt mit dem Sanitäter eintraf. Der Arzt hat dem Mann eine Spritze mit Adrenalin verabreicht, dann haben sie ihn auf die tragbare Rettungsliege verfrachtet und zur Ambulanz gebracht. Seine Begleiterin ist mitgefahren. Seither haben wir nichts mehr gehört. Sicher geht es Signor Proietti wieder gut«, meinte er abschließend und verbiss sich den Kommentar, dass der Gast sich zumindest hätte melden können. Nicht wegen der unbezahlten Rechnung, die hatte er längst ausgebucht. Aber irgendwie fand er dieses Benehmen nicht korrekt.

»Orazio Proietti ist am darauffolgenden Tag im Krankenhaus verstorben«, erklärte der Colonello.

Entsetzt starrten Gori und Paolini ihn an.

Lorenzo beruhigte die beiden Männer sofort, dass nichts für eine Verwicklung ihres Restaurants sprach. »Sonst hätte man sich schon letzten Freitag seitens der Behörden bei Ihnen gemeldet. Allerdings muss ich alle verfügbaren Details über die Reservierung, die bestellten und konsumierten Speisen und Getränke und die Begleiterin des Gastes in Erfahrung bringen.«

Marcello Russo saß währenddessen ruhig auf dem Hocker und hörte zu, ohne seinerseits Fragen zu stellen. Als Zeitungsredakteur musste er froh sein, dass ihn der Carabiniere nicht gebeten hatte, das Lokal zu verlassen.

»Die Frau ist doch ins Krankenhaus mitgefahren«, meinte Mario Gori. »Dort müsste man wissen, wer sie ist, oder nicht?«

Wo er recht hat, hat er recht, dachte Lorenzo.

»Das schon, aber man hat die Daten nicht aufgenommen. Also versuchen Sie bitte, sich an jedes Detail zu erinnern.«

Mario Gori runzelte die Stirn, dann griff er nach dem Reservierungsbuch und schlug es am entsprechenden Tag auf. Zwischen den Seiten lag ein Kassenbon, den er dem Colonello reichte, und er sagte: »Signor Proietti hat telefonisch unter seinem Namen für zwei Personen reserviert.«

»Sie kannten ihn?«

»Nein, bis zu dem Abend weder namentlich noch persönlich.«

»Und als die beiden das Lokal betraten, ist Ihnen da irgendetwas aufgefallen?«

»Nur das Offensichtliche. Er hatte rotbraun gefärbte

Haare und eine protzige Uhr mit brillantbesetztem Ziffernblatt. Seine Begleiterin war jünger als er, aber keine blutjunge Studentin, und das Auffälligste an ihr waren der perfekt gestylte blonde Pagenkopf und der kirschrot bemalte Mund. Sie trug einen grauen Tailleur, eine weiße Bluse und hohe, schwarze Schuhe.«

»Erinnern Sie sich gut genug an Sie, damit unser Zeichner ein Phantombild von ihr anfertigt?«

Lorenzo Valleverde schaute zu ihm auf und schüttelte den Kopf.

»Sie hatte ein Dutzendgesicht, war mittelgroß und sicher ein paar Jahre älter als ich. Nicht mein Typ, wenn Sie verstehen«, meinte er augenzwinkernd. »Aber sie war eben ein Durchschnittstyp und hatte nichts Anziehendes, sonst würde ich mich trotz des Alters erinnern. Das Einzige, was mir noch auffiel, waren ihre schlanken Beine in den hohen Schuhen und die Strümpfe mit Naht. Solche sieht man selten.«

Lorenzo hatte in seiner kleinen Agenda die Eckdaten mitgeschrieben. Jetzt schloss er das Büchlein und steckte es mit dem Kugelschreiber in die Innenjacke seiner Jacke.

In den letzten zehn Minuten hatte sich das Restaurant langsam gefüllt, drei Mitarbeiterinnen waren aus den hinteren Räumen aufgetaucht und der Küchenchef hatte sich entschuldigt und in sein Reich zurückgezogen. Mit einem festen Handschlag bedankte er sich bei Gori für die Informationen und das Wasser, lehnte die Einladung zum Abendessen höflich ab und packte Marcello Russo am Oberarm. Gemeinsam mit dem Redakteur verließ er das Restaurant.

Unweit des Gefallenendenkmals setzten sie sich an einen der Tische vor einer Bar und bestellten bei der Kellnerin zwei Kaffee.

»Die Informationen sind dürftig, aber mehr habe ich mir nicht erwartet«, meinte Russo. »Und Sie?«

Lorenzo zuckte mit den Achseln. »Den Großteil wussten

wir ohnehin schon von Nando Natuzzi.«

»Eben.« Der Redakteur kippte seinen Espresso, legte ein paar Münzen auf den Tisch und stand auf.

»Ich melde mich bei Ihnen, Colonello, falls ich auf etwas stoße – sofern wir es exklusiv verwenden können.«

Lorenzo schaute zu ihm auf. »Das sollen sich Benelli und Guido Vanni ausmachen, wenn es so weit ist.«

Marcello Russo grinste. »Ich werde es meinem Chef sagen, sobald ich wieder in der Redaktion bin. Der sitzt sicher noch in seinem Kabuff und hofft auf einen Clou.« Dann deutete er einen militärischen Gruß an und verschwand zu seinem Auto.

Lorenzo schaute ihm hinterher und wartete, bis er davonfuhr, bevor er sich erhob. Er war froh darüber, dass La Nazione noch keine Informationen vom Ospedale San Jacopo in Pistoia hatte. So konnte er ungestört ermitteln – ab morgen.

Dann war Tommaso wieder zurück und an seiner Seite. Sosehr es ihn juckte, ihn anzurufen und ihm die eigenartigen Vorfälle zu schildern und seine Meinung zu hören, er musste sich gedulden. Tommaso sollte auch noch die letzten Stunden seines Urlaubs genießen, der ohnehin viel zu kurz ausgefallen war – wie immer.

Das sagte er auch Serafico Benelli, den er anrief, um ihn über seine Gespräche mit dem Chefarzt und den beiden Restaurantbesitzern zu informieren.

»Was hältst du davon, Guido Vanni und Nando Natuzzi zur morgigen Besprechung einzuladen?«, fragte Benelli, als er fertig war.

»Wenn du dir sicher bist, dass wir tags darauf nichts davon in der Zeitung lesen, gern.«

»Für Guido lege ich meine Hand ins Feuer, Lorenzo. Außerdem wüssten wir ohne ihn und seinen Freund nicht einmal, dass es eine Verbindung zwischen Conti, Proietti und Molteni gibt.«

»Geben könnte«, berichtigte ihn Lorenzo. »Denn nur der Zusammenhang zwischen jedem der drei Toten und Nando

Natuzzi ist sicher.«

»Du denkst doch nicht ...!«

»Ich denke gar nichts, Serafico, ich stelle nur fest. Ruf die beiden an, und bitte sie, morgen um elf Uhr zu uns zu kommen.«

»Sollte nicht auch Califano dabei sein?«

»So wie ich ihn kenne, wird er es sich nicht nehmen lassen, bei der Autopsie des Molteni aufzukreuzen, und die ist für acht Uhr angesetzt. Ich bringe ihn dann mit.«

»Effizient wie immer«, zog ihn der Oberstaatsanwalt auf. Er vertrug es einfach nicht, dass er nicht der Einzige war, der an alles dachte.

»Du mich auch«, erwiderte Lorenzo lachend und beendete das Gespräch.

Erst dann stieg er in seinen Wagen und fuhr zurück nach Florenz. Er musste unbedingt noch eine Stunde laufen, um den Kopf freizubekommen und den Körper zu ermüden, bevor er zu Bett ging.

Zweiundzwanzig

Florenz, Mittwochabend

Der Raum schien heute um ein Vielfaches größer als die anderen Male, die sie sich hier getroffen hatten, um sich zu besprechen. Aber die Einrichtung war dieselbe geblieben, der Tisch immer noch der aus schwerem Holz, und der Teppich darunter war derselbe Aubusson wie vor Jahrzehnten. Vielleicht lag er sogar schon Jahrhunderte hier. Die beiden Männer, die an dem riesigen Tisch saßen, hätten sich selbst dann nicht dafür interessiert, wenn sie keine vordringlicheren Probleme gehabt hätten.

Aber die hatten sie.

»Wir müssen das Geld auftreiben«, sagte der eine.

Der andere, der selbst sitzend ziemlich groß war, lachte blechern auf.

»Du willst wohl sagen, ich muss es auftreiben. Du hast ja bisher nicht einmal die Rechnungen für die Getränke beglichen, die wir bei unseren Treffen getrunken haben.« Er deutete mit einer schwammigen Geste auf die Tischplatte, wo verschiedene Flaschen und Gläser standen.

»Vergreif dich nicht im Ton, nur weil du ...«, konterte derjenige, der sich wohl ziemlich wichtig nahm.

»Sonst was?«, fiel ihm der große Mann ins Wort. »Bringst du mich dann um?«

Wieder folgte dieses Geräusch, das aus seiner Kehle hochstieg. Nur klang es diesmal wie das Bellen eines Hundes.

»Anstatt blöd zu reden, solltest du nachdenken, wen wir ins Boot holen«, ätzte der Mann an der Stirnseite des Tisches und unterstrich seine Worte mit einer unwirschen Geste.

»Jetzt auf einmal? Du warst es doch, der froh war, als wir nur noch fünf waren. Was vor allem aus deiner Sicht absolut verständlich war. Immerhin wäre auch dein Gewinn auf zwanzig Prozent angestiegen, was bei deinem geringen Einsatz beachtlich ist.«

Der andere lief rot an, ballte die Hände zu Fäusten und schlug damit auf die Tischplatte.

»Berichtige mich, falls ich falschliege«, stieß er hervor. »Bisher war ich der Einzige, der Kopf und Kragen für Bewilligungen riskiert hat und den ihr immer wieder vorgeschickt habt, um mit den Bauunternehmen zu verhandeln. Selbst vor Giorgios Tod war es so.«

»Und wir haben deine Quote bezahlt und dir das Geld in die Hand gedrückt, mit denen alle geschmiert wurden, wenn ich dich erinnern darf.«

Sie starrten sich an und plötzlich sagte der eine: »Merda. Gottverdammte Scheiße.«

»Mehr als das«, erwiderte der andere und streckte seine langen Beine unter dem Tisch aus.

Sie mussten es nicht aussprechen. Es war offensichtlich, dass sie beide an die Frau dachten, die damals plötzlich hier aufgetaucht und ihre Besprechung unterbrochen hatte.

»Glaubst du, dass sie damit zu tun hat?«, fragte leise der Größere, als ob er befürchtete, dass man sie abhören könnte.

Der Angesprochene machte eine wegwerfende Handbewegung.

»Womit? Conti und Proietti sind an Herzversagen gestorben und der Sohn vom alten Molteni wird zu viel Koks erwischt haben. Der war wahrscheinlich übermütig, nachdem sein Vater ihm gesagt hat, dass er ihm die Anteile an dem Projekt überschreiben wollte. Du hast doch selbst erlebt, wie aufgeputscht er bei unserem Treffen war – ganz anders als beim ersten Mal.«

»Denkst du?« Der Unterton verriet, dass der Mann Zweifel hatte.

»Klar! Und der Alte ist auch davon überzeugt, sonst hätte

er das Geld sofort zurückgefordert.«

»Die Leiche seines Sohnes ist erst gestern gefunden worden, da denkt der doch nicht an so etwas!«

»Hast du eine Ahnung. Das war das Erste, was er gesagt hat, noch bevor ich ihm mein Beileid aussprechen konnte.«

»Er ist also wirklich weiterhin dabei?«

»Natürlich. Aber lassen wir das, wir haben Wichtigeres zu besprechen.«

Der zweite Mann nickte gottergeben und wusste bereits, bevor der andere es formulierte, was er ihn fragen würde.

»Also, wen können wir ins Boot holen? Es müssen ja nicht sofort zwei sein, einer reicht vorerst. Sobald wieder Bargeld nötig wird, können wir immer noch beschließen, ob wir die Quoten erhöhen oder uns nach einem fünften Partner umschauen. Aber zuerst brauchen wir einen vierten. Also?«

»Was ist mit der Frau? Sie wollte doch unbedingt dabei sein und das Geld hat sie auch.«

»Du meinst die Schlange?« Nachdenklich neigte er den Kopf zur Seite. »Sie könnte uns abblitzen lassen so wie wir sie damals. Alternativvorschlag?«

Man konnte ihm ansehen, dass ihm der Name, den sein Geschäftspartner nannte, gefiel. Er lehnte sich lächelnd zurück und legte die Fingerspitzen beider Hände aneinander.

Dann erst stellte er eine Frage. »Kennst du ihn persönlich?«

»Nein. Und du?«

»Ich habe ihn auch nur ein paarmal getroffen. Bei offiziellen Anlässen.« Nachdenklich rieb er sich das Kinn, bevor er wieder den Mund öffnete.

»Soll ich ihn anrufen oder machst du das?«

DREIUNDZWANZIG

Florenz, Donnerstagvormittag

Auf dem Parkplatz vor dem hässlichen L-förmigen Gebäude der Gerichtsmedizin fiel Lorenzo Valleverde sofort die Limousine der Carabinieri auf. Der Fahrer saß im Fahrzeuginneren. Er hielt sich jedoch nicht damit auf, den Mann nach dem dazugehörigen Offizier zu fragen, da er sich denken konnte, wer es war und wo er ihn finden würde. Eilig ging er in das Gebäude und nahm die Treppe hinunter zur Pathologie. Davon ausgehend, dass der Chef persönlich bei diesem eigenartigen Todesfall Hand anlegte, betrat er den Vorraum zu dem Saal, den der Chefpathologe Professore Giuliano Ragno bevorzugte – und sah seine Vermutung bestätigt.

Der weißhaarige Mann stand über einen Leichnam gebeugt am Seziertisch. Eine junge Ärztin, wahrscheinlich eine seiner Doktoranden, assistierte ihm. Beide waren mit grünen Kitteln, Mundmasken und Schuhschonern bekleidet, die Unterarme steckten in langen Latexhandschuhen. Der Pathologe warf einen Blick in Lorenzos Richtung, erkannte ihn und nickte ihm erfreut zu. Im selben Moment bemerkte er eine Bewegung und wandte den Kopf. Ein perfekt gekleideter Offizier der Carabinieri trat auf ihn zu.

Tenente Colonello Califano hatte sich von einem der Kunststoffsessel der kleinen Sitzecke im rückwärtigen Bereich erhoben, die Besuchern zur Verfügung standen. Dort setzten sie sich und der Kollege aus Siena berichtete von den eigenartigen Vorkommnissen in Montepulciano.

Der mit dem Fall beauftragte Capitano Pirro hatte sowohl den Hotelbesitzer Manfredo Neri, als auch die mit ihm nicht verwandte Caterina Neri, die das Event organisiert und Samstag und Sonntag mit den vom Konsortium des Vino Nobile eingeladenen Pressevertretern aus aller Welt verbracht hatte, befragt.

Der Journalist aus Mailand war zuletzt Samstagnacht gesehen worden, als die Gruppe von einem Abendessen ins Hotel Villa Flora zurückkehrte. Am Sonntagmorgen hatte man vergeblich auf ihn gewartet. Der kleine Bus war mit Verspätung um Viertel nach zehn zur Besichtigung der Azienda Il Poggio, eines landwirtschaftlichen Betriebes, abgefahren. Maurilio Molteni, vierunddreißig Jahre alt, Verfasser einer Wein-Enzyklopädie, war und blieb spurlos verschwunden. Califano hatte dem Capitano Pirro der Kommandantur Montepulciano aufgetragen, die Suche mit der Hundestaffel zu organisieren, als dieser ihm am Montag nach Dienstantritt mitteilte, dass der Mann immer noch nicht aufgetaucht war.

»Gestern hat Saturno, der erfahrenste und beste Hund unseres Centro Cinofili in Florenz, den verschwundenen Mailänder gefunden«, schloss Califano.

»Irgendwelche Auffälligkeiten?«, fragte Lorenzo Valleverde.

»Nur eine, die Bekleidung. Samstagabend trug er einen Anzug mit Hemd und Krawatte. Bei seinem Auffinden hatte er jedoch Jeans und ein kakifarbenes Shirt an wie bei seiner Ankunft am Nachmittag. Das hat Caterina Neri, die Organisatorin des Events, bestätigt. Er muss sich also in der Nacht noch umgezogen haben. Um was zu tun? Das Hotel liegt Kilometer vom Ort entfernt und Moltenis Wagen wurde, wie die Spurensicherung anhand des Kiesbelags auf dem Parkplatz feststellen konnte, nicht mehr bewegt. Alle Hotelgäste, zuletzt die Journalisten, die in weinseliger Laune waren, wie der Nachtportier sagte, hatten sich unmittelbar nach der Rückkehr in die Villa Flora zurückgezogen. Bis zum Morgen hat sich keiner der Gäste blicken lassen und es gibt nur eine Treppe und einen Lift.«

»Molteni muss aber irgendwann sein Zimmer verlassen

haben. Er wird ja nicht geflogen sein, was meinen Sie?«

Califano erwiderte das ironische Lächeln des Colonello.

»Er war im ersten Stock untergebracht, hätte vom Balkon springen können. Die Brüstung befindet sich auf sechseinhalb Metern Höhe und darunter liegen Steinplatten. Nicht ungefährlich, aber machbar, und Molteni war vierunddreißig.«

»Fragt sich nur, warum er eine Verletzung hätte riskieren sollen, wenn er genauso gut über die Treppe gehen konnte«, erwiderte Lorenzo. »Das macht einfach keinen Sinn.«

Die beiden Männer waren in ihre Gedanken versunken, als sich die Tür öffnete und Giuliano Ragno, nun ohne Schutzkleidung, zu ihnen trat.

»Gehen wir doch hinauf in die Mensa, Signori«, meinte er. »Da können wir in Ruhe reden.«

Der Professore hatte ein Stück Kuchen und einen Cappuccino vor sich.

»Mein spätes Frühstück«, erklärte er. »Vormittägliche Autopsien schlagen mir immer noch auf den Magen.«

Die beiden Carabinieri stimmten ihm zu, es gab eben Dinge im Berufsleben, an die man sich nie gewöhnte.

Nach dem letzten Bissen wischte sich der Chefpathologe mit einer Serviette über den Mund, lehnte sich zurück und setzte ein ernstes Gesicht auf.

»Glücklicherweise kommt es nicht allzu oft vor, dass ich einen jungen Menschen auf dem Seziertisch habe, und dieser Fall ist zudem wirklich eigenartig. Der Körper weist keine äußeren Verletzungen auf, die inneren Organe, Herz und Gehirn sind unauffällig. Molteni war gesund. Aber das ist nicht alles, Signori, denn es spricht auch nichts für einen gewaltsamen Tod.«

Califano und Valleverde schauten den älteren Mann erstaunt an, bis der Colonello die offensichtliche Frage aussprach.

»Und woran ist er dann gestorben?«

Der Professore zuckte mit den Schultern.

»Todesursache unbekannt, Tod eingetreten in der Nacht von Samstag auf Sonntag zwischen drei und sechs Uhr morgens. Der Mann hatte 1,3 Promille im Blut, muss also recht anständig getrunken haben.«

»Das entspricht dem Programm des Abends«, überlegte Tenente Colonello Califano laut. »Es gab eine Weinverkostung und anschließend ein Abendessen mit weiteren alkoholischen Kostproben in der Fattoria Dante.« Er wandte sich an den Professore. »Wenn ich Sie also richtig verstanden habe, ist Molteni an einem klassischen Herzversagen verstorben?«

Der Arzt nickte bestätigend.

Als ob das nicht logisch wäre, dachte Lorenzo. Niemand stirbt an etwas anderem. Das Ende ist doch immer so: Der Atem setzt aus und das Herz steht still. Vielmehr irritierte ihn der Alkoholgehalt im Blut. Mit 1,3 Promille war es unwahrscheinlich, dass er vom Balkon seines Hotelzimmers gesprungen war, ohne sich zu verletzen, und sich dann vom Hotel entfernt hatte. Außer ...

Er suchte den Blick des Chefpathologen. »Sagen Sie, Professore, wie sieht es mit Drogen aus? Sind alle Tests abgeschlossen?«

»Noch ist die Haaranalyse ausständig, doch die bezieht sich auf die mittel- und langfristige Vergangenheit, da jeder Zentimeter eines menschlichen Haares einem Monat entspricht. Zudem kann man nur regelmäßigen Drogenkonsum nachweisen, aber der Körper weist keinerlei Einstichstellen auf und die Nasenschleimhäute präsentieren sich normal. Das haben Sie wohl auch erwartet, denn soweit ich informiert bin, haben Ihre Leute ja nichts bei ihm oder in seinem Hotelzimmer gefunden, richtig, Tenente Colonello?«

Der weißhaarige Professore sah von seinem Kuchen auf zu Califano.

»Kein Gras, keine Pillen, kein Kokain«, bestätigte der Provinzkommandant aus Siena.

Giuliano Ragno nickte und nahm einen Schluck von

seinem Cappuccino.

»Kurzfristig vor seinem Tod hat der Mann nichts eingenommen, das wäre in der Blutanalyse ersichtlich gewesen«, antwortete Giuliano Ragno.

»Und wie sieht es mit GHB aus?«

Lorenzos Frage verfehlte ihre Wirkung nicht. Dem Pathologen stand das Erstaunen ins Gesicht geschrieben.

»Wie kommen Sie ausgerechnet auf K.-o.-Tropfen?«

Lorenzo umriss kurz die Umstände des Todesfalles in Pistoia vom letzten Freitag, den der Chefarzt Nocentini des Ospedale San Jacopo auf eine Überdosis von Gamma-Hydroxybuttersäure zurückführte.

»Selbst wenn dem bei Molteni so wäre …«, erwiderte der Pathologe, »kann GHB im Blut nur bis zu sechs und im Urin maximal bis zwölf Stunden nach der Einnahme nachgewiesen werden. Dafür wäre es beim Auffinden des Leichnams von Molteni zu spät gewesen. Sie erhalten den Bericht der Autopsie noch am frühen Nachmittag, ich lasse ihn von einem Boten überbringen. Die Haaranalyse folgt, sobald sie vorliegt – aber die wird für Sie nicht von Interesse sein, egal, was sie ergibt. Und jetzt entschuldigen Sie mich, meine Herren, die Pflicht ruft.«

Dann sprach er von weiteren dringenden Terminen, entschuldigte sich und verließ die Mensa.

Vierundzwanzig

Florenz, Donnerstag später Vormittag

Im großen Besprechungsraum im Justizpalast, den sich die Staatsanwaltschaft mit der Gerichtspolizei teilte, waren sieben Personen versammelt. Man hatte sich begrüßt, und diejenigen, die sich noch nicht kannten, waren einander vorgestellt worden. Nun saßen sechs von ihnen um den Tisch.

Serafico Benelli, der Oberstaatsanwalt, hatte zwischen seiner Sekretärin und dem Kommandanten aus Siena, Tenente Colonello Califano, Platz genommen.

Maria Borgonovo war Ende vierzig und verkörperte im klassischen Sinn das Bild der effizienten Chefsekretärin. Unauffällig, Typ graue Maus, war sie stets in gedeckten Farben gekleidet und trug jahrein, jahraus altmodische schwarze Pumps mit bequemem Absatz und eine Brille mit Goldrand. Ihre brünetten Haare waren im Nacken zu einem strengen Chignon befestigt und das Gesicht bis auf den bronzefarbenen Lippenstift ungeschminkt. Was man ihr aufgrund ihres Aussehens niemals zugetraut hätte, waren ihre überdurchschnittlichen Informatikkenntnisse, ihr Erinnerungsvermögen und das lexikale Wissen, das so manchen Computer in den Schatten stellte.

Auf dem Stuhl daneben saß, lässig zurückgelehnt und mit auf der Brust verschränkten Armen, Tommaso Lo Bianco. Mit siebenunddreißig war er bereits Commissario Capo der Polizia di Stato, der italienischen Staatspolizei. Seit fünf Jahren war er Lorenzo Valleverdes Schatten, Assistent, rechte Hand und Gewissen, wie dieser oft scherzhaft meinte. Offiziell war er sein Vize und Stellvertreter. Mit seinem Meter fünfundachtzig war er zwar überdurchschnittlich groß, doch eine Handbreit kleiner als sein Vorgesetzter. Allerdings stand er ihm beim Laufen und im Krafttraining um nichts nach. Er hatte eine rasche und steile Karriere gemacht und war, wie sein Chef, als verdeckter Ermittler tätig gewesen. Sie hatten einander vor acht Jahren kennengelernt, als sie beide die Spuren albanischer Mädchenhändler verfolgten, jedoch nichts voneinander wussten. Tommaso Lo Bianco war aufgrund seiner schwarzen Haare und der dunkelbraunen Augen, die seine mediterrane Herkunft verrieten, als süditalienischer Zuhälter eingeschleust worden und hatte seine Rolle so glaubwürdig gespielt, dass Lorenzo bei seiner Verhaftung alles andere als sanft vorgegangen war. Aus anfänglichem gegenseitigem Respekt war ihre Freundschaft entstanden, die, unmittelbar nachdem Lorenzo Valleverde zum Chef der florentinischen Gerichtspolizei ernannt wurde, auch zur beruflichen Zusammenarbeit geführt hatte. Die beiden wirkten auf Außenstehende wie ein altes Ehepaar: Sie waren oft verschiedener Meinung, doch der eine war ohne den anderen eben nur eine Hälfte.

Der Einzige im Raum, der nicht saß, war die zweite Komponente des Teams. Colonello Lorenzo Landi di Valleverde stand vor einer mobilen Tafel aus Plexiglas, auf der in kapitalen roten Lettern *Causa Gourmet* zu lesen war. Darunter hatte man die Namen der drei Toten geschrieben und vergrößerte Passfotos geklebt.

»Warum dieser Codename? Weil zwei Männer in Restaurants das Bewusstsein verloren?« Guido Vanni nahm die Frage vorweg, die offenbar auch Nando Natuzzi auf den Lippen lag. Der klappte nämlich den Mund wieder zu, den er soeben geöffnet hatte.

»Und der dritte nach einem Restaurantbesuch verschwand?« Valleverdes Mundwinkel zuckten amüsiert. Doch der Moment ging rasch vorbei, als er »Wir dachten eher an das berufliche Umfeld der drei Männer« erklärte.

Erstaunt zogen die beiden Freunde die Augenbrauen hoch.

»Sie werden gleich verstehen«, kam der Colonello weiteren Fragen zuvor.

»Signora Borgonovo, würden Sie bitte jedem der Signori das Blatt mit den Fakten aushändigen?«

Es wurde still im Raum. Die Anwesenden lasen und folgten zugleich den mit ruhiger Stimme und Punkt für Punkt vorgetragenen Ausführungen Lorenzo Valleverdes.

1. Carlo Conti verlor am Mittwochabend der letzten Woche im Ristorante Da Mimmo in Pisa das Bewusstsein und starb in derselben Nacht um 03:22 Uhr im Ospedale Cisanello in Pisa. Der diensthabende Arzt stellte Tod durch Herzstillstand fest, den die obligatorische Autopsie bestätigte. Der Florentiner war Lieferant unzähliger Restaurationsbetriebe für Geschirr, Gläser und Besteck gewesen.

2. Orazio Proietti, geboren in Rom, seit Jahrzehnten in Florenz wohnhaft, war Grossist für Weine und Spirituosen. Er hat, unter

ähnlichen Umständen wie Conti, letzte Woche Donnerstag während des Abendessens im Ristorante Gufo Grigio in Montecatini Alto das Bewusstsein verloren und ist Freitag um 12:46 im Ospedale San Jacopo in Pistoia an Herzversagen verstorben. Der Chefarzt Nocentini des Krankenhauses hat uns gestern kontaktiert, nachdem er einen ungeöffneten Blutbefund im Postfach seiner Assistenzärztin Monica Beltrami fand. Noch am Nachmittag habe ich mit ihm persönlich gesprochen. Orazio Proietti hatte GHB im Blut, das man ihm nach seiner Einlieferung abgenommen hatte. Die Drogenanalyse des Labors war allerdings erst nach seinem Tod fertig und der Laborbefund unbeachtet im Postfach der Ärztin liegen geblieben, die seit Freitagabend auf Urlaub ist.

3. Maurilio Molteni, Mailänder und Autor einer önologischen Enzyklopädie, war vom Consorzio del Vino Nobile di Montepulciano zu einem internationalen Presse-Event eingeladen worden. Nach dem Abendessen in der Fattoria Dante am letzten Samstag setzte man die Pressevertreter mit dem Bus vor dem Hotel Villa Flora ab. Laut Aussagen der begleitenden Caterina Neri war das kurz nach halb eins gewesen und alle Journalisten waren direkt auf ihre Zimmer gegangen. Das bestätigte der Besitzer des Hotels, Manfredo Neri, weder verwandt noch verschwägert mit der vorgenannten Caterina.

Molteni war Sonntagmorgen nicht zum verabredeten Treffpunkt vor dem Hotel erschienen, hatte nicht gefrühstückt, war nicht auf dem Zimmer. Von Sonntagnacht, als er vor der Villa Flora aus dem Bus stieg, bis zum Auffinden seiner Leiche am Dienstag um 12:17 Uhr, wurde er von niemandem gesehen. Professore Giuliano Ragno, der Chefpathologe, hat bei der heute durchgeführten Autopsie des Molteni festgestellt, dass dieser zwischen drei und sechs Uhr am Sonntagmorgen an Herzversagen gestorben ist. Ein gewaltsamer Tod wird ausgeschlossen. Er hatte 1,3 Promille Alkohol im Blut, Drogen konnten nicht nachgewiesen werden.

4. Conti und Proietti hatten vorab in den Restaurants einen Tisch für zwei Personen reserviert und waren jeweils in Begleitung einer Frau. Man kennt weder ihre Namen noch gibt es von ihnen eine genauere Beschreibung. Die eine war dunkelhaarig und Mitte bis Ende dreißig, die andere blond und um die vierzig. Beide waren sie schlank,

ansonsten absolut unauffällig. Ihre einzige Gemeinsamkeit war, dass sie Strümpfe mit Naht trugen. Die Frauen sind mit den Bewusstlosen jeweils ins Krankenhaus mitgefahren und zu ungeklärtem Zeitpunkt spurlos verschwunden.

5. Die drei Todesfälle verbindet nur eines, genauer gesagt eine Person. Ferdinando Natuzzi war nicht nur an den zwei aufeinanderfolgenden Abenden Zeuge der Vorfälle in den beiden Restaurants, er hat auch an dem Pressewochenende in Montepulciano teilgenommen. Er und Guido Vanni haben Oberstaatsanwalt Benelli kontaktiert und darüber informiert, nachdem Signor Natuzzi vom Auffinden der Leiche des Molteni erfahren hat.

Zudem hat Signor Natuzzi im letzten Monat fünf eigenartige anonyme Botschaften erhalten, die vom Wortlaut her jedoch keine Bedrohung darstellen, sondern eher auf einen Verehrer oder eine Verehrerin schließen lassen. Eine kam per Post, drei per Mail, zuletzt eine SMS. Bis auf die letzte Mail und die SMS hat er die Nachrichten vernichtet.

»Das sind die uns bekannten Fakten.« Lorenzo Valleverde ging zu einem freien Stuhl und nahm Platz. »Habe ich irgendetwas vergessen, Signor Benelli?«

Bei offiziellen Meetings, so wie jetzt, hielten sich die beiden Männer rigoros an das förmliche Sie, auch wenn den anderen Anwesenden bekannt war, dass sie ein freundschaftliches Verhältnis pflegten. Doch Maria Borgonovo protokollierte die Besprechung und würde anschließend jedes gesprochene Wort zu Papier bringen.

»Meiner Meinung nach ist das alles. Leider. Valleverde, Sie haben freie Hand bei der Zusammenstellung einer Sonderkommission, falls Sie eine bilden wollen. Ziehen Sie die Männer hinzu, die Sie benötigen. Capitano Pirro aus Montepulciano, der den Suchtrupp geleitet hat, wäre eine gute Wahl. Was meinen Sie, Califano?«

Er wandte sich fragend an Pirros Vorgesetzten, den Tenente Colonello Califano, der seit seinem Eintreffen so gut wie kein Wort gesprochen hatte.

»Selbstverständlich. Kann ich Ihnen noch irgendwie behilflich sein?«

»Im Moment nicht, aber ich melde mich bei Ihnen, falls ich Fragen habe«, antwortete Lorenzo Valleverde anstelle des Staatsanwaltes. »Das gilt natürlich auch für Sie beide«, sagte er an Guido und Nando gerichtet. »Und sollte Ihnen noch irgendetwas einfallen, Signor Natuzzi, kontaktieren bitte Sie mich.«

Der große, massige Mann nickte nachdenklich. »Ich zerbreche mir seit Tagen den Kopf, aber mehr als das, was ich schon ...«

»Lassen Sie es«, unterbrach ihn Lorenzo Valleverde. »Grübeln Sie nicht, sondern gehen Sie Ihrem täglichen Leben nach. Sollte es noch etwas in Ihrem Unterbewusstsein geben, so kommt es nur so an die Oberfläche.«

»Sie sprechen aus Erfahrung?«

Tommaso Lo Bianco lachte auf. »Glauben Sie mir, Signor Natuzzi. Wenn es einer schafft, Rätsel im Schlaf zu lösen, dann der Colonello Valleverde.«

»Somit hätten wir das auch besprochen«, meinte Valleverde lakonisch. »Die weitere Organisation liegt nun bei mir und Commissario Capo Lo Bianco. Wir halten Sie alle auf dem Laufenden.«

Er grüßte in die Runde und bedeutete Tommaso mit einem Nicken, ihm zu folgen. Sie hatten, als er endlich nach der Autopsie ins Büro gekommen war, nur eine knappe Stunde miteinander gehabt. Zu wenig Zeit, um sich eine Strategie zurechtzulegen. Was angesichts von drei Toten keine Rolle spielen sollte. Aber Lorenzo hatte das Gefühl, dass sie ihm davonlief. Und normalerweise betrog ihn sein sechster Sinn nicht.

Fünfundzwanzig

Florenz, wenig später

Tommaso Lo Bianco knallte den Hörer auf die Gabel.

»Wir sind von Idioten umgeben«, stöhnte er und fuhr sich mit gespreizten Fingern durch die pechschwarzen Haare. »Dieser Fabiani weiß nicht mehr als das, was auf dem Totenschein und im Bericht der Autopsie steht.«

Lorenzo Valleverde schaute den Kollegen und Freund über den Bildschirm hinweg an.

»Hast du etwas anderes erwartet? Capitano Fabiani hat genau das getan, was man von ihm nach einer derartigen Meldung aus einem Krankenhaus erwartet. Er hat persönlich mit den Betreibern des Ristorante Da Mimmo gesprochen und einen Bericht geschrieben, obwohl der Mann an Herzversagen gestorben ist, was nicht nur der Arzt im Ospedale Cisanello, sondern auch der Pathologe festgestellt haben. Er hat also absolut nach Vorschrift gehandelt. Und du musst zugeben, dass an dem Tod von diesem Carlo Conti absolut nichts auffällig ist.«

»Als ob es normal wäre, dass einer in einem Restaurant bewusstlos umkippt und ein paar Stunden später im Krankenhaus stirbt, ohne die Besinnung wiederzuerlangen.«

Lorenzo zuckte mit den Achseln. Dann lehnte er sich in seinem Schreibtischstuhl zurück und verschränkte die Arme im Nacken.

»Du hast doch selbst vorhin mit dem Arzt im Ospedale Cisanello gesprochen, der Donnerstagnacht Dienst hatte, Tommaso. Für Mediziner in einer Notaufnahme ist es nicht ungewöhnlich, dass ein Patient in dem Alter, während er isst und Alkohol trinkt, kollabiert und stirbt.«

»Stunden später und ohne zwischendurch aus der

Bewusstlosigkeit aufzuwachen? Einfach so?«

»Bin ich Arzt?«

Während er den Satz aussprach, veränderte sich sein Gesichtsausdruck. Dieser Chefarzt in Pistoia hatte irgendetwas gesagt ...

»Das ist es!«, rief er aus und sprang auf. Er umrundete seinen Schreibtisch und stützte sich mit den Händen auf dem von Tommaso ab.

»Die haben dem Conti doch sicher Blut abgenommen, oder?«

»Anzunehmen.«

»Dieser Dottor Nocentini, bei dem ich gestern war, hat gesagt, dass Drogentests nicht durchgeführt werden, wenn kein Verdacht auf Konsum oder Missbrauch besteht.«

»... und diese Assistenzärztin den Anweisungen zuwidergehandelt hat und wir nichts von dem GHB wüssten, wenn sie das nicht ...«, fiel ihm Tommaso ins Wort – und verstummte, als er das Aufblitzen in Lorenzos Augen sah. »Worauf willst du hinaus?«

»Er hat auch gesagt, dass ein Teil der Blutprobe eingefroren wird.«

Tommaso öffnete den Mund und klappte ihn wieder zu. Anstatt etwas zu sagen, griff er nach dem Telefonhörer und rief in der Liste der letzten Anrufe die Nummer des Ospedale Cisanello in Pisa auf.

Sechsundzwanzig

Florenz, Donnerstagnachmittag

Die Sonne stand nicht mehr so hoch am Himmel und reflektierte ihr Licht auf dem silbrig schimmernden Band des Arno, der weit unten durch die Stadt mäanderte. Der monumentale Cimitero delle Porte Sante hinter der Basilika San Miniato al Monte war ein riesiger Park mit hohen Bäumen, gepflegten Wegen und herrschaftlichen Friedhofskapellen. Die aufwendig gestalteten Grüfte und Mausoleen, auf und zwischen denen Skulpturen standen, machten aus dem Friedhof eine Kunstsammlung unter freiem Himmel. Seit der Mitte des neunzehnten Jahrhunderts waren hier, hoch über der Stadt, viele berühmte und verdiente Florentiner begraben worden. Das war auch heute noch so. Wer Rang und Namen hatte, setzte bereits zu Lebzeiten alles daran, sich einen Platz für das Leben nach dem Tod an diesem besonderen Ort zu sichern.

Daher wunderte es Lorenzo Valleverde, dass Orazio Proietti hier begraben wurde. Das, was er über ihn erfahren hatte, sprach für einen Emporkömmling. Die Zeugen hatten die protzige Uhr mit dem diamantbesetzten Ziffernblatt und die gefärbten Haare erwähnt. Der Sechsundfünfzigjährige hatte zwar eine gut gehende Firma besessen, war laut Bankauskunft jedoch weder außerordentlich wohlhabend gewesen noch hatte er sich in den gehobenen Kreisen von Florenz bewegt. Und die Anzahl seiner Freunde und Bekannten hielt sich in Grenzen.

Das stellte Lorenzo fest, als er, von der letzten Ruhestätte seiner Eltern kommend, in einigem Abstand den nicht einmal zwei Dutzend Menschen hinter dem Sarg folgte.

Das relativ schlichte Grab lag am äußersten Ende unmittelbar unweit einer Hecke. Der Priester stellte sich neben den Grabstein, auf dem bereits zwei Namen eingraviert waren. Keiner davon war der des Mannes, der soeben bestattet wurde. Vielleicht seine Großeltern mütterlicherseits, überlegte Lorenzo. Die Überprüfung hatte ergeben, dass Orazio Proiettis Mutter aus Florenz stammte und nach ihrer Heirat nach Rom gezogen war. Das musste auch der Grund sein, weshalb er vor mehr als zwei Jahrzehnten in die Hauptstadt der Toskana gezogen war – nach seiner Scheidung.

Seine Ehe hatte nur wenige Jahre gehalten und seine Exfrau lebte mit ihrer Familie in Rom. »Wir hatten seit damals keinen Kontakt mehr«, hatte sie ihm unwirsch am Telefon gesagt, als er sie fragte, ob sie etwas über eine Beziehung ihres verstorbenen Exmanns wüsste. »Orazio war ein notorischer Fremdgänger, immer schon. Ich kann mir nicht vorstellen, dass es eine andere an seiner Seite ausgehalten hat. Nur ich war damals so dumm, ihm zu glauben, dass er sich ändern wollte.«

Die bunt zusammengewürfelten Menschen an seinem Grab bestätigten die Aussage der Exfrau. Offensichtlich handelte es sich – bis auf eine schwarz gekleidete Frau – um seine Mitarbeiter, die man freigestellt hatte, um seinem Begräbnis beizuwohnen.

Das schloss er daraus, dass er den Prokuristen von Proiettis Großhandel für Weine und Spirituosen erkannte, dessen Bild er von der Website des Unternehmens kannte. Er wollte nicht hier und jetzt mit ihm sprechen, aber morgen jemanden in der Firma vorbeischicken, um ihn zu befragen. Der hagere Mann war von den meisten anwesenden Personen umgeben – und niemand außer ihm trug schwarze Kleidung. Unschwer konnte er den erleichterten Ausdruck auf ihren Gesichtern erkennen, als der Priester den Sargträgern ein Zeichen gab und der Sarg von den Trägern in die Grube versenkt wurde. Niemand kondolierte der Frau, und sobald jeder mit der Schaufel ein wenig Erde hineingeworfen hatte, wendeten sie sich ab und gingen eilig davon.

Der Priester sprach leise mit den vier Männern, von denen er annahm, dass es sich um den Bestatter und Friedhofsbediensteten handelte. Zu fünft, und ohne der letzten verbliebenen Person auch nur einen Blick zu schenken, entfernten auch sie sich.

Lorenzo sah der Gruppe nach, bevor er selbst die letzten Meter überwand und auf die schwarz gekleidete schlanke Frau zuging, die er auf Anfang vierzig schätzte. Ihre schwarzen Haare waren zu einem lockeren Knoten hochgesteckt und ihr Gesicht regungslos. Nur die tiefen Furchen an ihren Mundwinkeln zeugten davon, dass sie trauerte. Als er neben sie trat, sah sie auf.

»Entschuldigen Sie, Signora.«

Er streckte die Hand aus und sie ergriff sie.

»Waren Sie mit ihm befreundet?«, fragte sie ihn.

Das waren die Momente, die er an seinem Beruf hasste. Ob es mit der Uniform, die er nur bei offiziellen Anlässen trug, einfacher wäre? Der Gedanke kam und verschwand sofort wieder. Er musste froh sein, wenn man ihn nicht erkannte oder aufgrund seiner Kleidung unverzüglich wusste, wer und vor allem weshalb er hier war.

»Nein. Aber erlauben Sie mir, dass ich Ihnen mein Beileid ausspreche.«

Die Mundwinkel der Frau zuckten – und dann lachte sie heiser auf.

»Ach, Sie denken, dass ich ...?« Sie schüttelte den Kopf. »Orazio Proietti war ein guter Geschäftsfreund meines Mannes Carlo, der einen Tag vor ihm verstorben ist, Signor ...?«

»Valleverde. Colonello Lorenzo Valleverde, um genau zu sein, Signora ...?«

»Flavia Sbrana Conti.«

Lorenzo zog scharf die Luft ein. Ein solcher Zufall!

»Dann sind meine Beileidwünsche also angebracht,

Signora Conti.« Er sprach sie mit ihrem ehelichen Namen an, da sie ihm auch diesen genannt hatte. »Ihr Mann war Carlo Conti?«

Er reichte ihr noch einmal die Hand, die sie ergriff, und sie stellte eine Gegenfrage.

»Sie sind Soldat?«

»Carabiniere, Signora. Ich bin der Leiter der Gerichtspolizei Florenz und hatte vor, Sie noch heute zu besuchen.«

Flavia Conti zog die Augenbrauen hoch und zog langsam ihre Hand zurück.

»Warum denn das?«

Er sah sie schweigend an. Sie erwiderte seinen Blick und stellte ihm noch eine Frage.

»Denken Sie, dass an dem Tod meines Mannes und dem von Signor Proietti etwas eigenartig ist?«

Natürlich, jetzt erst recht, da die Witwe des einen am Begräbnis des anderen teilnimmt, der offenbar keine Freunde hat, dachte er.

»Ich wusste gar nicht, dass sich die beiden kannten«, sagte er hingegen laut. »Aber ich bin froh, Sie hier getroffen zu haben.«

Sie schluckte, warf einen Blick auf das offene Grab und schaute dann zu ihm auf.

»Das bin ich auch, Colonello. Seitdem ich erfahren habe, dass Orazio Proietti tot ist, dachte ich daran, mit Ihren Kollegen zu sprechen, die mich letzten Freitag vom Tod meines Mannes verständigt hatten. Die sind nämlich die einzigen Carabinieri, mit denen ich bisher in meinem Leben zu tun hatte. Allerdings kam ich mir dumm vor, weil ich ja nur ein komisches Gefühl habe. Sicher hätten sie mich ausgelacht ...«

»Was ich nicht tue, Signora Conti«, unterbrach Lorenzo die Frau. »Was halten Sie davon, wenn wir woandershin gehen und uns unterhalten?«

Siebenundzwanzig

Viareggio, Freitagabend

Nando Natuzzi gähnte herzhaft und schob die Tastatur von sich. Dann stand er auf und streckte sich. Nach all den Ereignissen der letzten Tage war er müde. Er hatte ja auch nicht damit gerechnet, heute noch einmal nach Florenz fahren zu müssen. Hätte er das vorher geahnt, wäre er gestern gleich bei Guido geblieben. Andererseits war es als Ehre anzusehen, als Zivilist vom Oberstaatsanwalt zu einer vertraulichen Besprechung mit der Gerichtspolizei eingeladen zu werden. Was aber nichts daran änderte, dass er sich ausgelaugt und schlapp fühlte. Er seufzte, ging zum Fenster und sah nach draußen.

Vor ihm reflektierte sich der Mond im dunklen Wasser des ligurischen Meers, das sich bei der heutigen Windstille kaum bewegte. Unter ihm belebte bereits die Szene das Nachtleben der Darsena, dieses schönen und zugleich verfluchten Stadtteils von Viareggio. Entlang der beleuchteten Piers konnte er die Boote im Jachthafen sehen, und die Unruhe, die er zu gut kannte, nahm von ihm Besitz.

Er dachte an den Büffelmozzarella und die Ochsenherztomaten im Kühlschrank, die Rosa für ihn gekauft hatte – und zugleich fixierte er eine Stelle unweit des Hafens. Er musste nur die Augen schließen und er konnte den Duft der in Weißwein gekochten Miesmuscheln riechen. Bice würde nie einen Stern bekommen, ihre gleichnamige Trattoria niemals in einem Restaurantführer der eleganten Lokale Viareggio gelistet werden, aber ihre Küche war besser als die so manchen Sternekochs. Und sie verstand es, jedem ihrer Gäste das Gefühl zu geben, dass sie das Gericht, das sie ihm persönlich servierte, nur für ihn gekocht hatte.

Nando ging barfuß in sein Ankleidezimmer und griff zielstrebig nach einer Kombination, zu der er das Hemd ohne Krawatte tragen konnte. Eine Viertelstunde später nahm er die Treppe nach unten. Auch hinauf stieg er die sechs Stockwerke ins letzte Geschoss zumeist zu Fuß und verzichtete auf den Lift, was ihm kaum jemand glauben würde. Nur lief er da nicht, so wie er es jetzt tat.

Er drückte den Türöffner und trat nach draußen auf die Straße. Sofort zog ihm der Geruch der salzigen Luft, die sich mit den Abgasen der vorbeifahrenden Motorräder und Autos vermischten, in die Nase. Es störte ihn nicht. Er atmete tief ein und stellte sich vor, an Deck des Kreuzfahrtschiffes zu sein, auf dem er jahrelang gearbeitet hatte. Diese Erinnerungen waren auch der Grund gewesen, weshalb er sich damals ausgerechnet hier, unweit des Hafens, eine Wohnung gekauft hatte, anstatt im historischen Stadtzentrum. Das laute Lachen einer Gruppe junger Leute brachte ihn wieder hierher zurück und in seinem Magen machte sich knurrend der Hunger bemerkbar. Eilig setzte er einen Fuß vor den anderen – und blieb abrupt stehen.

Die Frau war direkt auf ihn zugekommen und nicht ausgewichen. Jetzt stand er unmittelbar vor ihr und schaute auf den Scheitel, der sich durch ihr mittelbraunes leicht gewelltes Haar zog. Nando machte einen Schritt zurück, murmelte »Entschuldigung« und wollte an ihr vorbeigehen, als sie zu ihm aufsah.

»Signor Natuzzi, erkennen Sie mich nicht?«

Nein, das tat er nicht. Er konnte weder etwas mit diesen schwarz umrandeten Augen noch mit dem feuerrot geschminkten Mund anfangen. Und schon gar nicht mit diesem vertraulichen, fast anzüglichen Lächeln, das ihm die Frau schenkte.

»Dabei sind doch erst wenige Tage vergangen.«

Sie zwinkerte ihm zu und lachte – und plötzlich wusste

er, trotz des stark geschminkten Gesichts, wen er vor sich hatte.

»Signora Neri, Sie hier?«

»Bitte nennen Sie mich Caterina, Signor Natuzzi. Ich freue mich so sehr, Sie hier zu sehen ...«

Nando war verwirrt.

»Ich lebe in Viareggio«, erwiderte er ein wenig ruppig. »Es ist also ganz normal, dass ich hier bin. Vielmehr sollte ich mich wundern, Sie hier zu treffen, finden Sie nicht?«

»Das ist wohl wahr«, erwiderte sie schlagfertig und zwinkerte schon wieder.

Er verspürte das dringende Bedürfnis, ihr Augenlid festzuhalten, damit sie das nicht mehr tun konnte.

»Sie müssen mich entschuldigen, aber ich muss weiter«, sagte er mit fester Stimme.

»Und ich dachte, dass Sie sich die Zeit nehmen könnten, mit mir zu sprechen.«

»Wie kommen Sie denn darauf? Sie konnten doch gar nicht wissen, dass Sie mich treffen würden.«

»Sagen wir so: Ich hatte es gehofft.«

»Aber Sie wissen doch gar nicht, wo ich wohne!«

Er spürte, wie er seine Hände zu Fäusten ballte. Diese Frau, dieses Fliegengewicht, löste in ihm ein eigenartiges Gefühl aus.

»Ach, Signor Natuzzi«, begann sie im Plauderton, »ich habe eine Freundin hier in Viareggio ...«

»... bei der Sie zu Besuch sind«, fiel er ihr ins Wort.

»Nicht wirklich. Ich hatte heute hier zu tun, und da bin ich zu ihr ins Büro gefahren. Sie arbeitet auf dem Meldeamt, müssen Sie wissen.«

Nando starrte die Frau entgeistert an, als er begriff, was sie ihm damit sagen wollte.

»Sie haben Ihre Freundin nach meiner Adresse gefragt?«

»Ihre Mail und Ihre Telefonnummer hatte ich ja bereits.«

Diesmal fiel nicht nur ein Groschen, sondern ein ganzer Goldbarren.

Er drückte die Fäuste lediglich noch fester zusammen.

»Von der Liste der Teilnehmer des Wein-Events, Signor Natuzzi«, sagte sie jetzt lächelnd. »Ich hatte auch vor, Sie morgen anzurufen, wo ich doch nun einmal in Viareggio bin. Aber da meine Freundin meinte, dass ich unbedingt in einer Trattoriain diesem Viertel zu Abend essen sollte, habe ich hier in der Nähe geparkt und auf dem Straßenschild gesehen, dass diese die Straße ist, in der Sie leben, und die Hausnummer ganz in der Nähe ist. Und plötzlich standen Sie vor mir.«

Sie zwinkerte schon wieder – und er verwarf den Gedanken, der ihn vorhin wie eine Faust getroffen hatte. Nein, natürlich hatte sie nicht die Nachrichten geschrieben – sie hatten sich doch erst seit wenigen Tagen kennengelernt.

Caterina Neri war eine nette Frau, mit der er sich während des Events in Montepulciano ein wenig unterhalten hatte. Sie hatte zufällig diese Freundin, die ihr seine Adresse verraten hatte, aber solche Dinge wurden ja in Italien ziemlich locker gehandhabt.

»Wie heißt die Trattoria, in der Sie essen wollten, Caterina?«

»Wie die Wirtin, die auch die Köchin ist, hat meine Freundin gesagt: Bice.«

Nando lachte und reichte ihr seinen Arm.

»Ich hätte Ihnen keinen besseren Tipp geben können. Kommen Sie, ich war ebenfalls auf dem Weg dorthin.«

Sie hatten ein Glas Prosecco getrunken und Bice' Antipasti nach Seemannsart bestellt. Während sie darauf warteten, erzählte ihm Caterina, dass sie in Mailand Journalismus studiert und anschließend fünf Jahre lang als Pressereferentin für eine Maschinenbaufirma in der Lombardei gearbeitet hatte.

»Es war eintönig, weil ich absolut keine Beziehung zu diesen leblosen Teilen, die dort produziert werden, habe. Außerdem fehlte mir die Toskana, und so kam ich zurück.

Und was ich seither mache, wissen Sie ja.«

»Sie arbeiten für das Konsortium des Vino Nobile di Montepulciano«, erwiderte Nando mit einem Nicken.

Caterina schaute ihn erstaunt an. »Aber nein! Ich bin keine Angestellte des Konsortiums, ich dachte, das wissen Sie.« Sie trank einen Schluck Wasser, und als er nichts sagte, fuhr sie fort. »Sie haben doch die Broschüre der Villa Flora gesehen und sicher auch die des Konsortiums.«

»Ja, natürlich.«

»Ich habe die Texte geschrieben und die Inhalte zusammengestellt. Selbstverständlich mache ich das auch für andere Hotels, Kantinen und Restaurants sowie für lokale Webshops. Manchmal beauftragt mich ein Unternehmen damit, eine Pressekonferenz oder ein Event zu organisieren, so wie am vergangenen Wochenende. Aber was ich wirklich will, ist schreiben. So wie Sie.«

Sie legte eine Hand auf seinen Unterarm und er zuckte leicht zusammen. Caterina schien es nicht zu bemerken, stattdessen kam sie auch noch mit dem Oberkörper näher. Zum Glück war der Tisch zwischen ihnen, dachte er, als ihm auffiel, dass ihre Bluse exakt die Farbe ihres Lippenstifts hatte.

»Meine Bewunderung für Sie kennt keine Grenzen. Ich will von Ihnen lernen, Signor Natuzzi. Geben Sie mir die Möglichkeit, Sie eine Zeit lang bei Ihrer Arbeit begleiten zu dürfen. Als unbezahlte Praktikantin. Bitte, Nando. Helfen Sie mir!«

Diese Worte! Dieselben wie in den anonymen Nachrichten ...

Er entriss ihr seine Hand und stieß dabei die Weinflasche um, die der Kellner gerade erst gebracht und geöffnet hatte. Der Vernaccia spritzte auf Caterinas Bluse, die Jacke, und ergoss sich über ihre Hose.

Sie stieß den Stuhl zurück, griff nach ein paar Papierservietten und presste sie auf ihre Oberschenkel.

»Es tut mir leid«, stieß Nando hervor.

»Kein Problem, wirklich nicht, es ist ja kein Rotwein!«

Caterinas Blicke folgte dem ausgestreckten Arm des Kellners, der ihr die Richtung zu den Toiletten zeigte. »Denken Sie über Ihre Antwort nach, bis ich wiederkomme«, rief sie ihm zu und ging eilig davon.

Das würde er sicher nicht tun! Nando Natuzzi hatte nur einen Gedanken im Kopf, fischte das Handy aus der Jackentasche und wählte die Rufnummer, die er erst heute gespeichert hatte.

Achtundzwanzig

Florenz, Freitagabend

»Das ist genau der Zusammenhang, der uns gefehlt hat.«

Tommaso ließ sich auf seinen Schreibtischstuhl fallen, knipste die Tischlampe an und griff nach der Tasse mit dem dampfenden Kräutertee.

»Allerdings«, bestätigte Lorenzo, der ebenfalls eine Tasse zwischen den Händen hielt, sein Gegenüber. Er war froh, dass Tommaso aus dem Urlaub zurück war. Zum einen, weil er jetzt nicht allein hier im Büro saß, während die meisten Menschen die Innenstadt bevölkerten und ihre Freizeit genossen. Vor allem aber kamen sie zu zweit doppelt so rasch voran, wie der heutige Tag zeigte.

»Es sprach doch nichts dafür, dass sie sich kannten. Wer hätte denn ahnen können, dass Conti und Proietti gemeinsam an einem solchen Projekt beteiligt waren.«

»An einem, von dem aber niemand etwas weiß, nicht einmal die Presse«, erwiderte Lorenzo. »Was eigenartig ist, wo es doch ein Grundstück gibt, auf dem bereits gebaut wird, wie Carlo Conti seiner Frau vor ein paar Wochen gesagt hat.«

»Am Arsch der Welt«, murmelte Tommaso und stellte seine Tasse auf den Schreibtisch.

»Das mag schon sein, aber nach Signora Contis Angaben liegt der Ort jeweils nur wenige Autominuten von Scandicci und Sesto Fiorentino entfernt, und die beiden Städte haben miteinander hunderttausend Einwohner. Nicht zu vergessen, dass man von Florenz in einer halben Stunde dort ist und das Gelände unweit des Ufers des Arno liegt. Ein richtig idyllisches Fleckchen für die Stadtbevölkerung.«

»Wo sich Millionen von Insekten tummeln und es noch schwüler ist als im Rest der Toskana.«

»Du musst ja nicht dorthin essen gehen, Tommaso«, fährt Lorenzo seinen Freund an. »Tatsache ist, dass Conti und Proietti sich kannten und beide in das Projekt Erlebnisrestaurant involviert waren, was wir nicht wüssten, wenn ich nicht mit Flavia Conti gesprochen hätte.«

Tommaso Lo Bianco hob beschwichtigend die Hände.

»Du hast ja recht. Ich bin nur immer noch genervt von den Stunden, die ich in dem Krankenhaus in Pisa verbracht habe. Nach dem Urlaub bei meiner Großtante, der pure Erholung war, hätte ich mir einen sanfteren Arbeitsbeginn gewünscht. Sich mit Ärzten und Schwestern herumzuschlagen, die untereinander nicht kommunizieren und nicht einmal eine Anordnung der Staatsanwaltschaft lesen können, ist das Letzte.«

Lorenzo lachte auf. »Irgendwer war ja dann doch kein Analphabet, oder? Und Blut von Conti hatten sie tatsächlich eingefroren. Es hätte ja auch sein können, dass ...«

Tommaso verdrehte die Augen und unterbrach ihn. »Hoffentlich bekommen wir wirklich bis morgen Nachmittag das Ergebnis der Drogenanalyse. Aber jetzt zurück zum Erlebnisrestaurant. Diese Flavia Conti weiß also tatsächlich nicht, wer die anderen Geschäftspartner des Projekts sind?«

»Nein, sie kannte nur Proietti und Castellani, der die Idee gehabt hatte, doch der ist ja vor zwei Monaten gestorben. Sie ist überzeugt, dass sich mit dessen Tod auch das Projekt in Luft aufgelöst hat. Ihr Mann hat nicht mehr davon gesprochen, zudem hat sie weder daheim noch in der Firma Unterlagen darüber gefunden, und es gibt keinen Nachweis, dass er Geld überwiesen hat. Was bedeutet, dass wir morgen herausfinden müssen, wem dieses Grundstück gehört.«

»Das kann ja heiter werden, Lorenzo. Wir kennen doch nur die ungefähre Lage.«

»Aber auch den Leiter der zentralen Baubehörde, die für das gesamte Areal der Metropole zuständig ist, nicht nur für den historischen Stadtkern von Florenz. Den besuchen wir morgen früh gemeinsam, und dann ...«

Das Läuten des Telefons unterbrach ihn. Der Klingelton kündigte ein Gespräch von auswärts an und die Handynummer auf dem Display kannte er nicht. Er warf einen Blick auf die Uhr. Es war zehn vor neun und der Anrufer hatte seine Direktwahl. Tommaso schaute ihn fragend an, und Lorenzo zuckte mit den Achseln, während er den Arm ausstreckte und nach dem Hörer griff.

»Valleverde.«

Nachdem er seinen Namen genannt hatte, sagte er nichts mehr. Stattdessen zog er die Unterlippe zwischen die Zähne, wie immer, wenn er sich anspannte.

»Schaffen Sie es irgendwie, sich nicht zu verraten? Wir brauchen ungefähr eineinhalb Stunden, mit Blaulicht etwas weniger.«

Während er zuhörte, griff er nach dem Autoschlüssel und nahm die Jacke von der Stuhllehne.

»Ja, ich habe verstanden. Bis dann. Und passen Sie auf sich auf!«

Tommaso war bereits aufgestanden, bevor Lorenzo den letzten Satz beendet hatte. Jetzt hielt er die Tür für ihn auf und schloss nach ihm ab.

»Wohin?«

»Viareggio. Natuzzi hatte eine unerwartete Begegnung.«

Neunundzwanzig

Viareggio, Freitagabend

Hatte er vorhin überreagiert oder etwas falsch verstanden?

Als Caterina an den Tisch zurückgekehrt war, hatte Bice persönlich die Antipasti alla Marinara gebracht und die große Platte zwischen ihnen auf den Tisch gestellt. Auf die Frage der Wirtin, ob denn alles wieder in Ordnung sei, hatte sie lächelnd erwidert, dass so etwas schon einmal passieren konnte.

»Es war ja zum Glück nur Weißwein«, hatte sie gemeint und Bice mit einem Blick auf die vielen Vorspeisen gefragt, ob sie die denn alle selbst herstellte. Dann wollte sie wissen, wie viele Personen in der Küche arbeiteten und welches ihrer Gerichte ihr denn persönlich am besten schmeckte. Und so hatten nicht nur Nando, sondern auch Caterina für später die Impepata di Cozze bestellt, da die Wirtin ihr erklärte, dass sie die Miesmuscheln für jeden Gast frisch zubereitete.

Während sie marinierte Crevetten, Carpaccio vom Schwertfisch, frittierte Sardellen, mit Fischsalat gefüllte Tomaten und dazu Unmengen von ofenfrischem Brot aßen, erzählte ihm Caterina, wie viele Dankesmails sie von den ausländischen Journalisten erhalten hatte.

»Das Wochenende hat auf meine Kollegen auch einen sehr positiven Eindruck hinterlassen«, bestätigte Nando.

»Bis auf die Sache mit dem Mailänder«, erwiderte Caterina. »Haben Sie eigentlich schon gehört, dass er tot ist?«

Nicht, dass ihm dieses Thema gefiel, aber zumindest sprach sie nicht mehr davon, dass sie ihn bewunderte und für ihn als Praktikantin arbeiten wollte.

»Das war in der Presse kaum zu übersehen, und es tut mir leid«, erwiderte Nando ausweichend. »Aber lassen Sie uns von etwas Angenehmerem sprechen.«

Er deutete auf die mit Seebarsch gefüllten und in hauchzartem Teigmantel herausgebackenen Zucchiniblüten.

»Wie finden Sie die?«

Als sie endlich die Platte mit den Antipasti leer geräumt hatten, war fast eine Stunde vergangen, während der sie noch ein Glas Prosecco getrunken und sich ganz normal unterhalten hatten.

Vor allem hatte die Frau das leidige Thema nicht mehr angesprochen, was Nando an sich und seiner Selbstkontrolle zweifeln ließ.

Er hätte nicht so impulsiv reagieren und wegen ein paar hingeworfener Sätze den Colonello Valleverde anrufen sollen! Wie sollte er sich bei dem Mann entschuldigen, der sich nur seiner falschen Einschätzung und überdrehten Reaktion wegen auf dem Weg von Florenz nach Viareggio befand? Einhundert Kilometer für eine solche Lappalie, denn anders konnte er Caterina Neris Worte im Nachhinein nicht bezeichnen! Zweihundert, denn er musste ja auch wieder zurückfahren, schimpfte sich Nando in Gedanken und schüttelte den Kopf über sich selbst, einen Mann von fünfundvierzig Jahren, der mit beiden Beinen im Leben stand und sich wie ein Idiot benommen hatte!

»Ist alles in Ordnung, Nando?«

Er fokussierte den Blick und erkannte Bice, die wohl sein Kopfschütteln gesehen hatte. Mit in die Hüften gestemmten Armen und fragendem Blick schaute sie auf ihn herab.

»Alles bestens, wie immer«, erwiderte er eilig.

»Ausgezeichnet«, pflichtete Caterina Neri lächelnd bei.

»Dann darf ich also den Hauptgang bringen?«

Bice wartete ihre Antwort nicht ab und verschwand in der Küche, nur um kurz darauf mit zwei überdimensionierten, randvollen Suppentellern wieder aufzutauchen. Sie stellte die einladend nach Wein und Kräutern duftende Impepata di Cozze vor ihnen ab und wünschte »Buon appetito!«.

Nando Natuzzi beobachtete die Frau, die sich mit den Miesmuscheln abmühte. Er fragte sich, ob Caterina Neri sich einfach nur ekelte, die Schalentiere anzugreifen, oder nicht daran gewöhnt war, Fisch zu essen.

Seit zehn geschlagenen Minuten kämpfte sie mit Gabel und Löffel, um die Schalen ohne Zuhilfenahme ihrer Finger zu öffnen.

»Schmeckt es Ihnen?«

Das Wort »nicht«, das er eigentlich hatte anfügen wollen, verschluckte Nando im letzten Moment. Es fiel ihm ohnehin schwer, sie nicht auf das, was sie vor den Antipasti gesagt hatte, anzusprechen. Der Wunsch, zu wissen, was sie sich dabei gedacht hatte, und der leise Verdacht, dass sie vielleicht doch die Verfasserin der anonymen Nachrichten sein konnte, schwelte wie Glut in ihm. Eigentlich hätte er es vorgezogen, einfach aufzustehen und mit halb leerem Magen heimzugehen.

Sie ließ das Besteck sinken und hob den Kopf an. Ihr Mund verzog sich zu einem unsicheren Lächeln und sie antwortete ausweichend: »Ich bin nicht so der Fischtyp«, bevor sie den Blick auf ihren Teller senkte.

Was hatte ihn nur geritten, diese Frau hierher mitzunehmen? Ach ja, erinnerte er sich jetzt: Sie hatte ohnehin vorgehabt, hier zu essen.

»Sie sind doch deswegen hierhergekommen, oder hat Ihnen Ihre Freundin nicht gesagt, dass man hier Fisch isst.«

Prompt fiel die Muschel, die sie malträtierte, in den Sud. Der mit Kräutern, Tomatenstückchen, Chilischoten und Olivenöl vermengte Weißwein spritzte hoch und bekleckerte ihre Bluse. Nando unterdrückte das aufkommende Lachen, da er sich sofort an die Sugoflecken erinnerte, die vor wenigen Tagen eine beigefarbene Bluse geziert hatten. Caterina Neri war am Samstagabend in der

Fattoria Dante die einzige Person der gesamten Runde gewesen, die es nicht geschafft hatte, beim Essen achtzugeben.

»Eigentlich nicht«, murmelte sie jetzt.

Er verdrehte innerlich die Augen und spürte Wut in sich aufsteigen.

»Falls Sie wirklich daran denken, als Journalistin über Restaurants und Kulinarik zu schreiben, werden Sie nicht um Fisch herumkommen. Nicht in unserem Land zumindest.«

Sie ließ das Besteck sinken und ihr Gesicht begann zu strahlen.

»Soll das heißen, dass Sie ... Ich meine ...«

Um Gottes Himmels willen! Was hatte sie denn jetzt verstanden?

»Ich will damit nur sagen, dass man sich in diesem Beruf nicht nur die Lokale herauspicken kann, die das servieren, was man mag. Manchmal muss man auch das essen, was nicht auf der persönlichen Liste der Lieblingsgerichte steht. In meinem Fall sind das Innereien.«

»Sie meinen zum Beispiel Leber auf venezianische Art?« Sie schien amüsiert. »Also die mag ich sicher lieber als Schalentiere und Fisch mit Gräten.«

»Eigentlich sprach ich von Kutteln und Hirn.«

Caterina griff nach einer Serviette, hielt sie vor den Mund und schüttelte sich vor Ekel.

Konnte eine erwachsene Frau wirklich so einfältig sein? Und so kindisch? Und so dumm? Sie hatte ihn vor seinem Haus abgepasst – jetzt war er davon überzeugt, dass es so war – und ihn regelrecht angefleht, von ihm lernen zu dürfen. Dabei kannte sie ihn doch gar nicht! Die paar Sätze, die er am Wochenende in Montepulciano mit ihr gewechselt hatte, waren lediglich höfliche Floskeln gewesen. Mit seinen internationalen Kolleginnen und Kollegen hatte er sich über Gemeinsamkeiten unterhalten, während er von ihr nicht einmal gewusst hatte, dass sie Journalismus studiert hatte.

»Vielleicht sollten Sie Ihre berufliche Veränderung noch einmal überdenken, Signora Neri.«

Sie zuckte zusammen und funkelte ihn an.

Passte es ihr nicht, dass er ihr seine ehrliche Meinung mitteilte?

Offenbar nicht, denn sie nahm Gabel und Löffel und ließ beide in den Suppenteller fallen, sodass noch mehr Sud aufspritzte. Etwas davon landete sogar auf ihrem Gesicht, und Nando fixierte fasziniert das Blättchen Petersilie auf ihrer Wange, das langsam abwärts rutschte.

Nein, diese Frau war als Journalistin im Bereich Kulinarik absolut ungeeignet. Dass sie aber auch verrückt sein musste, merkte er erst, als sie ihm antwortete.

»Sie fühlen sich wohl als etwas Besseres, Signor Natuzzi? Was glauben Sie eigentlich, wer Sie sind? Sie sind ein fetter Kerl, der von allen, die im gastronomischen Umfeld tätig sind, nur ertragen wird, weil sie Angst vor Ihren Bewertungen haben. Aber nur, weil Sie sich wie ein Gott benehmen, sind Sie noch lange keiner. Und vor allem haben Sie keinen Respekt verdient, Sie überheblicher, anmaßender, selbstgerechter ...«

»Signora Caterina Neri?«

Die dunkle Stimme, die ihren Namen aussprach, ließ sie abrupt verstummen. Sie wandte den Kopf und legte ihn in den Nacken, um dem Mann ins Gesicht zu sehen, der neben ihrem Tisch stand und auf sie herabsah.

Dreißig

Florenz, Samstagvormittag

Der Leiter der Baubehörde öffnete ihnen persönlich im Pyjama und mit mürrischem Gesichtsausdruck die Tür der Wohnung in dem eleganten Stadtpalais. Doch sobald er sie erkannte, veränderte sich seine Miene schlagartig.

»Colonello, Commissario Capo, was verschafft mir die Ehre an einem Samstagmorgen?«

Von »Morgen« war um zehn Uhr keine Rede mehr, dachte Lorenzo, der nur drei Stunden geschlafen hatte und bereits laufen gewesen war.

»Entschuldigen Sie die Störung, Signor Perra, aber die Sache duldet leider keinen Aufschub.«

»Kommen Sie doch herein«, erwiderte der Mann, dessen aufgedunsenes Gesicht auf unmäßigen Alkoholkonsum deutete, und trat zur Seite. Dabei fiel sein Blick auf die abgewetzten Pantoffeln an seinen Füßen, und als er wieder aufsah, überzog Röte seine Wangen.

»Sie müssen entschuldigen, aber wenn ich nicht außer Haus muss, gehe ich es langsam an. Darf ich Ihnen einen Kaffee anbieten?«

Die Knitterfalten, die das Kissen auf seiner Wange hinterlassen hatte, straften ihn Lügen. Die geräumige Küche, in der sie ihm folgten, ebenfalls. Alles war blitzsauber und unberührt.

»Kommen Sie, setzen Sie sich auf die Terrasse.«

Er öffnete die hohe gläserne Tür auf und deutete nach draußen. Während sie sich Stühle heranzogen, hörten sie das Rumoren der Kaffeemühle und kurz darauf zog der frische Kaffeeduft bis zu ihnen. Wenig später stellte der Mann ein Tablett mit zwei Tassen und Zucker, auf dem auch ein Teller mit Keksen stand, auf den Tisch.

»Geben Sie mir bitte fünf Minuten.«

Noch bevor sie antworten konnten, war er bereits verschwunden.

»Seine Frau?«, fragte Tommaso flüsternd.

»Wird beim Friseur sein«, erwiderte Lorenzo mit einem leisen Murmeln.

Er nippte an seinem Kaffee.

»Wie fühlst du dich?« Er schaute seinen Freund über den Tassenrand hinweg an. Die nächtliche Aktion, von der sie erst um halb vier nach Florenz zurückgekommen waren, hatte Spuren hinterlassen.

»Wie zerkaut und ausgespuckt. Wir hätten diese Sache auch den Kollegen in Viareggio überlassen können.«

»Das hatten wir doch schon, Tommaso.«

»Ja, ja, natürlich. Aber diese Caterina Neri ist nun wirklich absolut harmlos. Sie bewundert Natuzzi eben als Journalist, hat ihm ein paar Nachrichten geschickt und ihm gestern aufgelauert. So groß und kräftig Nando Natuzzi ist, wäre er locker allein mit ihr zurechtgekommen.«

Lorenzo runzelte die Stirn. Zwar hatte sich die Frau, deren wüste Beschimpfungen sie in der Trattoria Bice unterbrochen hatten, sofort beruhigt und sich tausendmal entschuldigt, aber ...

Tommaso unterbrach seine Gedanken. »Du glaubst ihr immer noch nicht.«

»Irgendetwas überzeugt mich nicht«, erwiderte er und sah dabei zur Terrassentür, aber von Perra war nichts zu sehen.

»Sie hat sich ein anonymes Mailaccount zugelegt, um ihm zu schreiben. Sie hat sich nicht zu erkennen gegeben und ihm die SMS geschickt, während sie sich beide im selben Lokal aufhielten – ebenfalls anonym. Und sie war die Organisatorin des Events in Montepulciano, an dem Molteni teilgenommen hat.«

»So wie Natuzzi und weitere zwölf Journalisten.«

»Aber nur einer ist tot.«

»Wer ist denn gestorben?«, fragte Filippo Perra, dessen Kommen sie nicht bemerkt hatten.

Der Leiter der florentinischen Baubehörde, den Lorenzo immer nur in Anzug mit Krawatte und glänzend polierten Schuhen gesehen hatte, auch wenn man annehmen musste, dass er sich zumindest manchmal auf Baustellen aufhielt, blieb neben ihm stehen. Er trug ein schwarzes Hemd über einer legeren Hose der gleichen Farbe, und er hatte dunkelbraune Flipflops an, die seine bleichen Füße mit den gekrümmten Zehen unangenehm in Szene setzten.

»Giorgio Castellani«, beantwortete Lorenzo die Frage.

Perra zuckte mit den Achseln. »Ach so, ich dachte, Sie sprechen von einem aktuellen Fall.«

Lorenzo wechselte einen raschen Blick mit Tommaso, der ebenso erleichtert schien wie er selbst. Der Hausherr hatte nur den letzten Satz mitbekommen, den sie gewechselt hatten.

»Wie kommen Sie denn darauf, dass wir Sie wegen einer laufenden Ermittlung sprechen wollen?«, fragte er.

Durch Perras Körper ging ein Ruck, dann machte er einen Schritt auf den nächsten Stuhl zu und setzte sich. Das Lächeln, das er aufsetzte, war aalglatt.

»Da es offenbar nicht bis Montag Zeit hatte ...«

»Sie haben recht«, kam Tommaso Lorenzo zuvor.

Sie hatten sich nicht abgesprochen, aber ganz automatisch schlüpften sie beide in ihre Rollen. Das Spiel vom guten und bösen Cop funktionierte nicht nur in Filmen. Daher ließ Lorenzo ihn auch weitersprechen.

»Dass Sie Castellani kennen, steht ja außer Frage, immerhin war er der größte Immobilienmogul von Florenz.«

Perra bestätigte die Aussage des Commissario Capo mit einem Nicken.

»Er arbeitete an einem Projekt, zu dem wir gerne mehr erfahren würden«, präzisierte Tommaso Lo Bianco.

Der Leiter der Baubehörde lachte auf.

»Castellani hatte immer mehrere Vorhaben am Laufen, nicht nur eines.«

Tommaso beugte sich vor und bohrte den Blick seiner dunklen Augen in den seines Gegenübers.

»Ich spreche von dem Bauvorhaben zwischen Scandicci und Sesto Fiorentino, an dem auch Carlo Conti und Orazio Proietti beteiligt waren. Mit Betonung auf waren, Signor Perra, denn die beiden Signori sind ebenfalls tot.«

Filippo Perras falsches Lächeln verflüchtigte sich. Einen Moment lang schien es, als ob er die Sprache verloren hätte, doch dann legte er die Stirn in Falten und rieb sich mit dem Zeigefinger über die Nasenwurzel. Schließlich schüttelte er den Kopf.

»Die beiden Namen sagen mir nichts.«

»Aber von dem Erlebnisrestaurant wissen Sie?«, hakte Lorenzo nach.

»Erlebnisrestaurant?«

Lorenzo zog scharf die Luft ein, legte seine Hände flach auf den Tisch und bewegte die Finger, die ein rhythmisches Geräusch erzeugten, das wie ein immer rascher werdendes Trommeln klang. Er unterbrach es abrupt.

»Sie werden mir nicht weismachen wollen, dass irgendwo im metropolitanen Gebiet von Florenz auch nur ein größeres Bauvorhaben genehmigt wird, von dem Sie nicht wissen?«

Perras Kiefer mahlte.

Das altbekannte Kribbeln lief seine Wirbelsäule entlang. Das spürte Lorenzo immer, wenn er in ein Wespennest stach – im sprichwörtlichen Sinne. Unter dem Tisch stieß er Tommaso an, der prompt reagierte und eine Frage stellte.

»Wie hat denn Castellani dieses Vorhaben bezeichnet?«

Filippo Perras Blick glitt unstet von Lorenzo Valleverde zu dem Mann an seiner Seite.

»Restaurant«, erwiderte er leise.

Lorenzo erinnerte sich an das, was ihm Flavia Sbrana Conti, die Witwe von Carlo Conti, gesagt hatte.

»Ein Gebäude mit fünfhundert Sitzplätzen auf verschiedenen Niveaus, das vom Selfservice bis zum Gourmetrestaurant mehrere Lokale in sich vereint, nannte er einfach nur Restaurant?«

»Das Projekt hat keinen Namen, und wenn, so hat er ihn mir nicht genannt.«

»Da Ihnen das bekannt ist, wissen Sie noch mehr, Signor Perra. Zum Beispiel, wer seine Partner waren.« Lorenzos Stimme wurde mit jedem Wort lauter. »Habe ich recht?« Die Frage war sicher bis auf die Terrassen und Balkone der Nachbarn zu hören.

Perra erbleichte. Dann hob er beschwichtigend die Arme hoch.

»Ich kenne nur den Bauplan und die zeitlichen die Durchführung betreffenden Details, Colonello Valleverde. Nichts sonst.«

Er war sich sicher, dass der Mann log. Aber das war nur eine Vermutung und nichts, was sie ihm nachweisen konnten. Sie mussten schrittweise vorgehen, denn hinter dieser Sache steckte mehr. Sein sechster Sinn hatte angeschlagen, und der betrog ihn nie. Lorenzo spürte, wie Tommaso zu demselben Schluss kam wie er.

»Signor Perra«, sagte jetzt der Mann, dem er mehr vertraute als sonst irgendjemandem. »Da Sie Giorgio Castellani so gut kannten, werden Sie auch wissen, wer das Bauvorhaben an seiner Stelle fortführt.«

Filippo Perra antwortete nicht. Stattdessen kaute er nervös auf seiner Unterlippe herum.

»Falls Sie den Namen nicht im Kopf haben, begleiten wir Sie gerne zur Baubehörde, damit Sie nachsehen können«, fuhr Tommaso fort.

»Sie müssen sich nicht bemühen, Ihren Wagen aus der Garage zu holen«, ergänzte Lorenzo Valleverde und schob seinen Stuhl zurück. »Sie fahren mit uns, und wir lassen Sie wieder zurückbringen, sobald wir fertig sind.«

Tommaso stand auf.

Lorenzo umfasste mit den Händen beide Armlehnen und

erhob sich im Zeitlupentempo.

Perra standen Schweißperlen auf der Stirn.

»Ich ... ich weiß nur, dass weitergebaut wird. Wir haben vor ein paar Wochen die Fundamente und das Kellergeschoss mit der Wasserreinigungsanlage kontrolliert und die erste Bauphase abgesegnet.«

Lorenzo richtete sich zu seiner vollen Größe auf.

»Mit wem stehen Sie in Kontakt, Perra? Wer trägt die Verantwortung für die Baustelle?«

»Der Architekt der Baufirma«, antwortete er wie aus der Pistole geschossen.

Der Mann hat Schiss, schlussfolgerte Lorenzo. Was daran liegen konnte, dass er irgendwelche Genehmigungen ohne die erforderlichen gesetzlich vorgeschriebenen Kontrollen erteilt hatte. Aber er und Tommaso vertraten die Gerichtspolizei, die sich nicht mit der im ganzen Land verbreiteten Korruption beschäftigt, sondern mit Verbrechen in großem Stil.

Er stützte sich mit den Handballen auf der Tischkante auf und beugte sich vor, sodass Perra seinen Kopf in den Nacken legen musste, um ihn anzusehen.

»Den Commissario Capo und mich interessiert nicht die Höhe der Schmiergelder, die Sie kassieren, Perra«, begann er und sah den Schweißfilm, der sich auf der Oberlippe in dem aufgedunsenen Gesicht bildete. »Solange Ihnen nicht die zuständigen Behörden auf die Schliche kommen oder ein Gebäude aufgrund Ihrer fahrlässigen Approbation einstürzt und Menschen körperlich Schaden zugefügt wird, müssen Sie sich nur vor Ihrem Gewissen verantworten. Aber hier geht es um Mord, Signor Perra. Einer der beiden toten Männer, die Castellanis Partner bei diesem Projekt waren und die Sie angeblich nicht kennen, starb nachweislich eines nicht natürlichen Todes. Entweder Sie sagen uns jetzt den Namen der Person, die das Projekt nach Castellanis Tod weiterführt, oder wir fahren in Ihr Büro und drehen alles von links nach rechts. Das ist für uns kein Problem, müssen Sie wissen, denn im Gegensatz zu Ihren

Leuten arbeiten unsere vierundzwanzig Stunden täglich und sieben Tage pro Woche.«

Filippo Perras Lippen bebten. Ein Tropfen rann von seiner Oberlippe abwärts. Der laue Wind trieb eine Wolke Schweiß über den Tisch. Lorenzo registrierte den Geruch mit Genugtuung. Es konnte nicht mehr lange dauern, bis er zusammenbrach. Drei, zwei ...

»Ich weiß nur, dass Castellani alles einer Frau vererbt hat«, sprudelte der Mann hervor.

»Das ist kein Geheimnis, Perra. Es gibt eine Universalerbin, deren Identität niemandem bekannt ist. Sogar die verbissensten Redakteure der Lokalblätter haben ihren Namen nicht herausbekommen.«

Tommaso und er waren zu dem Schluss gekommen, dass dieses Projekt, von dem sie nur durch Flavia Conti erfahren hatten, nichts mit dieser ominösen Erbin zu tun hatte. Conti und Proietti waren beide im Bereich der Gastronomie tätig gewesen, Castellani hingegen ein gerissener alter Mann, der im Verlauf von fünf Jahrzehnten mit dem Ankauf und Verkauf von Immobilien ein Vermögen erwirtschaftet hatte.

»Für Sie müsste es ein Leichtes sein, den Namen der Erbin herauszufinden, Colonello Valleverde.«

Lorenzo löste die Hände vom Tisch und warf Tommaso einen fragenden Blick zu. Konnte es so einfach sein? War diese Frau, die von der Presse als Castellanis Betthäschen bezeichnet wurde, diejenige, die den alten Mann auch innerhalb dieses Millionenprojekts abgelöst hatte? War sie die Partnerin von Conti und Proietti gewesen? Er wandte sich wieder dem Leiter der Baubehörde zu, schob den Stuhl, auf dem er vorhin noch gesessen hatte, unter den Tisch und umgriff mit beiden Händen die Stuhllehne.

»Ihr Amt zeichnet die Genehmigungen aller Bauprojekte der Metropole ab, Perra. Mehr als eineinhalb Millionen Menschen kommen nicht an Ihnen vorbei, selbst wenn sie nur einen Autoabstellplatz in ihrem Garten überdachen oder die Terrasse in einen Wintergarten verwandeln wollen.

Aber hier geht es um ein riesiges Bauvorhaben, das unzähligen Unternehmen enormen Umsatz und Menschen wie Ihnen ebensolche Schmiergelder garantieren. Sie werden mir also jetzt nicht sagen wollen, dass Sie eine derart einzigartige Möglichkeit, ohne großen Aufwand an viel Geld zu kommen, einem Ihrer Mitarbeiter überlassen. So wenig, wie jemand, der hinter einem solchen Projekt steht und Beamte besticht, damit es zu keinen Verzögerungen kommt, sich eines Mittelsmanns bedient, um die Umschläge zu übergeben. Selbst in einer Gesellschaft, so denn eine dahinterstünde, gibt es nur einen Geschäftsführer.«

Der Mann hing schräg auf dem Stuhl, umklammerte eine Armlehne mit beiden Händen.

»Wer steht hinter der Baufirma und dem Architekten, Perra?«

»Ich weiß nichts, kann Ihnen nur den Namen des Mannes sagen, auf den das Grundstück eingetragen ist.«

Sein Blick flackerte. Wieder zog er nervös die Lippe zwischen die Zähne und knabberte daran herum, bis ein Blutstropfen zu sehen war.

»Stehen Sie auf und kommen Sie mit«, herrschte ihn Lorenzo an.

Perra zuckte zusammen und sah zitternd zu ihm auf.

»Sein Name ist Valleverde«, stieß er hervor. »Conte Adalrico Landi di Valleverde, Ihr Bruder!«

Einunddreißig

Viareggio, Samstagvormittag

Nando Natuzzi starrte auf den Apfel in seiner Hand und legte ihn zurück auf den Teller. Dann ließ er auch das Messer sinken und griff nach der Serviette. Es war bereits später Vormittag und er hatte immer noch nichts gegessen. Als er nach der viel zu kurzen Nacht endlich aufgestanden war, hatte er seinen Ohren nicht getraut und war ein zweites Mal auf die Waage gestiegen. Aber die elektronisch gesteuerte weibliche Stimme hatte erneut »einhundertsechs Komma fünf« gesagt. Entgeistert hatte er sich im Spiegel betrachtet und sich gefragt, ob tatsächlich ein über Stunden andauernder emotionaler Ausnahmezustand ausreichte, damit er Gewicht verlor. Denn wenn es so einfach war, dann sollte er dieser Caterina Neri vielleicht wirklich eine Stelle als Praktikantin anbieten.

Zwar hatte ihn Guido vorhin Trottel genannt, als er ihn angerufen und ihm die verrückte Geschichte und seine Überlegung erzählt hatte, aber Guido Vanni war weit mehr als sein Freund. Er war der Direktor der wichtigsten Tageszeitung von Florenz, die nicht nur in der gesamten Region, sondern weit über die Grenzen hinaus gelesen wurde. Sein allererstes Interesse waren die Verkaufszahlen, die wiederum von den abgedruckten Inhalten abhingen – und er hatte ihm ausdrücklich verboten, einen Artikel darüber zu schreiben. Mit den Worten »Mein Privatleben geht niemanden etwas an« hatte er das Gespräch beendet.

Während er auf den dunkelroten Apfel starrte, ertappte er sich dabei, dass er wieder an diese Frau dachte, die Lorenzo Valleverde als verrückt und Tommaso Lo Bianco, sein sympathischer Vize, als harmlos bezeichnet hatten.

Als die beiden groß gewachsenen Männer plötzlich an dem Tisch in Bice' Trattoria aufgetaucht und Lorenzo Valleverdes nur mit dem Nennen ihres Namens Caterina Neris Redeschwall unterbrochen hatte, hatte sich die Frau schlagartig verändert. Von der Beleidigungen ausstoßenden Furie war nichts mehr übrig, geblieben war ein jammerndes Häufchen Elend. Widerstandslos war sie mit den beiden groß gewachsenen Männern in Zivilkleidung, die ihr nur ihre Titel und Namen genannt und nicht einmal ihre Ausweise gezeigt hatten, aus dem Lokal nach draußen gegangen. Nando hatte sich bei Bice entschuldigt, hatte die Rechnung beglichen und war ihnen gefolgt.

Der Commissario Capo Tommaso Lo Bianco war mit der Frau rückwärts in den Wagen gestiegen und er auf den Beifahrersitz. Wenige Minuten später hatten die diensthabenden Carabinieri des nächst gelegenen Kommandos das hermetisch gesicherte Tor geöffnet, den Wagen einfahren lassen und ihnen einen vergitterten Raum zur Verfügung gestellt. Erst da war Nando klar geworden, dass Lorenzo Valleverde nicht nur der Leiter der florentinischen Gerichtspolizei, sondern auch innerhalb der Streitkraft der Carabinieri einer der höchstdekorierten Offiziere der Toskana und ein Soldat war. Dieses Haus, das rundum gesichert war wie Fort Knox, war im Grunde genommen so etwas wie die Zweigstelle einer Kaserne. Als die Männer Caterina dann verbal in die Zange genommen und verhört hatten, bis sie jedes auch noch so unwichtige Detail wussten, war ihm klar geworden, dass er die beiden nicht als Feinde haben wollte.

Wieder glitten seine Gedanken zu dem Moment der letzten Nacht, in dem es in dem Raum plötzlich still geworden war. Caterina Neri hatte mit vom Weinen verschwollenem Gesicht vor ihm gesessen, und er hatte in ihr das gesehen, was sie war: eine Stalkerin und zutiefst verstörte Frau, die dringend psychologischer Hilfe bedurfte.

Ihre Schminke war verlaufen, hatte graue Schlieren auf

ihren Wangen gebildet. Ihre bei dem angeblich zufälligen Treffen vor seinem Wohnhaus feuerrot geschminkten Lippen waren farblos und zerbissen gewesen, weil sie ständig daran nagte, wenn sie nicht sprach. Ihr mittelbraunes Haar hatte zu allen Seiten abgestanden, weil sie sich andauernd mit fahrigen Händen hindurchfuhr.

Sie war so unattraktiv, wie eine Frau nur sein konnte – und das lag nicht nur an ihrem Äußeren. Es kam von innen.

Seit Jahren hatte sie all seine Artikel gesammelt, seine Kochbücher gekauft und jedes der darin enthaltenen Rezepte nachgekocht. Als ihr das Consorzio del Vino Nobile di Montepulciano die Organisation des Presse-Events aufgetragen hatte, war sie es gewesen, die dem Präsidenten nahegelegt hatte, ihn einzuladen. Damals hatte sie auch die erste anonyme Mail an ihn geschrieben, dann weitere, schließlich den Brief. Sie hatte so sehr auf seine Zusage gehofft, um ihn persönlich kennenzulernen, dass sie kaum mehr geschlafen und gegessen hatte. Ihre Magenschmerzen hatten sich erst an dem Tag gelegt, als Chiara, die Sekretärin der Gastronomia Italiana, angerufen und seine Teilnahme mitgeteilt hatte. Sie war so glücklich gewesen, ihn endlich persönlich kennenzulernen, dass sie zu viel getrunken hatte, wo sie doch eigentlich keinen Alkohol vertrug. Sie hatte kaum ein Auge zugebracht und am nächsten Morgen ungeduldig gewartet, bis er zum Frühstück nach unten kam, bevor sie den Raum betreten und sich zu ihm gesetzt hatte. Es war ihr Highlight gewesen, mit ihm allein an einem Tisch zu sitzen, und sie hatte sich so sehr auf die nachfolgenden Stunden gefreut.

Aber dann war dieser Molteni verschwunden und der Tag wahrlich nicht so verlaufen, wie sie erhofft hatte. Sie wollte nach der Abreise der ausländischen Journalisten mit ihm noch einen Kaffee trinken und ihm gestehen, dass sie die Verfasserin der anonymen Botschaften war. Sie hatte darauf gehofft, dass er lachen und ihr anbieten würde, mit ihm zusammenzuarbeiten. Aber daraus war nichts geworden, und so hatte sie sich gestern in ihr Auto gesetzt und war nach Viareggio gekommen, um ihn zu treffen.

»Wollen Sie Anzeige erstatten, Signor Natuzzi?«

Immer noch schockiert von der Erzählung der Frau, die sich wie eine orientierungslose Studentin benahm, jedoch schon vierunddreißig Jahre alt war, hatte er den neben ihm sitzenden Colonello angestarrt, der ihm die Frage gestellt hatte.

»Ich denke ...«

»Nein«, hatte sie geschrien und sich über den Tisch geworfen, bis sie seinen Arm fassen konnte.

Er war zurückgeschreckt, und der Commissario Capo hatte sie an den Schultern gepackt und auf ihren Stuhl zurückgezogen.

»Muss ich Ihnen Handschellen anlegen?«, hatte er sie mit eisigem Blick gefragt.

»Nein, bitte nicht. Ich tu's auch nie wieder.« Erneut waren Tränen über ihre Wangen geronnen.

Nando hatte Lorenzo Valleverde einen fragenden Blick zugeworfen.

»Die Entscheidung ist Ihre, Signor Natuzzi. Sie kennen jetzt alle Fakten. Erstatten Sie Anzeige, kommt es zu einer Gerichtsverhandlung. Entschließen Sie sich dagegen, rate ich Ihnen dringend an, eine Verfügung zu erwirken, die Signora Neri jeden Kontakt mit Ihnen verbietet.«

Sie hatte ihm leidgetan und er hatte die Möglichkeit einer Anzeige verworfen.

Das war letzte Nacht gegen halb zwei gewesen. Und jetzt saß er da und überlegte, ob seine Entscheidung die richtige gewesen war. Hätte er anders gehandelt, wäre sie gezwungen gewesen, sich einen Anwalt zu nehmen, und ein Richter hätte wahrscheinlich ein psychologisches Gutachten in Auftrag gegeben. Nando zermarterte sich den Kopf, obwohl er genau wusste, dass er sich nicht mehr umentscheiden würde, auch wenn Lorenzo Valleverde ihm gesagt hatte, dass er das immer noch tun könnte.

Aber nein, er musste nicht einmal die Augen schließen, sah Caterina Neri weiterhin vor sich, als sie vom Stuhl gerutscht war und ihm auf den Knien gedankt hatte. Er hatte sich unangenehm berührt abgewandt und war froh gewesen, dass man ihm ein Taxi gerufen hatte und er vor der Kommandantur abgefahren war, bevor Valleverde und Lo Bianco mit der Frau herausgekommen waren.

War sie noch in Viareggio oder war sie heimgefahren? Wie sicher war es, dass sie ihn nicht mehr belästigen würde? Der einzige Mensch, den er fragen konnte, war Lorenzo Valleverde. Doch den Colonello an einem Samstag wegen einer solchen Lappalie zu stören, zeugte von mangelndem Takt.

Nando schob den Teller mit dem Apfel und dem Messer von sich und machte sich auf die Suche nach seinem Handy. Aber noch bevor er es von der Kommode nehmen konnte, wo er es nachts zum Aufladen abgelegt hatte, klingelte es. Auf dem Display erschien ein Festnetzanschluss aus Florenz, der ihm unbekannt war.

»Pronto?«

»Signor Natuzzi, entschuldigen Sie die Störung. Mein Name ist Conte Adalrico Landi di Valleverde. Wir kennen uns nicht persönlich, aber ich habe Ihnen ein exquisites Geschäft vorzuschlagen, von dem ich sicher bin, dass es Sie begeistern wird.«

Nando hörte die Stimme, die derjenigen, die er mit dem adeligen Namen verband, fast aufs Haar glich. Nur die Sprechweise war eine andere. Der Mann näselte und klang derart eingebildet, dass sich ihm die Nackenhaare aufstellten. Er war nahe daran, das Gespräch zu beenden, als ihm einfiel, dass seine Handynummer nicht jeder kannte, und da es in Italien zum Glück kein öffentliches Telefonverzeichnis für die mobile Telefonie gab, konnte man sie auch nicht finden. Ob Lorenzo Valleverde dem Bruder seine Nummer gegeben hatte? Denn dass es sich um diesen handelte, wusste er ja nach Serafico Benellis Ausführungen vor wenigen Tagen mit absoluter Sicherheit.

»Von wem haben Sie meine Nummer?«, fragte er vorsichtig.

Der Conte lachte blechern auf.

»Sie haben mich erwischt«, erklärte er mit einem affektierten Auflachen, das wie das Bellen eines Hundes klang. »Ich musste sozusagen den Besitzer eines Restaurants bestechen, das wird beide frequentieren.«

Nando atmete erleichtert auf. Er hatte sich also nicht in Lorenzo Valleverde geirrt. Der Colonello war integer und über jeden Zweifel erhaben.

Dann fragte er dessen Bruder nach dem Namen des Lokals und beschloss umgehend, dass er dieses von seiner Bewertungsliste streichen würde.

»Erzählen Sie mir doch, worum es sich handelt, Conte Valleverde.«

Nando wusste, dass er mit diesem eingebildeten Fatzke um nichts in der Welt irgendein Geschäft abschließen würde. Aber er war neugierig und konnte Abwechslung dringend brauchen. Mit dem Handy an seinem Ohr ging er in sein Arbeitszimmer, setzte sich auf den gemütlichen Schreibtischstuhl und lehnte sich zurück.

Zweiunddreißig

Florenz, Samstag früher Nachmittag

Er wischte sich zum wiederholten Mal mit dem Handrücken den Schweiß von der Stirn. Es war nicht warm, schon gar nicht in seinem verdunkelten Arbeitszimmer, aber er schwitzte. Sein Herz hämmerte gegen die Rippen, als ob es ihm aus der Brust springen wollte. Er musste einen Ausweg finden, sich etwas einfallen lassen, sonst war es vorbei. Finito. Zu Ende.

Dabei hatte er sich damals doch nur auf diese Sache eingelassen, um seine Frau mit der kräftigen Finanzspritze davon zu überzeugen, zu ihm zurückzukehren. Er hatte ihre Wunschliste abgearbeitet, beginnend bei den fünfzig langstieligen Baccararosen bis hin zu dem protzigen Diamantring, der ihn mehr gekostet hatte als ein Kleinwagen. Er war ihr hinterhergelaufen wie ein Schoßhündchen und hatte sich mit den Krümeln zufriedengegeben, die sie ihm hinwarf. Dankbar war er gewesen. Dankbar, dass sie sich keinen Anwalt nahm, um die Trennung zu verbalisieren und ihn zum Gespött der Leute zu machen.

Ohne sie war er nichts. Alles, was er hatte, hatte er ihr zu verdanken. Sie war es gewesen, die ihn in den engsten Kreis der Reichen von Florenz eingeführt hatte, der ihr natürliches Ambiente war, da sie aus einer der ältesten und vornehmsten Familien stammte, die in der Stadt seit Jahrhunderten tonangebend waren. Niemals hätte er allein mit Kompetenz und Fleiß und Kniebuckeln die berufliche und gesellschaftliche Position erreicht, die er heute hatte – wäre sie nicht gewesen. Und dafür vergötterte er sie, lag ihr zu Füßen und war glücklich gewesen, als er ihr endlich gerecht werden konnte. Nur war die anfängliche Euphorie bald der Enttäuschung gewichen. Je mehr der Saldo auf dem Konto auf den Caymans schrumpfte, desto seltener hatte sie seine Anrufe beantwortet, ganz zu schweigen davon, dass sie ihm ein persönliches Treffen gewährt hätte. Bis sie ihn komplett ignoriert hatte. Er durfte nicht daran denken, wie viele Wochen seither vergangen waren. Nur aus der Ferne hatte er sie zufällig gesehen, vor wenigen Tagen, als sie mit ihrem Bruder und dessen Frau vor dem Bernini Palace Hotel aus der Limousine gestiegen war, um einer Benefizveranstaltung beizuwohnen. Sein Puls hatte gerast, als sein Blick ihre schlanken Fesseln erfasst hatte und über die Waden bis zum Rocksaum hochgeglitten war. Er liebte ihre Beine, hatte sich auch nach all den Jahren immer noch nicht daran sattgesehen, und er liebte ihren Geruch. Das hatte er ihr auch gesagt, als sie ihn verließ – und sie hatte ihn ausgelacht.

»Du liebst meinen Namen und all das, was damit verbunden ist, und ich liebe den Reichtum, den du mir nicht geben kannst. Ich bin nicht mehr jung und schön war ich nie. Du hingegen warst es. Alle wollten dich, doch du hast mich gewählt – und wir kannten beide den Grund, auch wenn wir immer darüber geschwiegen haben. Aber jetzt? Schau doch in den Spiegel. Von dem Mann, der du einmal warst, ist nichts mehr zu sehen. Sag mir also, warum ich bei dir bleiben sollte?«

Wie ein Fisch auf dem Trockenen hatte er nach Luft gejapst und ihr und dem Chauffeur nachgesehen, der ihr den Wagenschlag öffnete. Sie war in die Limousine gestiegen, die ihr Vater oder Bruder geschickt hatte – ohne sich noch einmal nach ihm umzudrehen. Ein paar Tage darauf hatte er Giorgio Castellani angerufen und ihm gesagt, dass er dabei war.

Und jetzt? Castellani, der ein Leben lang hart gearbeitet und, was Frauen anbelangte, einen ausschweifenden Lebensstil gepflegt und keine geheiratet hatte, war mit dreiundsiebzig gestorben. Ein gutes Alter, hatten sie bei ihrem ersten Treffen nach seinem Tod kommentiert, froh, dass der alte Mann das Grundstück verkauft hatte. »Man kann nie wissen«, hatte er gemeint und recht behalten.

So weit war alles perfekt gewesen, konnte nicht besser sein. Selbst die Tatsache, dass der alte Molteni plötzlich beschlossen hatte, seinen Sohn Maurilio als ihren Gesprächspartner einzusetzen, diesen koksenden Vollidioten, hatte ihnen nichts ausgemacht.

Auch nicht diese Frau mit der heiseren Stimme, von der sie weder den Namen noch das Aussehen kannten, weil sie sich wie eine Filmdiva der Sechzigerjahre mit einem Hut mit Schleier präsentiert hatte. Castellani hatte Geschäftliches und Privates immer strikt getrennt und gesagt, dass das Hirn nicht zu den Qualitäten der Frauen gehört, denen er Bedeutung zumaß. Demzufolge hatten sie den melodramatischen Auftritt dieser Person mit ironischen Bemerkungen und ein paar Gläsern Cognac vom Tisch gefegt.

Und jetzt waren Conti, Proietti und Molteni tot, und ausgerechnet Lorenzo Valleverde hatte eine Verbindung zwischen Carlo und Orazio hergestellt. Ihm war es scheißegal, dass einer der beiden angeblich ermordet worden war. Er war derart schockiert gewesen, dass Valleverde und Lo Bianco ihn hier aufgesucht und ihn ausgequetscht hatten, dass er ganz vergessen hatte zu fragen, wer denn eines nicht natürlichen Todes gestorben war, wie der Colonello es ausgedrückt hatte. Conti oder Proietti? Und nicht nur die beiden waren tot! Ein Angstschauer raste durch seinen Körper, stellte ihm die Nackenhaare auf und brachte seine Knie zum Zittern. Wer würde der Nächste sein? Er stöhnte auf.

Filippo Perra wischte sich mit dem Hemdsärmel über die Stirn, griff nach der Flasche und schenkte sich erneut den Schwenker halb voll. Seine Frau würde jetzt eine ihrer perfekt gestylten Augenbrauen hochziehen, einen Blick auf die Uhr werfen und ihm erklären, dass man in ihren Kreisen erst bei Sonnenuntergang Hochprozentiges zu sich nahm. Würde sie, wenn sie hier wäre. War sie aber nicht – und würde sie auch nie mehr sein. Vor einem halben Jahr hatte sie ihn verlassen, und er hatte sich auf Dinge eingelassen wie nie zuvor in seiner Karriere, um ihr gerecht zu werden. Und trotzdem hatte sie ihn endgültig fallen lassen. Er wusste nicht einmal, wo sie wohnte oder wie und mit wem sie ihre Zeit verbrachte.

Mit einem grimmigen Lächeln hob er das schwere Glas aus Bleikristall an die Lippen, hielt kurz ein, leerte es dann auf einen Zug. Der sauteure Cognac brannte sich durch seine Kehle nach unten und Wärme breitete sich in seiner Brust aus wie Feuer. Das Zeug hinterließ auch keinen besseren Nachgeschmack auf seiner Zunge als billiger Fusel – aber es hüllte sein Herz ein wie ein Anästhetikum. Endlich verlangsamte der verdammte Muskel die Geschwindigkeit und galoppierte nicht mehr wie eine Horde wilder Büffel. Dafür spürte er das Pochen in seinen Schläfen. Die Gedanken, die ihn Tag und Nacht verfolgten, verschwanden in einer dunklen Wolke, bis nur noch einer übrig blieb. Der, den er vor sich hergeschoben hatte, seitdem die beiden Männer seine Wohnung verlassen hatten. Er war viel zu jung, um darauf zu hoffen, dass man ihn mit einer seiner Position angemessenen Pension in den frühzeitigen Ruhestand schicken und den Skandal verschleiern würde. Jetzt galt es, zu retten, was zu retten war. Und der Einzige, der ihm dabei helfen konnte, war ein Mann, den er von ganzem Herzen hasste, da er all das verkörperte, was er nicht war und niemals sein würde.

Er hob die Hand mit dem Schwenker, dessen Basis auf seinem Oberschenkel ruhte, und stellte ihn auf dem Tisch ab. Dann streckte er den Arm nach dem Handy aus, wischte mit dem Daumen über das Display, bis er den Kontakt fand, und wählte die Nummer.

Beim zweiten Klingeln wurde das Gespräch angenommen, doch statt eines Grußes flüsterte Conte Adalrico Landi di Valleverde heiser: »Du sollst mich nur in Notfällen anrufen!«

Filippo Perra lachte glucksend: »Wenn das keiner ist!«

»Bist du betrunken?«

»Das auch!« Er wusste nicht, warum der nasale Tonfall ihn erheiterte, aber es war so. »Dein Bruder war hier. Dienstlich. Mit seinem Vize.«

Plötzlich war es still in der Leitung.

Er überlegte, das Handy einfach zurück auf den Tisch zu legen und sich noch ein Glas zu gönnen, als er den tiefen Atemzug des Mannes am anderen Ende vernahm.

»Was wollte er?«

»Mir sagen, dass er in einem Tötungsdelikt ermittelt.«

»Und was hast du damit zu tun? Du bist alles Mögliche, von dumm über korrupt bis geldgierig, aber einen Mord traue ich dir nicht zu. Oder hast du in deinem Suff jemanden totgefahren?«

Er schluckte schwer. Dieser eingebildete, affektierte Schnösel glaubte wirklich, dass er mit ihm reden konnte wie mit einem Dienstboten, nur weil er im Geld schwamm und einen beschissenen Titel hatte. Aber er brauchte ihn. Daher verbiss er sich die Antwort, die ihm auf der Zunge lag, und holte tief Luft.

»Es geht um Conti oder Proietti.«

Er sah förmlich vor sich, wie dem Conte die adeligen Gesichtszüge entglitten.

»Um wen von ihnen?«, kam die leise Frage.

»Das haben sie nicht gesagt.«

»Wie kommst du dann darauf, dass einer von ihnen ermordet ...«

»Jetzt halt doch endlich die Fresse!«, schrie er ins Telefon. »Sie waren hier, haben beide Namen erwähnt und gesagt, dass einer von ihnen eines nicht natürlichen Todes gestorben ist. Sie wissen von der Verbindung der beiden auch mit Castellani und kennen das Projekt, das sie Erlebnisrestaurant nennen.«

»Wie ist das möglich?«, keuchte Adalrico Valleverde.

»Hätte ich sie das fragen sollen?« Er grunzte.

»Nein, natürlich nicht!«

»Eben.«

»Aber was wollten sie von dir?«, schrie der andere aufgebracht.

»Ich bin der Leiter der Baubehörde, schon vergessen?«

Er spürte die Zufriedenheit, die das Aussprechen dieser Worte in ihm auslöste.

»Sie waren deshalb bei dir?«

Jetzt genoss er die kleinlaute Frage des hochnäsigen Contes, der sich immer so gut vorkam, kostete dessen Unruhe aus und kaute auf seiner Antwort herum, bevor er sie gab.

»Ja. Sie wollten wissen, wer hinter dem Bauvorhaben steht.«

»Und, was hast du ihnen gesagt?« Adalrico Valleverdes Stimme war wieder schneidend und nasal.

»Ich habe ihnen geantwortet, dass Castellani eine Universalerbin hat, aber sie wollten den Namen.« Er verstummte.

»Und?«, kam es drängend.

»Ich musste es ihnen sagen, du hast ja keine Ahnung, wie die beiden ...«

»Doch«, unterbrach ihn der Conte. »Sei versichert, dass ich weiß, wie mein Bruder ist!«

Filippo Perra schluckte.

»Du hast ihnen also gesagt, dass Castellani das Grundstück an mich verkauft hat. Sonst noch was?«

»Nein!«, schrie er.

»Natürlich nicht, sonst wärst du jetzt selbst knietief in der Scheiße.«

Er kämpfte gegen den Kloß an, der sich in seinem Hals gebildet hatte und ihm die Luft abschnürte. Er war knietief in der Scheiße! Der Colonello und sein Vize wussten, dass er korrupt war. Er hatte keine Ahnung, ob er ihnen glauben konnte, dass sie das nicht interessierte und sie niemanden darüber informieren würden. Er konnte es nur hoffen.

»Filippo?«

Erst jetzt merkte er, dass er die Hand mit dem Handy hatte sinken lassen. Rasch hob er das Gerät wieder an sein Ohr.

»Ja?«

»Das mit meinem Bruder regele ich, sobald er sich meldet. Wie lange sind die beiden schon weg?«

Perras Blick glitt zur Uhr an der Wand. Es war kurz nach drei. Wo war die Zeit hingekommen?

»Ein paar Stunden«, erwiderte er vage.

»Und da rufst du mich jetzt erst an?«

»Ich musste noch was erledigen.«

»Du solltest weniger saufen und dich auf das Nötige konzentrieren. Wir müssen das Projekt voranbringen.«

»Richtig. Der neue Partner. Hast du schon ...«

»Keine Namen am Telefon«, unterbrach ihn sein Gesprächspartner unwirsch. »Darum kümmere ich mich, keine Sorge. Mach du deinen Teil und ich mache meinen. Und pass auf dich auf.«

Der letzte Satz kam erst bei ihm an, als er merkte, dass die Leitung längst tot war. Er lachte hysterisch auf. Tot. So wie Castellani, Conti, Proietti und Molteni. Drei von ihnen waren innerhalb weniger Tage gestorben und einer war ermordet worden.

Fröstelnd rieb er sich seine Arme. Aber die Gänsehaut blieb und das ungute, nicht deutbare Gefühl nahm stetig zu.

Er griff nach dem Glas und der Flasche, schenkte sich ein und trank. Immer rascher leerte er die Flasche, machte sich irgendwann nicht einmal mehr die Mühe, den Cognac in den Schwenker zu gießen. Irgendwann sank sein Kopf auf die lederne Schreibtischunterlage und er fiel in einen tiefen, traumlosen Schlaf.

Dreiunddreißig

Florenz, Samstagnachmittag

Eine von Lorenzo Valleverdes herausragenden Eigenschaften war sein analytischer Verstand. Gepaart mit seiner emotionalen Seite, die er im Beruf abzustellen wusste, wie andere den Fernseher ausschalteten, wenn ihnen eine Sendung nicht gefiel, funktionierte er immer einwandfrei. Hatte er gedacht. Bis heute. Denn als Filippo Perra den Namen seines Bruders genannt hatte, war irgendetwas in seinem Kopf passiert. Dort, wo sich sonst nur die sinnvollen Synapsen bildeten, die ihm nützlich waren, hatten sich die falschen Nervenzellen zusammengeschlossen. Deren Verbindung hatte etwas in ihm bewirkt, was er schon ewig nicht mehr verspürt hatte: Gefühle, die er nicht deuten wollte und die bei einer Ermittlung hinderlich waren.

Aber er hatte sich nach dem ersten Schock im Griff gehabt und den Leiter des Bauamtes um die genaue Anschrift des Grundstücks gebeten. Dann hatte er ihm für die Informationen gedankt und war Tommaso aus der eleganten Wohnung und über die Treppe hinunter gefolgt. Er war seinem Freund dankbar gewesen, als der sich ans Steuer setzte und geradewegs ins Büro gefahren war, obwohl sie es nicht vorgehabt hatten. Und jetzt waren sie immer noch hier und warteten gemeinsam auf die Auswertung von Carlo Contis Drogenanalyse, weil er sich nicht dazu überwinden konnte, das Unausweichliche zu tun.

»Endlich!«

Tommaso ballte die Papierserviette zu einem Ball und schoss ihn in seine Richtung. Trotz seiner Grübeleien war seine Reaktion auf altgewohntem Niveau. Er fing die

Papierkugel in der Luft ab, zielte und traf Tommasos Ohr.

»Ich hätte deine Nase getroffen, wenn du dich nicht vorgebeugt hättest.«

»Dann wüsste ich noch nicht das Ergebnis des Befundes.«

Tommaso grinste ihn über ihre einander gegenüberstehenden Schreibtische hinweg an und schwieg.

»Jetzt sag schon!«, rief Lorenzo ungeduldig.

»Wir hatten den richtigen Riecher. Positiv. Conti wurde eine hohe Dosis GHB verabreicht, wie Proietti. Nur mit dem Gewicht eines Ochsen hätte er eine Chance gehabt.«

»Gut.« Lorenzo stand auf und stieß dabei den Drehstuhl nach hinten, der gegen den Schrank donnerte.

»Hast du es jetzt plötzlich eilig?«, fragte Tommaso mit hochgezogenen Augenbrauen und lehnte sich zurück. »Ich dachte, du würdest weiterhin nach irgendwelchen Ausflüchten suchen und mich irgendwann dazu überreden, mit dir aus der Stadt zu fahren, und essen gehen, weil es ohnehin schon zu spät sei, um ...«

»So schlimm?«, unterbrach ihn Lorenzo.

»Schlimmer. Dabei hat dein Bruder nichts gemacht, außer ein Grundstück zu kaufen. Und dass er dich darüber nicht informiert hat, ist absolut normal. Immerhin seid ihr erwachsen und habt alles andere als ein idyllisches Verhältnis.«

»Eine gelinde gesagt unzulängliche Umschreibung dafür, dass wir seit dem Tod unseres Vaters und dem Abschluss der Erbschaft keinen Kontakt mehr haben.«

»Wofür du dir immer noch die Schuld gibst?«

Lorenzo verdrehte die Augen.

»Diese Frage aus deinem Munde, Doktor Freud? Ausgerechnet von dir hätte ich das nicht erwartet.«

»Warum?«

»Weil du der einzige Mensch bist, der mich durch und durch kennt. Du weißt genau, dass es bei diesem Sachverhalt keinen Schuldigen gibt. Er und ich sind völlig inkompatibel, haben uns von Kindheit an nie besonders gut verstanden, gingen schon damals verschiedenen Hobbys nach und hatten nicht einmal einen gemeinsamen Freund.«

»Du vergisst euer Aussehen, Lorenzo. Ihr seid absolut identisch.«

»Das ist bei homozygoten Zwillingen der Fall, habe ich mir sagen lassen.«

Tommaso schoss wieder mit einer Serviettenkugel nach ihm – und er beugte sich blitzschnell zur Seite, um ihr auszuweichen.

»Ich wette, dass euch selbst enge Freunde des einen oder anderen auch heute nicht auseinanderhalten können.«

Lorenzo zuckte mit den Schultern. »Keine Ahnung. Ich habe Adalrico schon länger nicht gesehen. Vielleicht hat er sich verändert.«

»Das wäre gar nicht schlecht. Zwei von deiner Sorte wären nämlich unerträglich.«

Lorenzo war mit drei Schritten bei ihm, packte ihn an den Oberarmen und zog ihn schwungvoll hoch, sodass ihre Körper aneinanderprallten. Nur wenige Zentimeter trennten ihre Gesichter voneinander. Ihrer beider Atem beschleunigte sich. Die Luft zwischen ihnen schien von Elektrizität erfüllt, die knapp davorstand, sich zu entladen. Sie hatten schon viel zu lange nicht mehr gegeneinander gekämpft, nicht mit dem Florett und nicht auf der Tatami.

»Sag das noch einmal«, flüsterte Lorenzo.

Tommasos dunkelbraune Iriden verschwammen mit den Pupillen.

Sein Vize, Partner und bester Freund leckte sich über die Lippen, bevor er der Aufforderung nachkam. »Zwei von deiner Sorte wären unerträglich.«

Tommaso blies ihm seinen warmen Atem, in dem sich der Geruch der Pizza und des Kaffees vermischte, ins Gesicht. Lorenzos Mundwinkel zuckten, und er konzentrierte sich darauf, dem Drang, ihn mit einer raschen Beinbewegung zu Fall zu bringen, entgegenzuwirken. Das musste warten. Er ließ Tommaso los und trat einen Schritt zurück.

»Lass es uns herausfinden.«

»Du willst, dass ich mitkomme?« Während er sprach, machte Tommaso den Bildschirm aus und griff nach seiner Jacke. »Familienangelegenheiten sollte man besser allein erledigen.«

Lorenzo schüttelte den Kopf.

»Für diesen ganzen Blödsinn, den du jetzt von dir gegeben hast, wirst du später büßen.«

»Warum nicht sofort?« Tommaso blieb grinsend vor ihm stehen und zwinkerte.

»Weil es schon halb fünf ist und die Zeit für das, was ich mit dir vorhabe, nicht reicht.« Lorenzo schob Tommaso auf den Flur, schloss die Tür ab und ahmte die Stimme seines Bruders nach, während sie das nahezu verwaiste Gebäude des Justizpalasts, in dem die Staatsanwaltschaft und die Gerichtspolizei untergebracht waren, verließen. »Der Conte Landi di Valleverde hält sich um diese Uhrzeit noch im Palais auf. Er gibt sich seinen Schönheitsritualen hin, bevor er sich ankleidet und seinen Chauffeur anweist, ihn zum Ort der abendlichen Vergnügungen zu fahren. Es sei denn, er erwartet Gäste, die er mit den exquisiten Speisen des gräflichen Leibkochs verwöhnen und mit den Weinen der hauseigenen Kantinen verlustieren will.«

Mittlerweile waren sie bei seinem Dienstfahrzeug angekommen. Lorenzo ging zur Beifahrerseite, öffnete die Tür und verbeugte sich mit einer übertriebenen Geste. Tommaso lachte schallend und stieg ein.

Eine halbe Stunde später lachte er nicht mehr.

Vierunddreißig

Florenz, Samstagnachmittag

Das kleine Palais lag in einer der engsten Gassen der verwinkelten Innenstadt von Florenz. Von außen wies nichts darauf hin, dass sich darin ein exklusives Spa befand. Das Angebot reichte von Massagen und Whirlpools über Kosmetik bis hin zu Infrarotkabinen und Saunen. Das Besondere war, dass es keine Gemeinschaftsräume wie eine Saftbar oder ein Kaffeehaus gab. Die Kunden und Kundinnen wurden bei ihrem Eintreffen von Mitarbeitern empfangen und direkt in die von ihnen gemieteten Räumlichkeiten geleitet.

Kein Wunder also, dass die Preise weit über denen anderer Wellnesseinrichtungen lagen und die Klientel sich daher nur aus denjenigen zusammensetzte, für die Geld nichts war, worüber man sprach.

An diesem Nachmittag saßen drei Frauen, deren Gesichter von wohlduftenden Cremes bedeckt waren, in einem Whirlpool. Die Mitarbeiterinnen des Instituts hatten ihnen von innen reinigenden Kräutertee gebracht und sich zurückgezogen.

»Du bist dir sicher, dass sie dir die Stalkerin abgenommen haben?«

Caterina Neri, die diesen seltenen Luxus genoss, den sie sich selbst nicht leisten konnte, kicherte wie ein kleines Schulmädchen. Sie vergaß sogar, dass sie zwei Stunden mit dem Bus gefahren war, da der Motor ihres Autos bereits auf der Rückfahrt von Viareggio alle paar hundert Meter abgestorben war und sie die letzten Kilometer im Schneckentempo zurückgelegt hatte. Die Werkstatt war schon zu gewesen und öffnete erst wieder am Montag.

Aber das war egal.

»Ihr hättet sie sehen sollen!«, sagte sie und verdrehte dabei die Augen. »Drei ausgewachsene Männer, die sich auf ihren Gebieten für elitär halten und mir komplett ausgeliefert waren.«

»Eher du ihnen«, meinte eine der beiden anderen lakonisch. »Immerhin haben sie dich stundenlang auf der Kommandantur der Carabinieri festgehalten.«

»Dieser Natuzzi ist ein Weichei, das wusste ich doch schon. Der würde nie Anzeige gegen eine arme, schwache und psychisch instabile Frau erstatten.«

»Letzteres könnte zutreffen«, meinte die Dritte im Bunde ironisch.

»Nicht nur für mich«, konterte Caterina und wischte sich mit einem weichen, feuchten Frotteetuch die zerrinnende Gesichtsmaske von den Lippen.

Die anderen beiden warfen sich einen kurzen Blick zu, bevor sie zum Wannenrand und nach ihren Tassen griffen und von dem Tee tranken.

Caterina empfand die Stille plötzlich als unangenehm und das Prickeln der Maske wie ein Jucken.

»Ich habe meinen Teil erledigt«, sagte sie mit fester Stimme. »Wann bekomme ich mein Geld?«

Eine der beiden anderen Frauen stellte ihre Teetasse ab und stand auf. Wasser schwappte über den Rand und erzeugte ein gluckerndes Geräusch, als es im umlaufenden Gitter verschwand. Für ihr Alter hat sie eine durchaus annehmbare Figur, dachte Caterina und starrte auf die wohlgerundeten Arschbacken, als sie aus dem Whirlpool stieg. Ob die echt waren? Leichtfüßig lief sie zu einem der kleinen Räume, in denen man sich von den anderen ungesehen umkleiden und seine persönlichen Sachen verwahren konnte.

»Was wirst du mit dem Geld machen?«

Die Frage stellte diejenige, die immer noch mit ihr im Wasser saß.

Caterina wandte sich ihr zu.

»Abhauen. Ich will einfach nur weg und neu anfangen. Rewind.«

»Du wirst dich an die Abmachung halten.«

Erschrocken sah Caterina auf. Die dritte Frau hatte ihren Körper in einen flauschigen Bademantel gewickelt und schaute auf sie hinab. Selbst die Gesichtsmaske verbarg ihren verbissenen Gesichtsausdruck nicht. Sie hielt eine weiße Plastikkarte von der Größe einer Kreditkarte zwischen den Fingern der erhobenen Hand, als ob sie ihr damit drohen wollte.

»Na-natürlich«, stotterte Caterina.

»Du wirst also was tun?«

»Vergessen, dass wir uns jemals getroffen haben.«

»Das versteht sich von selbst. Was noch?«

»Mich ruhig verhalten und so weitermachen wie bisher.«

»Wie lange?«

»Zwei, drei Monate.«

»Mindestens drei. Ist das klar?«, knurrte die Frau, die ihr plötzlich viel mehr Angst machte als der Colonello Valleverde und dieser Commissario Capo Lo Bianco letzte Nacht.

Caterina nickte heftig.

»Sag es!«

»Ja, es ist klar«, stieß sie weinerlich aus.

»Du wirst das Geld bis dahin nicht anrühren und dich keinesfalls auf der Website der Bank einloggen, um den Kontostand zu kontrollieren. Das würde Spuren hinterlassen, und du weißt, was das bedeutet. Du kannst sicher sein, dass der Saldo der vereinbarten Summe entspricht.«

»Daran zweifle ich nicht«, flüsterte sie und knetete das feuchte Tuch zwischen ihren Fingern.

Die Frau, die sie mit ihrem eisigen Blick durchbohrte, hielt die weiße Plastikkarte hoch.

»Darauf sind der Name der Bank und die Kontonummer vermerkt. Der Zugangscode ist der, den du mir genannt hast. Nimm die Karte und verschwinde. Ein Wagen wartet vor dem Spa, der Fahrer bringt dich aus der Stadt.«

Zitternd wie Espenlaub stieg Caterina aus dem kleinen runden Becken und streckte die Hand nach der Plastikkarte aus und nahm sie mit zwei Fingern entgegen. Ohne sich noch einmal umzudrehen, lief sie nass und nackt, wie sie war, zu ihrer Kabine. Bevor sie die Tür erreichte, rutschte sie aus und stolperte. Ihr Knie kam hart auf. Der akute Schmerz trieb ihr die Tränen ins Gesicht. Wankend rappelte sie sich hoch und hörte das laute Lachen der beiden Frauen, als sie endlich die Tür hinter sich schloss.

Sie stürzte zu dem Waschtisch, wusch sich die Maske ab und zog sich mit bebenden Händen an. Ihre feuchten Haare bändigte sie mit einem Gummiband, das den Kunden des Spa zur Verfügung stand. Sie dachte nicht mehr an die Gesichtsmassage und das professionelle Make-up, das im Paket enthalten war, das für alle drei gebucht war. Ihr einziger Gedanke war, von hier zu flüchten und den größtmöglichen Abstand zwischen sich und diese beiden Frauen zu bringen. Als sie endlich über die Treppe nach unten und aus dem Gebäude stürzte, lief sie einem Mann in Chauffeuruniform in die Arme.

»Signora Neri, kommen Sie.«

Sie wollte seine Hand abschütteln, doch er hielt ihr Handgelenk umfasst und schob sie zu der dunklen Limousine. Er öffnete die Tür zum Fond, griff nach ihrer Tasche und warf sie auf die Rückbank. Ein eisiger Schauer rann von ihrem Nacken über die Wirbelsäule abwärts. Caterina hatte das Gefühl, dass ihre Knie nachgaben. Panisch wandte sie sich zu dem Mann um.

»Lassen Sie mich gehen. Ich nehme ein Taxi«, flüsterte sie.

Er schüttelte den Kopf. »Steigen Sie ein, ich bringe Sie heim.«

»Bitte, tun Sie mir nichts.« Tränen kullerten über ihre Wangen.

Kopfschüttelnd schob er sie in den Fond des Wagens,

wartete, dass sie ihre Beine hineinzog. Dann beugte er sich vor, sagte: »Natürlich nicht, was denken Sie denn?«, und schloss sanft die Tür.

Sie glaubte ihm erst, als er knapp zwei Stunden später vor dem Wohnhaus am Ortseingang von Montepulciano hielt, in dem sie lebte.

Fünfunddreißig

Florenz, Samstag später Nachmittag

Sich in Florenz damit aufzuhalten, in den gepflasterten engen Straßen des Zentrums einen Parkplatz zu suchen, war Zeitverschwendung. Vor allem an einem späten Samstagnachmittag, wenn nicht nur Touristen, sondern auch viele Florentiner die Innenstadt bevölkerten. Lorenzo hielt den Wagen mit den Vorderrädern auf dem Gehsteig vor der Einfahrt des Palais Valleverde an.

Er musste nicht darüber nachdenken, wann er zuletzt hier gewesen war. Es war an dem Tag, an dem sein Vater verstorben war und er mit seinem Bruder Adalrico dem Notar, der auch ein Freund der Familie war, im Arbeitszimmer gegenübersaß und dieser das Testament verlas. Es war ohnehin nur eine Pro-forma-Angelegenheit, da sie alles zu gleichen Teilen erbten. Nur hatte ihr Vater ihnen mit dem Schriftstück die Gelegenheit geboten, sich nicht lange streiten zu müssen, um zu einer für beide annehmbaren Aufteilung der Familienimmobilien zu kommen. Er hatte vorgeschlagen, welche wer bekommen sollte, und sie hatten akzeptiert.

Als Lorenzo nach Florenz zurückgekehrt war, hatte er eine Dachwohnung gekauft, die zwar in der Stadt lag, aber doch weit entfernt vom Straßenlärm war. Dort fühlte er sich wohl und war in einer Viertelstunde in seinem Büro. Und so hatte er das Landschloss geerbt, wo er in seiner Kindheit immer glücklich gewesen war und das Adalrico hasste. Sein Bruder hatte das Stadtpalais der Familie seit seiner Geburt nur für acht Monate verlassen, unmittelbar nach dem Abitur, als er nach Oxford gegangen war, um dort zu studieren. Er war zurückgekehrt und hatte auf all die Möglichkeiten, die sich ihm im Ausland boten, gepfiffen. Adalrico lebte und atmete Florenz, fühlte sich nur wohl, wenn er in Symbiose mit der Stadt war. Wobei Wohlbefinden bei seinem Bruder gleichbedeutend mit Überheblichkeit und herablassendem Benehmen all denjenigen gegenüber war, die nicht von Rang und Adel waren.

»Du hättest allein kommen können, Lorenzo«, stellte er mit einem abschätzigen Blick auf Tommaso Lo Bianco fest und übersah dessen zum Gruß ausgestreckte Hand geflissentlich.

»Wir sind dienstlich hier, Adalrico«, teilte er seinem Bruder mit, der sie von einem Hausdiener, der bis zum Tod seines Vaters nicht hier gearbeitet hatte, in den Salon hatte führen lassen, in dem zu Lebzeiten seiner Großmutter nur ungebetene Gäste empfangen worden waren.

»Das ist mir klar, ich hatte dich schon erwartet.«

Adalrico, dessen zurückgegelte Haare sich im Nacken kringelten und unter dem Hemdrand verschwanden, deutete auf das ungemütliche Sitzmöbel, das gut und gern zweihundert Jahre alt war. Den Stoff hatte man zwar wieder erneuert, aber die Sprungfedern waren immer noch die von anno dazumal, wie Lorenzo feststellte, als er sich neben Tommaso setzte.

»Dann können wir die Sache ja abkürzen«, sagte er und fragte sich plötzlich, warum er sich nach dem Gespräch mit Filippo Perra Sorgen um Adalrico gemacht hatte. Er hatte sich nicht verändert. Zwar hatten sie dieselbe Haarfarbe und ihre Augen waren blau, sie waren auch gleich groß und schlank, aber sein Bruder hatte dort, wo sich bei ihm Muskeln befanden, von Haut überzogenes weiches Fleisch. So ähnlich ihre Stimme war, so unterschied sie sich durch das affektierte Näseln von Adalrico, während er ganz normal und eine Nuance tiefer sprach. Nachdem sie erfahren hatten, dass auch Conti ermordet worden war, hatte er überlegt, seinen Bruder zur Vorsicht zu ermahnen, jetzt entschied er sich dagegen. Er spürte das dringende

Verlangen, sein Elternhaus so rasch wie möglich zu verlassen und mit Tommaso nach Candeli in das am Fluss gelegene Restaurant zu fahren, um dort auf der Terrasse zu essen und den zurückliegenden Tag zu vergessen.

»Du hast von Giorgio Castellani, als er noch lebte, ein Grundstück erworben. Das Bauprojekt war bereits genehmigt. Es handelt sich um ein Gebäude mit unterschiedlichen Restaurants auf mehreren Etagen. Wir«, dabei deutete er auf Tommaso, »wissen, dass Filippo Perra dafür sorgt, dass die Bauarbeiten zügig voranschreiten.«

»Das ist sein Job«, fiel Adalrico ein.

»Lass mich ausreden!«, wies Lorenzo seinen Bruder in die Schranken.

»Uns«, bewusst betonte er das Wort, »ist es egal, ob Perra Schmiergelder von dir und anderen nimmt. Wir haben Morde aufzuklären, die auf den ersten Blick in Zusammenhang mit diesem Bauprojekt stehen. Du kanntest Carlo Conti und Orazio Proietti, richtig?«

Adalrico zog nur eine Augenbraue hoch und antwortete nicht.

»Das machte er schon als Kind, um unsere Lehrer auf die Palme zu treiben«, sagte Lorenzo halblaut zu Tommaso und zwinkerte ihm dabei zu.

»Das ist also eine Affirmation«, fuhr er seinem Bruder zugewandt mit kalter Stimme fort. »Da die beiden erst in der Vorwoche zu Tode kamen, gehe ich davon aus, dass sie deine Geschäftspartner waren, du sie sozusagen mit dem Projekt von Castellani übernommen hast. Das denke ich, weil du zwar ein gutes Händchen für Geld, jedoch keine Ahnung von Gastronomie hast – im Gegensatz zu Conti und Proietti, aber die wurden umgebracht.«

Adalrico hob die Augenbraue noch höher an, sodass sie unter seinen Haaren verschwand.

Lorenzo war aufgrund der Reaktion sofort klar, dass er nichts mit den Morden zu tun haben konnte. Er hatte also bisher nur von einem gewaltsamen Tod gewusst und somit genau das, was Tommaso und er Filippo Perra gesagt hatten.

»Nenne mir die Namen deiner anderen Geschäftspartner.«

Sein Bruder senkte die Augenbraue und setzte sein undurchsichtiges Gesicht auf.

»Es gibt keine Gesellschaft, Lorenzo, und somit auch keine Partner.«

»Wenn du es sagst. Kannst du mir einen Grund nennen, weshalb Carlo Conti und Orazio Proietti ermordet wurden?«

Adalrico zuckte mit den Achseln und überschlug ein Bein, sodass er noch abweisender wirkte als bisher.

»Ich habe nicht die geringste Ahnung, was jemanden dazu gebracht hat, sie umzubringen. Du kennst mich gut genug und weißt, dass ich mit diesen beiden keine Freundschaft oder auch nur engere Bekanntschaft pflegte. Wie du richtig gesagt hast, stellte mir Giorgio Castellani die Männer vor, der die Idee für das Restaurantprojekt und das Grundstück hatte. Sie sollten seine Partner in einer nach Bauabschluss zu gründenden Gesellschaft sein, die als Betreiber der Restaurants fungieren wird. Daran hat sich nichts geändert, nur werden aus offensichtlichem Grund die Geschäftspartner andere sein. Und bevor du fragst: Nein, die gibt es noch nicht, da ich ja auch erst vor wenigen Tagen erfahren habe, dass Conti und Proietti verstorben sind.«

Lorenzo musste an sich halten, um nicht vor Wut und Zorn und allertiefster menschlich empfundener Enttäuschung über diesen Mann, der sein Fleisch und Blut war, aufzuschreien.

»Du machst dir also keine Sorgen, dass du der nächste auf der Liste sein könntest?«

Lorenzos leise und emotionslos ausgesprochene Frage schlug ein wie eine Bombe. Tommaso stieß mit dem Ellenbogen gegen seinen Arm. Adalrico umklammerte mit beiden Händen das übergeschlagene Bein so fest, dass seine Fingerknöchel weiß hervortraten.

»Ich wüsste nicht, warum mich jemand umbringen sollte, Lorenzo. Ich verkehre nicht in Verbrecherkreisen. Du bist derjenige, der mit derart niveaulosen Menschen zu tun hat.«

Er zog scharf die Luft ein.

»Entschuldigen Sie, Conte. Ihr Gast ist eingetroffen.« Der Hausdiener beherrschte die Kunst des lautlosen Anschleichens wie alle, die früher im Dienste seiner Familie standen.

»Sind wir fertig, oder hast du noch irgendwelche Fragen, die keinen Aufschub dulden, Lorenzo?«, fragte sein Bruder spöttisch.

»Im Moment nicht.«

Er stemmte sich aus dem ungemütlichen Sitzmöbel hoch, drehte sich zur Seite und reichte Tommaso die Hand, die dieser mit einem Lächeln ergriff, und er ließ sich hochziehen.

Adalrico schnaubte verächtlich.

»Sie können die Herren zum Ausgang begleiten«, forderte er dann seinen Diener auf.

Lorenzo lachte auf. »Denkst du, dass ich mich in meinem Elternhaus verlaufen könnte? Hältst du mich für so senil?«

»Es ist viel Zeit vergangen«, erwiderte sein Bruder ironisch.

»Und es wird hoffentlich noch viel mehr vergehen, bis ich dich wiedersehen muss«, zischte ihm Lorenzo zu, während Tommaso und der Dienstbote bereits den Salon verlassen hatten.

Dann ging er eilig zur Tür und durchquerte die Halle, den Blick auf Tommaso gerichtet, der dort auf ihn wartete. In seinem Rücken spürte er die Präsenz seines Bruders, der ihm langsam folgte.

An der Tür drehte Lorenzo sich um und schaute ihm tief in die Augen, die den seinen so ähnlich waren.

»Sagt dir der Name Maurilio Molteni etwas?«

Adalrico verlor die Contenance. Sein Blick flackerte und seine Nasenflügel bebten. Aus einem Impuls heraus hatte Lorenzo diese Frage gestellt – und jetzt hatte er eine nonverbale Antwort erhalten, die plötzlich aus drei Teilen ein Ganzes machte.

Langsam drehte er sich wieder um. Dabei fiel sein Blick auf die Silhouette einer schlanken Frau in einem eleganten schwarzen Kleid. Sie stand vor dem Gemälde, auf dem sein Großvater abgebildet war, und wandte ihm den Rücken zu. Ihre dunklen Haare waren zu einem Chignon geschlungen. Das Letzte, was ihm auffiel, bevor er Tommaso nach draußen folgte, waren die Strümpfe mit Naht.

Weder sein Bruder noch er sagten ein Abschiedswort.

Sechsunddreißig

Florenz, Samstag früher Abend

Der Hausdiener schloss die Tür des Stadtpalais Valleverde und Ginevra drehte sich um.

»Wenn ich gewusst hätte, dass du Besuch ...«

Adalrico Landi di Valleverde hob die Hand und brachte sie zum Schweigen.

»Sie können gehen«, sagte er zu seinem Bediensteten. »Ich brauche Sie heute nicht mehr.«

»Morgen ist Sonntag, Signor Conte.«

»Ja, natürlich.«

Der Mann verbeugte sich und verschwand durch die Tür, die zu den Wirtschaftsräumen und dem rückwärtigen Ausgang des Gebäudes führte.

Erst dann wandte sich der Conte Landi di Valleverde der Frau zu, die abwartend unter dem Bild seines Urgroßvaters stand.

»Es war mein Fehler«, sagte er. »Ich wusste, dass die beiden vorbeikommen würden, seitdem mich Filippo angerufen hat. Nur waren sie bei ihm am Vormittag. Ich dachte, mein Bruder hätte sich dazu entschlossen, mir noch ein paar Tage aus dem Weg zu gehen.«

Ginevra Della Rovere kam auf ihn zu, blieb einen Schritt vor ihm stehen und sah zu ihm hoch.

»Sie waren bei Filippo?«

Adalrico nickte. »Sie wollten von ihm den Namen des Besitzers des Grundstücks wissen, das Giorgio verkauft hat und auf dem das Restaurantprojekt entsteht.«

Die Frau, der man ansah, dass in ihrem Gesicht nicht alles Natur war, sah ihn erstaunt an.

»Komm, lass uns in die Bibliothek gehen. Ich habe einen Brunello di Montalcino vorbereitet, der dekantiert schon seit einer Stunde. Zwar bräuchte ich jetzt etwas Stärkeres, aber bis ich dir nicht alles erzählt habe, will ich einen klaren Kopf behalten.«

Er wandte sich ab, öffnete die Tür und ließ sie an sich vorbei eintreten. Sie setzte sich auf das moderne, gemütliche Sofa vor dem Kamin, in dem trotz der angenehmen Außentemperaturen ein paar Holzscheite glühten, und er griff nach einem der bereitstehenden Gläser und schenkte zuerst ihr ein.

Ginevra nahm das Weinglas mit einem dankenden Nicken und fragte: »Was meinst du mit alles, Adalrico?«

»Nicht nur, dass Filippo ihnen meinen Namen genannt hat, sie haben herausgefunden, dass Conti und Proietti eines nicht natürlichen Todes gestorben sind.«

Die elegante Frau mit der perfekt geformten Nase und den vollen Lippen ließ das Glas sinken und stellte es auf dem Tisch ab.

»Sie gehen von Mord aus?«

Der Conte nickte, deutete ein Anstoßen an und kippte den teuren Wein bis zum letzten Tropfen.

»Mein Bruderherz ist wohl vorbeigekommen, um mich zu warnen, dass ein Mörder den Partnern des Projekts an den Kragen will.«

Sie erschauerte und rieb sich über die sichtbare Gänsehaut auf ihren Unterarmen.

»Kennt er die Namen der Geschäftspartner?«

Adalrico lachte blechern auf. »Vergiss nicht, dass nicht mehr alle am Leben sind – und die der Toten sind ihm natürlich bekannt.«

»Dann weiß er auch ...«

»Lorenzo weiß gar nichts, Ginevra«, unterbrach er sie. »Nur, dass ich der Besitzer des Grundstücks bin – und das hat ihm Filippo gesagt. Das ist aber kein Geheimnis, er hätte es spätestens am Montag herausgefunden. Dazu reicht dem Leiter der Gerichtspolizei ein Anruf beim

Katasteramt. Somit haben er und dieser Tommaso Lo Bianco, der nicht ein einziges Wort gesprochen und mich nur mit seinem Blick durchbohrt hat, Kenntnis davon und wissen, dass Giorgio Castellani an mich verkauft hat. Von wem sie über das Projekt informiert wurden, kann ich mir denken – und der Rest sind Vermutungen.«

»Und wieso hat er dich dann nach Molteni gefragt?«

Adalrico starrte sie an. »Du weißt davon?«

»Ich wollte mich nicht umdrehen und fixierte das Bild, da ich nicht wusste, wer deine Besucher waren, doch die Frage habe ich gehört.«

»Zum Glück hast du dich nicht umgedreht. Er hätte dich erkannt.«

»Selbstverständlich hätte er das. Unsere Familien kennen sich seit Jahrhunderten, Adalrico. Aber du weichst mir aus. Weshalb hat er dich nach Molteni gefragt? Was weiß er?«

Der Conte streckte die Hand nach der Flasche aus. Er schenkte in das bauchige Glas zwei Fingerbreit von dem aromatischen Brunello ein und hielt es unter die Nase. Mit geschlossenen Lidern sog er das Aroma ein, bevor er das Weinglas an die Lippen führte und einen großen Schluck nahm.

»Nicht mehr als das, was ich dir gesagt habe. Lorenzo kann nichts von der Verbindung wissen, da es keine Dokumente gibt und die Konten im Ausland sind, wie du weißt.«

»Warum hat er dich dann nach Molteni gefragt?«, fragte Ginevra Della Rovere erneut.

»Weil er auch tot ist – so wie Conti und Proietti. Mein Bruder ist ein hochrangiger Offizier der Carabinieri und der Leiter der florentinischen Gerichtspolizei, Ginevra. Gewaltverbrechen sind sein tägliches Brot und diese drei Männer sind innerhalb weniger Tage ums Leben gekommen. Das stand ja sogar in allen Zeitungen. Da ist es doch normal, dass er wissen wollte, ob ich zufällig auch den dritten Toten kannte.«

»Ich hoffe nur, dass du recht hast. So knapp vor dem Ziel

können wir uns keine Fehler erlauben.«

Er schaute sie nachdenklich an und nahm noch einen Schluck von dem vollmundigen Wein.

»Wie geht es deinen Freundinnen?«

»Gut. Ausgezeichnet, würde ich sagen.«

Sie sah auf und erwiderte seinen fragenden, direkten Blick, ohne den ihren abzuwenden.

»Heute habe ich diesen Restaurantkritiker angerufen, den mir Filippo genannt hat«, sagte er dann im Plauderton, während er das Glas zwischen seinen langgliedrigen Fingern drehte.

»Nando Natuzzi?«

Er nickte.

»Wie ist dein Gefühl?« Ginevras Miene verriet ihre Anspannung.

»Gut«, antwortete der Conte Adalrico Landi di Valleverde. »Sehr gut sogar.«

Ginevra Della Rovere seufzte erleichtert auf. »Das ist perfekt.«

Siebenunddreißig

Florenz, Samstagabend

Als Lorenzo endlich den Blick von der geschlossenen Tür seines Elternhauses abwandte, warf er Tommaso den Autoschlüssel zu. Er fühlte sich ausgelaugt. Das Gespräch mit Adalrico hatte ihm mehr abverlangt, als er für möglich gehalten hatte. Andererseits versuchte er die in seinem Kopf wild herumschwirrenden Gedankensplitter einzufangen.

»Ich nehme alles zurück«, sagte Tommaso, startete den Alfa Giulia und legte den Rückwärtsgang ein. Bevor er anfuhr, warf er ihm einen fragenden Blick zu. »Candeli?«

Lorenzo nickte.

Sie liebten beide die am östlichen Stadtrand in dem kleinen Ort Candeli gelegene Villa aus dem sechzehnten Jahrhundert direkt am Arno, die von einem gepflegten Park umgeben war. Dass es sich bei dem zentralen Gebäude um ein Luxushotel handelte, spürte man nicht, wenn man im Restaurant oder auf der dazugehörigen Terrasse den Abend ausklingen ließ. Und heute würden sie das wahrscheinlich nicht allein tun.

»Was nimmst du zurück?«, fragte er seinen Freund, der den Wagen durch die engen, einem Labyrinth ähnelnden Gassen des Zentrums lenkte und dabei geschickt Fußgängern, Bettlern und Radfahrern auswich.

»Dass zwei von deiner Sorte unerträglich wären?«

Lorenzo starrte ihn entsetzt an und Tommaso lachte auf.

»Damit meine ich, dass ich einen zweiten Mann, der dir ähnlich ist, absolut vertragen würde. Du kannst von Glück sagen, dass dieses Arschloch von deinem Bruder nicht dein Spiegelbild ist.«

»Ist er nicht?«

»Spinnst du? Sein Körper gleicht einem Schwamm, er hat einen Ansatz von Doppelkinn und Schatten unter den Augen, die nicht nur dunkel, sondern auch geschwollen sind. Entweder trinkt er oder er schläft zu wenig oder beides.«

»Ich habe keine dunklen Ringe gesehen.«

»Weil der Conte sie mit Concealer überschminkt, Lorenzo!«

»Du musst ihn ziemlich genau angeschaut haben, um das zu bemerken.«

»Ich hatte ja nichts anderes zu tun und er saß mir gegenüber«, erwiderte Tommaso.

»Auch wieder wahr.«

Nachdenklich streckte er den Arm zur Rückbank aus, wo ihre Jacken lagen, und zog seine näher. Er fischte das Handy heraus und sagte währenddessen:

»Hast du beim Rausgehen die Frau gesehen?«

»War ja nicht zu übersehen, sie stand in der Eingangshalle.«

»Ich meine ihr Gesicht.«

Tommaso fuhr auf den Lungarno auf, die zweispurige Straße am nördlichen Flussufer, und beschleunigte.

»Nein. Sie stand mit dem Rücken zu mir vor dem Gemälde deines Großvaters.«

»Du erinnerst dich?«, fragte er erstaunt und wandte den Kopf.

Tommaso nickte.

»Ich war zwar nur einmal dort, als du irgendwelche Papiere von deinem Vater abholen musstest, aber der damalige Eindruck hat sich in mein Gedächtnis eingegraben. Und auch der heutige wird nie verblassen.«

»Es tut mir leid.«

»Was, dass dein Bruder ein Arschloch ist? Dafür kannst du doch nichts.«

Lorenzo schwieg.

Tommaso warf ihm einen raschen Seitenblick zu.

»Und denke nicht einmal im Traum daran, dich für ihn zu schämen. Du bist nicht für ihn verantwortlich, und alle wissen, dass man sich Verwandtschaft nicht aussuchen kann.«

Lorenzo streckte seine Hand aus und drückte Tommasos, die auf dem Schalthebel lag.

»Danke.«

»Nicht dafür.«

»Du hast die Frau also auch nicht im Gesicht gesehen?«

»Nein. Aber mir ist ein Detail an ihr aufgefallen, das ...«

»... das dich an etwas erinnert hat«, beendete Lorenzo den Satz.

Sie sprachen es gemeinsam aus: »Die Strümpfe mit Naht!«

»Dir ist klar, dass es Hunderte von Frauen gibt, die solche tragen?«, fragte Tommaso.

»Mario Gori, der Besitzer vom Ristorante Gufo Grigio, meinte, dass man die selten sieht.«

»Da hat er sicher recht, uns beiden ist dieses Detail ja auch deshalb ins Auge gestochen, aber man kann sie trotzdem überall kaufen. Und Frauen in gewissen Kreisen legen auf solche Dinge mehr Wert als andere.«

»Du willst damit sagen, dass die Begleiterinnen von Gori und Proietti der gehobenen Gesellschaftsschicht angehören? Das ist an den Haaren herbeigezogen!«

Lorenzo hob die Hand mit dem Handy, das er vor dem Betreten seines Elternhauses auf lautlos gestellt hatte, und hob es hoch.

Ein Blick aufs Display bestätigte, dass er sich das mehrmalige Vibrieren, während er seinem Bruder gegenübersaß, nicht eingebildet hatte.

Tommaso fuhr auf die zweispurige Brücke auf, die über den Arno zum südseitigen Ufer führte.

»Natuzzi hat versucht, mich anzurufen, und er hat mir eine Nachricht geschickt. Mein Bruder hat ihn angerufen und ihm ein Geschäft vorgeschlagen.«

»Bitte was?«

»Ich versteh das genauso wenig wie du«, erwiderte Lorenzo. »Aber wir werden gleich mehr wissen. Ich mach den Lautsprecher an.«

Als Tommaso durch das Tor der herrschaftlichen Villa fuhr, wussten sie, dass Caterina Neri die Verwarnung ernst genommen hatte. Nando Natuzzi hatte kein wie auch immer geartetes Lebenszeichen von ihr erhalten.

»Ich war froh, diese Sache abgeschlossen zu haben, als mich eine Festnetznummer aus Florenz anrief. Zuerst wollte ich das Gespräch gar nicht annehmen, doch dann siegte die Neugier. Sie können sich gar nicht vorstellen, wie erstaunt ich war, als sich der Anrufer als Conte Adalrico Landi di Valleverde vorstellte.«

»Nicht mehr als ich«, murmelte Lorenzo und der kulinarische Journalist aus Viareggio lachte.

»Sie werden es nicht glauben, Colonello, aber anfangs dachte ich, dass Ihr Bruder meine Nummer von Ihnen hatte, was ja naheliegend war. Allerdings wurde mir bald klar, wie falsch ich lag. Sie beide haben nicht viele Gemeinsamkeiten, vermute ich.«

Lorenzo knurrte leise, während Natuzzi weitersprach.

»Er hat mir gestanden, dass er den Besitzer eines Restaurants in Florenz, das wir beide frequentieren, um meine Rufnummer ersucht hat. Und dann hat er mir mitgeteilt, dass er mir ein exquisites Geschäft vorschlagen wollte, auf das ich sicher nicht verzichten würde.«

»Ich bin über die Geschäfte meines Bruders weder informiert noch darin involviert, Signor Natuzzi.«

»Wie gesagt, Colonello, das dachte ich mir bereits, sonst hätte ich nicht so weit ausgeholt. Dann wissen Sie also auch nicht, dass er Geschäftspartner für ein gastronomisches Projekt sucht, richtig?«

Tommaso, der den Wagen soeben auf dem Parkplatz abgestellt hatte, warf ihm einen langen Blick zu und legte den Zeigefinger senkrecht über seine Lippen.

Lorenzo nickte, dass er verstanden hatte, bevor er Natuzzi antwortete.

»Nein, das ist mir neu. Es ist ja auch eher Ihr Gebiet als meines.«

Der dicke Mann am anderen Ende der Leitung lachte.

»Ich habe das Restaurant meiner Eltern, das Ristorante Il Gabbiano in Portovenere, nach deren Tod verkauft und beschlossen, nie wieder in einer Küche stehen zu wollen. Mir reichen Papier und ein Stift, um mich im gastronomischen Bereich zu betätigen. Und das, was Ihr Bruder da vorhat, liegt weit außerhalb meiner Interessen.«

»Inwiefern?«

»Er sprach von einem riesigen Areal irgendwo in der Pampa zwischen Scandicci und Sesto Fiorentino. Dort entsteht ein Gebäude, in dem mehrere Restaurants mit Hunderten von Sitzplätzen für jeden Geschmack und jede Geldtasche das Richtige anbieten. So eine Art gastronomisches Disneyland, von denen es in Amerika unzählige gibt. Auch in einigen europäischen Großstädten hat man versucht, das Modell zu kopieren, jedoch offenbar ohne großen Erfolg. Aber bei uns in Italien, einem der weltweit wenigen Länder mit allerhöchstem kulinarischem Niveau, ist das von vornherein zum Scheitern verurteilt.«

Lorenzo stellte sich die Reaktion Adalricos auf diese Feststellung vor und schmunzelte.

»Was hat mein Bruder geantwortet, als Sie ihm das sagten?«

Natuzzi lachte.

»Aber wo denken Sie hin, lieber Colonello, ich habe den Gedanken natürlich für mich behalten. Der Conte wollte Geld von mir, hatte jedoch noch keine Summe genannt. Da konnte ich ihn doch nicht vor den Kopf stoßen, wenn Sie verstehen, was ich meine.«

Tommaso und Lorenzo lachten auf.

»Ich sehe, meine Herren, die Sache amüsiert Sie ebenso sehr wie mich. Aber vielleicht kann ich Ihre Erheiterung weiter steigern.« Er machte eine Art Kunstpause, bevor er weitersprach. »Ihr Bruder, Colonello, sprach davon, dass die in Gründung befindliche Gesellschaft mit ihm bisher drei Teilhaber hat und sie nur noch einen vierten Partner hinzunehmen, was jedem der Beteiligten ein Viertel der Nettoerlöse zusichert. Er hat mir die voraussichtlichen Umsatzzahlen pro Tag, Monat und Jahr genannt und die der daraus resultierenden Gewinne, bevor er endlich meine Frage nach dem Einsatz, sprich meiner Quote, beantwortete. Wollen Sie raten?«

»Ich verstehe nichts von solchen Unternehmungen«, begann Lorenzo, »aber aufgrund dessen, was Sie mir da geschildert haben, ist das Bauvorhaben ziemlich groß. Dann müssen diese Restaurants noch alle eingerichtet werden ... Eine Million?«

Natuzzi gab ein leises Grunzen von sich. Offenbar hielt er sich die Nase zu, um nicht schallend zu lachen.

»Das habe ich auch gedacht, Colonello. Maximal eins Komma fünf. Aber Ihr Bruder will zehn Millionen – und zwar innerhalb von vierzehn Tagen. Wenn Sie mich fragen, steht ihm und seinen Partnern das Wasser bis zum Hals.«

Lorenzo starrte Tommaso an, der den Kopf schüttelte und ihn mit einer Geste dazu aufforderte, das Gespräch zu beenden.

»Ich hoffe, Sie haben nicht zugesagt, Signor Natuzzi.«

Der Journalist antwortete ihm heiter: »Würde ich über diesen Betrag verfügen, hätte ich ein paar Ideen, um ihn zu investieren. Aber sicher nicht in dieses Projekt und schon gar nicht mit diesem Mann als Partner. Ich hoffe, Sie verzeihen mir, doch ...«

»Ich weiß genau, was Sie meinen. Sie müssen sich nicht entschuldigen und ich werde es ebenso wenig tun. Ich bin für die Art und die Taten meines Bruders nicht verantwortlich und ehrlich gesagt froh, dass Sie sich nicht von ihm haben einwickeln lassen. Das ist doch so, oder?«

»Natürlich. Ich habe ihm geantwortet, dass ich mich geehrt fühle, meine flüssigen Mittel jedoch nicht ausreichen, um mich an seinem einzigartigen Projekt zu beteiligen.«

Jetzt lachten sie alle drei.

Lorenzo unterbrach die heitere Stimmung. »Danke, dass Sie mich davon in Kenntnis gesetzt haben, Signor Natuzzi. Melden Sie sich, wenn Sie noch solche Informationen oder Fragen haben.«

»Das gilt auch für Sie, Colonello. Sie wissen ja. Ich hoffe, dass Sie Licht ins Dunkel bringen. Drei Tote innerhalb von wenigen Tagen mag für Sie nichts Besonderes sein, für mich aber schon.«

Lorenzo ging darüber hinweg. In all den Jahren, die er egal in welcher Rolle gegen das Verbrechen ankämpfte, hatte er sich nicht daran gewöhnt – und wusste, dass dem niemals so sein würde. Sollte er jemals abstumpfen, beim Anblick eines gequälten oder getöteten Menschen nicht einmal mit der Wimper zucken, war es Zeit, sich einen anderen Beruf zu suchen.

»Wir werden herausfinden, was geschehen ist, Signor Natuzzi.«

»Viel Glück dabei«, erwiderte der Journalist, bevor er sich verabschiedete.

Lorenzo und Tommaso stiegen aus dem Wagen und gingen nebeneinander auf das Gebäude mit der roten Fassade zu, in dem das Restaurant untergebracht war.

»Heute sind eine ganze Menge neuer Fakten zusammengekommen«, sagte Tommaso.

Lorenzo blieb stehen und wandte sich ihm zu: »So viele, dass ich vorhabe, den morgigen Tag im Büro zu verbringen.«

»Das war mir schon klar, und bevor du mich fragen musst: Ich bin dabei. Aber jetzt lass uns den Abend genießen.«

»Ich hatte nichts anderes vor«, antwortete der Colonello.

Kurz darauf durchquerten sie das Lokal, traten nach draußen auf die Terrasse und näherten sich einem Tisch, an dem zwei Damen saßen. Als die beiden sie bemerkten und ihnen zulächelten, war klar, dass der Genuss nicht mit dem Dessert enden würde.

Achtunddreißig

Montepulciano, Samstag später Abend

Caterina Neri lag auf dem schmalen Bett in ihrem Schlafzimmer. Sie hatte die Hände im Nacken verschränkt und starrte an die Decke. Zuerst war es das Adrenalin gewesen, das ihr Körper seit dem Zusammentreffen mit den beiden Frauen in dem Spa und während der langen Fahrt hierher ausgeschüttet hatte. Sie hatte sich nicht getraut, den schweigsamen, Furcht einflößenden Fahrer zu bitten, irgendwo anzuhalten, damit sie ihre zum Bersten gefüllte Blase leeren konnte. Jetzt bereute sie es, denn die Schmerzen, die von ihren Nieren bis in den Rücken ausstrahlten, waren unerträglich. Aber nicht so sehr wie das anhaltende Hämmern in ihrem Kopf, der Grund dafür, dass sie keinen Schlaf fand.

Mindestens drei Monate, drei Monate, drei Monate.

Unablässig hörte sie die Stimme der Frau, von der sie dachte, dass sie Freundinnen waren. Das hatte sie doch gesagt, damals, an dem Abend bei der Preisverleihung für die besten toskanischen Weine des Jahres in Florenz. Sie war so glücklich gewesen, dass der Präsident des Konsortiums des Vino Nobile di Montepulciano, der die Nominierten des Weinbaugebiets begleitete, sie im letzten Moment eingeladen hatte. Es war ihr egal gewesen, dass er das nur getan hatte, weil seine Frau aufgrund eines Migräneanfalls verhindert war. Sie hatte die Atmosphäre in dem wundervollen Saal, in dem sich neben der Presse ausschließlich geladene Gäste versammelt hatten, aufgesogen und die eleganten Kleider und den teuren Schmuck der Damen bewundert. Dabei hatte sie sich vorgestellt, irgendwann selbst in diesen Kreis zu gehören.

Aber natürlich hatte niemand auch nur ein Wort an sie gerichtet und die Männer im Saal hatten durch sie hindurchgesehen.

Bis die Goldmedaille für den besten Rotwein an einen aus Montepulciano gegangen war und sich alles verändert hatte. Der Präsident hatte einen Arm um ihre Schulter gelegt, sie mit sich auf das Podium gezogen, wo er anstelle des strahlenden Siegers, der plötzlich die Stimme verloren hatte, ein paar Dankesworte gesprochen hatte. Und dann hatte er ihren Namen genannt und all den Menschen im Saal gesagt, dass sie heuer das wichtige internationale Presse-Event des Konsortiums organisierte. Kaum waren sie wieder nach unten gestiegen, war ein alter Mann auf sie zugekommen.

»Was machen Sie denn hier, Castellani? Haben Sie sich verirrt?« Der Präsident hatte lachend die ihm gereichte Hand ergriffen. »Er versteht absolut nichts von Wein, dafür umso mehr von Immobilien«, hatte ihr der Präsident halblaut zugeraunt, aber das hatte sie lediglich am Rande mitbekommen.

Caterina hatte bloß auf den riesigen Diamanten am Ringfinger der Frau gestarrt, die nur halb so alt wie dieser Castellani war und von ihm ebenso ignoriert wurde wie sie selbst.

»Soll ich Sie retten?« Sie hatte den Blick auf das ebenmäßige Gesicht gerichtet, die perfekte Frisur und die zum Ring passenden Ohrringe erfasst und sich mitziehen lassen.

Am Ende des Abends hatte die Frau, die nicht ein Wort von sich erzählte, dafür aber unzählige Fragen stellte und alles aus ihrem Leben erfuhr, sie um ihre Nummer gebeten. »Ich habe das Gefühl, Sie nicht erst heute kennengelernt zu haben. Es fühlt sich an, als ob ich heute eine Freundin gefunden hätte.«

Caterina hatte sich nach dem Grund dieser Aussage gefragt. Sie waren so unterschiedlich, wie zwei Menschen nur sein konnten. Diese elegante und weltgewandte Frau, die all die Reichen und Mächtigen im Saal zu kennen schien, hatte sie auf den Arm genommen, in ihr nichts anderes gesehen als eine erfrischende Abwechslung. Das hatte sie begriffen, als der teure Champagner aus ihrem Blut verschwunden war und sie in ihrem Bett in ihrem alten Zimmer ihres Elternhauses aufwachte, in dem sie lebte, seitdem sie aus der Lombardei heimgekehrt war.

Zwei Wochen waren vergangen, und mit jedem Tag war die Erinnerung an ihren Abstecher in diese andere Welt zunehmend verblasst. An dem Morgen hatte sie die Schlagzeile in der Zeitung gelesen, die vom Tod des Immobilienmoguls Giorgio Castellani, 73, berichtete. Sie hatte sich an den Namen erinnert, und sie hatte wieder die Frau mit dem teuren Schmuck vor sich gesehen, die jetzt wohl Witwe war. Eine sehr reiche Witwe, hatte sie gedacht und nicht den kleinsten Funken Mitgefühl empfunden. Im Gegenteil. Wie bittere Galle war der Neid in ihrer Kehle hochgestiegen, als ihr Telefon klingelte. Sie hatte das Gespräch angenommen, ohne die Nummer zu kontrollieren.

»Können wir uns treffen?«

Sie hatte ihre Stimme sofort erkannt und aufgekeucht.

»Störe ich Sie, Caterina?«

»Sie wollen mich sehen?«, hatte sie tonlos hervorgestoßen.

Am nächsten Abend hatte ihr Leben eine unglaubliche Wendung genommen und das Schicksal sie mit Glückshormonen überschwemmt.

NEUNUNDDREIßIG

Florenz, Samstag später Abend

Conte Adalrico Landi di Valleverde konnte sich nicht bewegen. In seinen Gedärmen rumorte es und irgendetwas schnürte ihm die Kehle ab. Er wusste, dass er versuchen musste, von dem Sofa aufzustehen, um ins Bad zu gehen und zumindest seine Blase zu entleeren, doch seine Gliedmaßen gehorchten ihm nicht. Nur sein Kopf schien zu funktionieren. Jeder entscheidende Moment der letzten beiden Jahre spielte sich darin ab, als ob er soeben stattfinden würde – und er konnte nichts dagegen tun. Nicht einmal den Arm ausstrecken, um nach der Flasche mit dem Whiskey zu greifen, auf den er vom Brunello umgestiegen war, nachdem ihm das halbvolle Weinglas aus der Hand geglitten und der Rest in den zwei Jahrhunderte alten Savonnerie-Teppich gesickert war ...

Sein Vater war verstorben und Adalrico hatte sich prächtig gefühlt.

Endlich war er ganz und gar für sich selbst verantwortlich, konnte tun und lassen, was er für richtig hielt, ohne sich weise Ratschläge anhören zu müssen. Wie oft hatte er es bereut, das Studium in Oxford abgebrochen zu haben, um nach Florenz zurückzukehren. Offiziell, da er nur in seiner Heimatstadt glücklich war. Tatsächlich, weil ihn der Neid auf seinen Bruder zerfressen hatte. Lorenzo hatte sich zwar für Rom entschieden und studierte dort Rechtswissenschaften, aber zumindest jedes zweite Wochenende kam er heim. Das war schon schlimm genug, denn sich ständig Lobeshymnen auf den zweitgeborenen Sohn anhören zu müssen – egal, ob dieser anwesend war oder nicht –, war schrecklich. Erst als Lorenzo nach Washington ging, um auch noch Criminal Law zu studieren, war er ihn los. Doch während er sich darauf konzentrierte, an seines Vaters Seite sein Wirtschaftsstudium gewinnbringend einzusetzen, und ein glückliches Händchen bei Finanzgeschäften hatte, wurde sein Bruder nach Langley gerufen und zum Profiler ausgebildet.

Danach kam er zurück, bekam von diesen Idioten im römischen Innenministerium einen Offiziersgrad als Carabiniere geschenkt, für den er nichts getan hatte, und verschwand von der Bildfläche. Kaum hatte Adalrico sich an den Gedanken gewöhnt, ihn endlich los zu sein, war Lorenzo als strahlender Held wieder aufgetaucht, nachdem er als verdeckter Ermittler einen albanischen Menschenhändlerring hatte auffliegen lassen. Zum Glück hatte er sich eine Wohnung gekauft und war nicht zu Vater und ihm ins Stadtpalais gezogen. Aber das war schon das einzig Positive gewesen, denn von da an war es noch schlimmer geworden.

Während er zusehen musste, wie sein jüngerer Zwilling von heute auf morgen mit nur dreiunddreißig zum Leiter der Gerichtspolizei und ein Jahr darauf auch noch zum Colonello ernannt wurde, verhielt sich sein Vater ihm gegenüber von Tag zu Tag eigenartiger. Wo er früher Einblick in alle Konten gehabt hatte, fehlte er ihm plötzlich. Der alte Conte schloss sich immer öfter mit dem Anwalt der Familie im Arbeitszimmer ein. Irgendwann, es war nur wenige Tage vor seinem Tod, sagte er, dass er wüsste, dass er spielte, und er entsprechende Schritte einleiten würde. Doch dazu kam es nicht mehr. Sein Vater starb, Lorenzo sagte zu allem Ja und Amen, akzeptierte sogar – ohne Forderung einer Ausgleichszahlung – das Landschloss, während ihm das wesentlich wertvollere und prestigeträchtigere Stadtpalais Valleverde blieb.

Von dem ihm jetzt nichts mehr gehörte.

Es war alles so rasant geschehen, dass er es gar nicht bemerkt hatte.

Zuerst hatte er sich mit garantiert sicheren Aktien verspekuliert, und als er sie abgestoßen hatte, bevor sie in den Keller stürzten, hatten sie sich wieder erholt und er hatte mit leeren Händen dagestanden. Nicht im eigentlichen Sinn, denn natürlich waren noch Millionen da gewesen, aber die musste er erst einmal aus den Bindungsklauseln losbekommen. Er hatte also den Schmuck seiner verstorbenen Mutter aus dem Banksafe geholt, zu dem er ohne Lorenzo Zutritt hatte. Sein Bruder hatte das so gewollt. »Gefahr ist das Synonym meines Berufs. Es kann von einem Moment auf den anderen vorbei sein. Ohnehin ist der Schmuck für die Frauen bestimmt, die wir vielleicht irgendwann heiraten werden. Solltest du also deine Contessa kennenlernen, musst du mich nicht erst fragen, ob du ihr einen der Ringe zur Verlobung schenken darfst.«

Welch absurder Gedanke! Das Einzige, was ihn interessierte, war es, aus tausend Euro hunderttausend zu machen und aus diesen eine Million. Ein paarmal hatte es auch geklappt, öfter jedoch nicht. In einer solch eher negativen Phase hatte ihn Giorgio Castellani angesprochen, der ebenfalls gern in den illegalen Clubs Summen spielte. Der Immobilienmogul hatte ihm von seiner Idee eines Gebäudes mit mehreren Restaurants erzählt und ihm gesagt, dass er bereits vor Baubeginn stand. Adalrico erinnerte sich, wie sehr ihn die Aussicht auf diese ausnehmend hohen täglichen Gewinne fasziniert hatten und er in das geheime Projekt eingestiegen war. Erstmals in seinem Leben saß er mit Männern an einem Tisch, die keinen Stammbaum nachweisen konnten – aber Sinn für gute Geschäfte hatten. Zu der Zeit gewann er öfter und kaufte einige der Familienjuwelen zurück. Als Castellani den Partnern das Grundstück zum Kauf anbot, da er zum wohl hundertsten Mal in seinem Leben schwer verliebt war und sich die wenigen verbleibenden Jahre nur noch dieser Frau widmen wollte, schlug er sofort zu.

Seither war viel passiert.

Er hatte den Zugriff auf das Geld des Projekts erhalten, das auf einem Konto auf den Caymans lag, auf dem bis dahin nur Castellani verfügungsberechtigt gewesen war. Damals hatte er einen Teil des Betrags nach Absprache mit Giorgio in unterschiedlichen gewinnversprechenden Geschäften angelegt.

Als Castellani starb, hatten die Partner sofort und einstimmig beschlossen, seine Quote zurückzuüberweisen – und Adalrico war fortan frei gewesen, noch mehr zu beheben und anderswo zu investieren.

Wie hätte er ahnen sollen, dass absolut sichere Anlagen sich plötzlich wie Seifenblasen in Luft auflösen würden?

Aber er hatte sich nicht unterkriegen lassen, das Personal auf das Nötigste reduziert, ein paar Gemälde verkauft, in der Privatbank eines Jugendfreundes eine Hypothek auf das Palais aufgenommen.

Und er hatte den Rettungsanker ergriffen, der sich ihm unerwartet geboten hatte: Ginevra Della Rovere.

Zum Glück, denn die Witwe von Carlo Conti hatte die Summe sofort nach seinem Tod zurückgefordert. Tags darauf war Orazio Proietti gestorben, und er musste davon ausgehen, dass sich da auch irgendjemand melden würde – es war ja nur etwas mehr als eine Woche vergangen. Moltenis Tod störte ihn weniger, da der eigentliche Partner ohnehin der Vater war, und er war nicht abgesprungen. Und jetzt bestand die Hoffnung, dass dieser Nando Natuzzi, der ein ziemlich einfältiger Mensch sein musste, in das Projekt einstieg. Mit der Summe, die er dem Mann genannt hatte, stand der Gründung der Gesellschaft nichts im Wege – und sie würden nicht nur das Bauvorhaben komplett bezahlen können. Wenn er einen Teil davon intelligent investierte, konnte er bald die Hypothek ablösen, hatte er gedacht.

Sein Magen krampfte sich zusammen, und er konnte jeden einzelnen Schweißtropfen spüren, der sich auf seiner Stirn bildete und seitlich über die Schläfen in den Haaransatz rann. Adalrico wollte schreien, so sehr hasste er die Hilflosigkeit und die Schmerzen in seinem Bauch. Mittlerweile würde er anstatt des Whiskeys auch Wasser trinken, nur um den ekelhaften Geschmack in seinem Mund wegzukriegen.

Aber Ginevra hatte ihn alleingelassen ...

Sie als Jugendfreundin zu bezeichnen, war zu hoch gegriffen.

Ihre Mütter waren befreundet gewesen, so wie das eben in ihren Kreisen der Fall war, wo die Luft nach oben hin immer dünner und die Auswahl der möglichen Freundinnen gering war. Natürlich traf man da auch mit den Kindern zusammen, sofern diese nicht mit Schule oder Sport beschäftigt waren. Ginevra war zwar keine Schönheit gewesen, aber ein Jahr älter, und das hatte er reizvoll gefunden. Sie hatte ihn hingegen stets mit Herablassung behandelt und er sich zurückgezogen und sie aus den Augen verloren.

Niemals hätte er gedacht, dass sie beide so viele gemeinsame Interessen haben könnten, wie er nach dem zufälligen Wiedertreffen erfahren hatte.

Und jetzt war sie fort und er lag hier auf dem Sofa und konnte sich nicht bewegen.

Adalrico spürte es, bevor das Rumoren in seinen Gedärmen hinzukam. Er stand knapp davor, die Kontrolle über seine Körperfunktionen zu verlieren, und er wusste, dass sein Hausdiener erst am Montagmorgen wiederkam. Pünktlich um acht würde der einzige Mensch, der ihm auf irgendeine Art nahestand, das Stadtpalais durch den rückwärtigen Eingang betreten und ihn, den Conte Landi di Valleverde, in seinem Kot liegend finden. Beim Gedanken daran traten ihm Tränen in die Augen. Niemand sollte ihn so sehen, schon gar nicht ein Bediensteter! Davor hatte er mehr Angst als vor den unendlichen Stunden, die er bis dahin bewegungsunfähig hier verharren musste.

VIERZIG

Florenz, Samstagnacht

Sie blieben nicht einmal bis zum Dessert. »Ihr seid nicht bei der Sache«, drückte eine der Engländerinnen es aus, als Lorenzo und Tommaso sich nach dem Hauptgang entschuldigten. Natürlich hatte er die Rechnung beglichen, sich jedoch nicht im Geringsten schuldig gefühlt, den Abend vorzeitig abgebrochen zu haben. Sie hatten die beiden Frauen vor drei Jahren genau auf dieser Terrasse kennengelernt – oder waren es vier? Zwei gelangweilte Ehefrauen reicher Männer, die ihre Zeit zwischen ihren Unternehmen und dem Countryclub verbrachten, wo sie weitere geschäftliche Verbindungen anknüpften, die ihnen noch mehr Geld einbrachten. »Und das geben wir auf unseren Reisen aus«, hatte diejenige gesagt, die ihm auf sublime Art zu verstehen gegeben hatte, dass sie ihn in ihrem Bett wollte, während ihre Freundin Tommaso zuzwinkerte.

Sie waren darauf eingegangen. Damals und seither zweimal pro Jahr. Sie hatten sonst keinen Kontakt, erhielten nur eine Mail mit dem Ankunftsdatum und der Aufenthaltsdauer, sobald die beiden Frauen ihre Zimmer in der Villa buchten. Was sie daraus machten und ob sie kamen, hing von ihnen ab. Und bisher hatten sie sich die Gelegenheit nie entgehen lassen.

Sex ohne Verpflichtungen war genau nach ihrem Geschmack. Ihr Beruf barg unzählige Gefahren, obwohl sie nicht mehr als verdeckte Ermittler tätig waren. Natürlich könnten sie es sich beide aufgrund ihres Ranges am Schreibtisch gemütlich machen und die Arbeit Untergebenen delegieren. Aber sie brauchten das Gefühl, sich mitten im Geschehen zu befinden. Eine Frau oder gar Kinder passten nicht in das Konzept. Sie wollten niemandem Rechenschaft ablegen, weshalb sie nachts nicht daheim waren, die Wochenenden durcharbeiteten oder ein Abendessen unterbrachen, weil ihnen etwas in den Sinn kam so wie jetzt.

Plötzlich hatte es klick gemacht. Man konnte Gedanken eben nicht einfach abstellen, schon gar nicht, wenn man in der Phase einer Ermittlung stand, in der sich die Hinweise mehrten und wie Puzzlesteinchen aneinanderfügten. Einiges fehlte ihnen noch, aber das Kribbeln entlang seiner Wirbelsäule nahm weiterhin stetig zu, und er sah die Liste der Fragen, die es rasch zu klären gab, vor sich.

Die Funkzellenabfrage für die Nacht, in der Molteni gestorben war, erledigten die Kollegen der Technik umgehend. Das Ergebnis war eindeutig und der Beweis, dass ihn sein Bauchgefühl nicht betrogen hatte.

Lorenzo drückte das Gaspedal des Alfa Giulia bis zum Anschlag durch und der Biturbo mit den fünfhundertzehn Pferden unter der Haube schoss in westlicher Richtung durch die Stadt zum Justizpalast, während er bereits zum dritten Mal über die Freisprechanlage dieselbe Nummer anwählte.

»Das ist doch nicht möglich«, stieß er aus und schlug mit der Hand auf das Lenkrad. »Die Kommandantur ist klein, aber zwei Leute müssen im Dienst sein.«

»Vielleicht haben sie einen Außeneinsatz«, beschwichtigte ihn Tommaso. »Zwischen den Hügeln rund um Montepulciano gibt es sicher Funklöcher, da nutzt auch die Rufumleitung nichts.«

Das Freizeichen tutete immer noch.

Lorenzo unterbrach die Verbindung: »Ruf Califano an.«

»Bist du sicher? Es ist halb zwölf und er ist in Siena.«

»Na und? Er leitet das Provinzkommando, Montepulciano untersteht ihm, er kennt den Dienstplan seiner Leute.«

»Wenn sie im Einsatz sind, antworten sie ihm ebenso

wenig wie uns. Außerdem kommt es doch nicht auf ein paar Stunden an.«

Lorenzo nahm die lang gezogene Kurve, die auf die Brücke führte, und der Wagen schoss hoch oben über das nachtschwarze Wasser.

»Ruf ihn an, Tommaso. Er soll diesen Pirro auf seinem privaten Handy kontaktieren und ihm den Befehl erteilen.«

EINUNDVIERZIG

Siena, Samstagnacht

Tenente Colonello Califano hatte den Anruf beim ersten Klingeln entgegengenommen. Nicht, weil er auf dem Display den Namen las, sondern weil er einfach nur froh war, flüchten zu können. Er liebte seine Frau von ganzem Herzen und er war stolz auf sie und ihre Erfolge. Das Gestüt, das sie von ihrem Vater übernommen hatte, war unter ihrer Leitung zu einem Großunternehmen der Branche angewachsen und weit über die Grenzen Italiens hinaus berühmt. Allerdings hätte er es vorgezogen, wenn zumindest einer von ihnen einen Beruf mit den geregelten Arbeitszeiten einer Fünf-Stunden-Woche hätte. Dann hätten sie vielleicht Kinder und würden die Samstagabende mit ihnen verbringen. So aber stand die Arbeit an erster Stelle, und natürlich kamen die vielen englischen Käufer vorzugsweise am Wochenende, um sich die Pferde anzusehen und Preise zu verhandeln. Bei endlosen Abendessen im Restaurant des Gestüts, an denen er teilnahm, um seine Frau nicht zu enttäuschen. Als er jünger war, hatte er sich oft an Wochenenden freiwillig zum Dienst gemeldet, aber seitdem er der Chef war, gab es keine Ausreden mehr. Er hatte den Anruf des Colonello Valleverde also beim ersten Klingeln und in freudiger Erwartung angenommen, hatte sich bei den Engländern entschuldigt und den Blick seiner Frau hingenommen, der eindeutig gewesen war. Sie war der Meinung, dass er als Provinzkommandant der Carabinieri delegieren und sich nicht selbst in Gefahr begeben sollte. Aber sie hatte nichts gesagt und auf seine Bemerkung »Warte nicht auf mich, ich muss nach Montepulciano« mit einem flüchtigen Kuss geantwortet und sich mit einem Lächeln wieder den Engländern zugewandt.

Er war ins Wohnhaus gelaufen, hatte sich seine Uniform angezogen und war in seinen Dienstwagen gesprungen. Endlich einmal auf der Fahrerseite, anstatt hinten sitzen zu müssen und sich chauffieren zu lassen. Jetzt war er froh, dass er Pirro aufgrund seines ausgezeichneten Verhaltens bei der Suche nach Molteni für die Schulung in Rom, bei der neue Schusswaffen vorgestellt wurden, ausgewählt hatte. Der Capitano hatte sich das Wochenende mit Kollegen aus ganz Italien verdient – und er die Gelegenheit, die erneute Befragung selbst durchzuführen.

Der Commissario Capo Lo Bianco hatte ihn auf den Stand der Dinge gebracht und er mit Verwunderung festgestellt, wie viel in wenigen Tagen passieren konnte. Tatsache war, dass seinen Leuten, allen voran Pirro, nichts zu Lasten gelegt wurde. Sie hatten ausgezeichnete Arbeit geleistet, nicht nur in und auf dem Gelände des Hotels Villa Flora. Sie hatten um den halben Globus telefoniert, um jeden der Teilnehmer an dem internationalen Wein-Event des Konsortiums zu befragen. Dadurch war man zwar nicht zu neuen Erkenntnissen gelangt, aber die hatten sie auch nicht erwartet. Ihre These war, dass Molteni vom Balkon gesprungen war und sich vom Hotel entfernt hatte. Im volltrunkenen Zustand machten Menschen die unwahrscheinlichsten Dinge – und dem Mann musste es beschissen gegangen sein. So sehr, dass er sich unter die Konifere gelegt hatte und eingeschlafen war. Wahrscheinlich war er gar nicht mehr zu sich gekommen, bevor sein Herz zum Stillstand kam.

Eigentlich ein schöner Tod, dachte Califano – wenn dem so gewesen wäre.

Nur zweifelten Valleverde und Lo Bianco daran.

Die Frage, die es zu beantworten galt, hatte man nach dem Leichenfund des Mailänder Journalisten nicht gestellt, da es keine Verdachtsmomente gegeben hatte. Aber das war jetzt anders. Und er würde einen Teufel tun, dies einem seiner jungen Untergebenen zu überlassen. Die beiden Diensthabenden hatten genug damit zu tun, das Parteifest, das mit Musik und Tanz in einer umgebauten Scheune gefeiert wurde, zu kontrollieren. Vor allem mussten sie die alkoholisierten Parteifreunde davon abhalten, sich ans Steuer ihrer Autos zu setzen.

Er warf einen Blick auf das Navi auf dem Armaturenbrett und verspürte ein wenig Schadenfreude, als er die errechnete Uhrzeit seiner Ankunft in Montepulciano sah. Spätestens ab elf nahm die Aufmerksamkeit jedes Menschen ab. Um Mitternacht waren diejenigen, die normalen Arbeitszeiten nachgingen, schon längst im Bett, und das nicht nur wochentags. Jemanden aus dem Tiefschlaf zu holen und zu befragen, hatte er immer geliebt. Und in diesem ganz speziellen Fall freute er sich besonders darauf.

Zweiundvierzig

Florenz, Samstagnacht

Maria Borgonovo, die persönliche Sekretärin des Oberstaatsanwalts, stellte drei Tassen frischen Kaffees vor ihnen ab und nahm die benutzten vom Tisch.

»Kann ich noch etwas für Sie tun?«

»Können Sie, Maria«, murmelte Lorenzo Valleverde und verhielt mit seinem Zeigefinger an einem Punkt des Dokuments, bevor er aufsah. »Versuchen Sie bitte noch einmal, Signor Molteni in Mailand zu erreichen.«

Die Haaranalyse, die von einem Mitarbeiter der Pathologie am frühen Abend, als sie bereits unterwegs zu seinem Bruder waren, war in einem Umschlag beim Portier abgegeben worden. Im knapp gehaltenen Begleitbrief des Professore Giuliano Ragno war zu lesen, dass Maurilio Molteni seit einigen Monaten und unregelmäßig Kokain in kleineren Dosen zu sich genommen hatte. Daher waren seine Nasenschleimhäute noch nicht geschädigt gewesen und bei der Autopsie waren, wie bekannt, keine Spuren davon gefunden worden. »Auch nicht in seinem Gepäck oder an seiner Kleidung, wie wir wissen. Kokain ist nicht die Ursache seines Todes«, hatte Tommaso hinzugefügt.

Die Fakten waren eindeutig, und doch ließ Lorenzo das Gefühl nicht los, dass der Tote in irgendeinem Zusammenhang mit Conti und Proietti stand.

Zehn Minuten später wusste er, dass er sich nicht geirrt hatte.

Er beendete das Gespräch, das er im Sekretariat geführt hatte, und ging zurück in sein Büro. Der alte Molteni war ihm jovial und so gar nicht bedrückt erschienen. Und das, obwohl sein Sohn tot und noch nicht einmal unter der Erde lag. Aber das, was er soeben erfahren hatte, rückte das gefühllose Verhalten des Mannes in den Hintergrund.

Lorenzo setzte sich wieder an den Besprechungstisch und schaute von Tommaso zu Serafico Benelli, der kurz nach ihnen eingetroffen war. Mit den aufgerollten Hemdärmeln hatte er nichts mehr von dem allseits gefürchteten Oberstaatsanwalt.

»Der alte Molteni ist ziemlich abgebrüht«, begann Lorenzo. »Der typische lombardische Unternehmer, den Gefühle und Befindlichkeiten anderer nicht interessieren. Er wusste, dass sein Sohn hin und wieder sniffte und, wie er es ausdrückte, oftmals über den Durst trank. Deshalb hatte er ihm auch nahegelegt, diese Wein-Enzyklopädie zu schreiben, und sämtliche damit verbundenen Kosten getragen. So konnte Maurilio das Angenehme mit dem Nützlichen verbinden, waren seine genauen Worte.«

Serafico und Tommaso schüttelten den Kopf.

»Was für ein Vater«, meinte Maria Borgonovo, aus deren Chignon sich ein paar Strähnen gelöst hatten. Lediglich diese wiesen darauf hin, dass sie sich in aller Eile frisiert und angekleidet haben musste, als er sie angerufen hatte.

»Er hat denselben Ausdruck dann übrigens gleich noch einmal verwendet, als ich das Wort Erlebnisrestaurant fallen ließ, die uns bekannten Namen nannte und ihn fragte, ob er einen der Männer kennt«, fuhr Lorenzo fort. »Er hat nur kurz gezögert, bevor er meinte, dass er Giorgio Castellanis erster Partner des Restaurantprojekts war und auch blieb, als sein alter Freund das Grundstück an den Conte Adalrico Landi di Valleverde verkaufte. Damals hat er seinem Sohn die Sache übertragen, damit der endlich etwas Sinnvolles tat.«

Tommaso lehnte sich vor.

»Soll heißen, dass Maurilio Molteni letztes Wochenende nicht ausschließlich wegen des Presse-Events des Konsortiums in der Toskana war, sondern auch, um sich mit deinem Bruder zu treffen?«

Lorenzo schüttelte den Kopf.

»Nicht bloß mit ihm, mit allen Partnern.«

»Conti und Proietti waren doch schon tot«, erwiderte Tommaso kopfschüttelnd.

»Es gibt noch einen weiteren Partner!«, rief Serafico aus.

»Genauso ist es.« Lorenzo nickte und warf dem Oberstaatsanwalt einen anerkennenden Blick zu. »Und wir beide«, er schaute zu seinem Vize, »waren heute Vormittag bei ihm.«

»Gestern«, berichtigte Maria ihn leise murmelnd und deutete zur Wanduhr. Der Minutenzeiger stand auf drei nach zwölf.

»Dieses riesengroße Arschloch!« Tommaso schlug mit der Faust auf den Tisch. »Nicht nur korrupt bis in die Knochen, sondern der größte Idiot vor dem Herrn. Ich frage mich ernsthaft, warum er uns das verschwiegen hat.«

»Weil Filippo Perra das Wasser bis zum Hals steht.«

Drei Köpfe wandten sich Serafico zu.

»Seine Frau hat ihn vor etwa einem halben Jahr verlassen.«

»Deshalb war die Küche so aufgeräumt und sauber. Sie war nicht beim Friseur!«, rief Tommaso aus.

Lorenzo stieß ihn an und bat Serafico, weiterzusprechen.

»Niemand weiß etwas Genaues, aber man munkelt, dass von dem gesamten Vermögen, das sie von ihrer Mutter geerbt hatte, nichts mehr da ist. Und Perra kann ihr den Lebensstandard mit seinem Gehalt nicht bieten, obschon er als Leiter der Baubehörde wahrlich nicht schlecht verdient. Nur sind Beamte eben keine Großunternehmer.«

Der Oberstaatsanwalt griff nach dem Handy, das vor ihm auf dem Tisch lag, und fixierte es, als ob es daraufhin klingeln würde. Das Warten war zermürbend. Er seufzte auf und sprach weiter.

»Auf jeden Fall hat Perra seitdem versucht, seine Frau zurückzuerobern. Jemand hat mir vor ein paar Monaten erzählt, die beiden in der Enoteca Pinchiorri getroffen zu haben. Ihr wisst ja, dass man sich dort jeden einzelnen der drei Sterne mit Gold bezahlen lässt.«

Allgemeines Nicken bestätigte seine Aussage.

Tommaso nahm den vor ihm liegenden Kugelschreiber zwischen die Handflächen und rieb sie abwechselnd daran, während er die Sache auf den Punkt brachte.

»Wir können also davon ausgehen, dass Perra immer gieriger geworden ist und seine Schmiergeldforderungen in die Höhe geschraubt hat. Aber wie passt das damit zusammen, dass er einer der Partner deines Bruders ist, Lorenzo? Natuzzi hat doch gesagt, dass die Quote pro Person bei zehn Millionen liegt!«

»Gar nichts passt zusammen, auch nicht die exorbitante Forderung von Adalrico.«

»Richtig«, gab ihm Serafico recht. »Schon gar nicht, wo wir jetzt wissen, wo das Grundstück liegt, was es laut Katasteramt wert ist und dass aktuell drei Personen daran beteiligt sind. Mit einer vierten Quote, der des Signor Natuzzi, wären das vierzig Millionen Euro. Davon kann man ein Schloss errichten!«

Lorenzo starrte auf die leere Kaffeetasse, die er am Henkel festhielt und auf der Tischplatte hin und her schob.

»Was ist eigentlich mit dem Geld von Carlo Conti und Orazio Proietti passiert?«, fragte Maria Borgonovo. »Deren Erben müssten doch auch noch beteiligt sein, die beiden sind ja erst seit einer Woche ...«

Lorenzo sah ruckartig auf und die Sekretärin verstummte.

»Tommaso, erinnerst du dich, was Flavia Conti gesagt hat? Ihr Mann hat ihr nur von der Idee eines Erlebnisrestaurants erzählt, aber nichts weist darauf hin, dass er irgendeinen Betrag überwiesen hätte.«

Wieder war es Seraficos Sekretärin, die sich bemerkbar machte. »Wissen Sie, wer Proiettis Unternehmen erbt, Colonello?«

»Der Prokurist seines Großhandels hat bei der Befragung Überraschendes erzählt. Orazio Proietti hat schon vor Jahren festgelegt, dass nach seinem Tod die Mitarbeiter eine Gesellschaft gründen und den Betrieb gemeinsam führen sollten. Sie bekommen das Lager an Weinen und Spirituosen und die Einrichtung, denn die Firmenräume sind gemietet. Und der Erlös aus dem Verkauf von Proiettis Wohnung, die ein Notar abwickelt, fließt als Startkapital in das neue Unternehmen.«

»Klingt so, als ob der Mann alles andere als reich gewesen wäre«, meinte Maria.

»Und er hatte weder Freunde noch eine Lebenspartnerin, niemanden, der ihm nahestand. Im Grunde genommen war er ein einsamer Mann«, setzte Tommaso fort.

»Was zwei Fragen aufwirft.« Serafico Benelli tippte mit dem Zeigefinger auf den Tisch. »Weshalb ist diese Frau, die mit ihm im Restaurant war, ins Krankenhaus mitgefahren und dann spurlos verschwunden, und woher hatte er das Geld für das Projekt?«

»Damit sprichst du das aus, was Tommaso und mich seit Tagen beschäftigt.«

Lorenzo schob seinen Stuhl nach hinten, richtete sich auf und streckte sich durch. Er machte ein paar Schritte vom Tisch weg, kam zurück und stützte seine Hände auf der Stuhllehne ab.

»Fakt ist, dass zwei Männern eine derart hohe Dosis GHB verabreicht wurde, dass sie während des Abendessens in öffentlichen Restaurants das Bewusstsein verloren und im Krankenhaus verstarben, ohne dieses wiederzuerlangen. Das Zeug wirkt sehr rasch. Es liegt demnach nahe, dass es von ihren Begleiterinnen in den Wein geschüttet wurde. Man würde denken, Zufallsbekanntschaften, vor allem im Fall von Conti, dessen Ehefrau ihn auf einem Seminar in Rom vermutete. Es handelt sich um Frauen, die kein Mensch aus dem Umfeld der Opfer kennt und die niemand erkannt hat oder beschreiben kann, da sich scheinbar alle nur auf ihre Haare und die Kleidung konzentriert haben. In erster Linie sind die Strümpfe mit Naht aufgefallen, auch Nando Natuzzi, wie wir wissen.«

Lorenzos Blick traf auf Tommaso.

Sie sprachen nicht mit Worten, kommunizierten stumm.

Denkst du das, was ich denke?

»Vergiss es«, sagte Tommaso mit einer wegwerfenden Geste. »Sie war bei ihm daheim, nicht in einem Restaurant. Außerdem haben wir das Thema durchgekaut. Solche Strümpfe kann man überall kaufen und in gewissen Kreisen werden sie häufig getragen.«

»Von wem sprecht ihr?«, fragte Serafico.

»Vergiss es«, erwiderte Leonardo mit einem Kopfschütteln.

»Dann gehöre ich also diesen Kreisen an?« Maria Borgonovo erhob sich, ging ein paar Schritte vom Tisch weg und deutete auf ihre Waden. Tatsächlich! Unter dem üblichen Tailleur trug sie hautfarbene Strümpfe mit perfekt mittig laufender Naht.

»Sie gehören zu uns, Verehrteste«, erwiderte Serafico Benelli charmant und lächelte ihr zu. »Das ist mehr wert als Titel oder Geld.«

»Tragen Sie die öfter?«, fragte Lorenzo und sofort wurde ihm sein Fauxpas klar. Egal, wie die Antwort ausfiel, es war offensichtlich, dass er die Frau, die er täglich sah und die seit fünf Jahren mit ihm zusammenarbeitete, nie wirklich wahrnahm.

»Keine Sorge, Colonello, ich nehme Ihnen die Frage nicht übel.« Nicht nur, dass sie seine Gedanken erriet, sie zwinkerte ihm auch noch zu. »Hin und wieder, je nachdem, wie ich mich fühle. Und ich bin froh, dass Sie kein Sexist sind und auf dem Arbeitsplatz Ihre Augen oberhalb der Gürtellinie lassen.«

Tommaso grinste. »Was bei Frauen das Dekolleté mit einschließt, Maria.«

»Ich will lieber wissen, was Sie mit der Einschränkung Arbeitsplatz gemeint haben«, fragte Serafico schmunzelnd.

Seine Sekretärin verbiss sich ein Lächeln und zuckte mit den Achseln. »Ich wollte damit zum Ausdruck bringen, dass der Colonello ein angenehmer Chef ist, und was jeder Einzelne von uns in seiner Freizeit macht, geht niemanden etwas an.«

Lorenzo räusperte sich lautstark. Bevor es doch noch zu Fragen nach dem Privatleben kam, galt es, das Thema zu wechseln, während sie auf den Rückruf des Rechtsanwalts und Califanos Anruf warteten, mit dem aber sicher nicht so bald zu rechnen war. Der Tenente Colonello hatte eine gute Stunde Fahrzeit bis nach Siena, und niemand konnte absehen, ob Caterina Neri überhaupt zu Hause war. Und der Anwalt, den sie so dringend brauchten, war ausgerechnet heute in der Oper oder einem Theater mit anschließendem Empfang, und seine Tochter wusste nicht wo. Es galt also, weiter zu warten.

Währenddessen konnten sie die bereits bekannten Fakten nochmals aus einem anderen Blickwinkel aufrollen. Von Serafico und seiner Sekretärin waren bei einigen Fällen interessante Denkanstöße gekommen und hatten ihnen dabei geholfen, umzudenken und auf die Lösung zuzusteuern.

Lorenzo zog sich den Stuhl zurecht, setzte sich wieder an den Tisch und sagte: »Wir waren bei den Begleiterinnen von Conti und Proietti.«

»Von denen ihr beide annehmt, dass sie den Männern das GHB verabreicht haben«, stellte Serafico fest. »Nur warum?«

»Es muss irgendetwas mit diesem Projekt zu tun haben und vielleicht auch mit Geld, obwohl mir das immer abwegiger erscheint.« Er trommelte mit den Fingern auf den Tisch. »Von Adalrico wissen wir, dass es keine Gesellschaft gibt. Die wird erst vor Inbetriebnahme der Restaurants gegründet. Wir reden also bisher nur von den Summen, die für den Bau nötig sind, und die werden bekanntlich nach Beendigung von zuvor festgelegten Bauabschnitten abgerechnet. Und da der Besitzer des Grundstücks mein Bruder ist, kommt sicher er dafür auf. Das muss der Grund sein, weshalb es keine Spuren von Überweisungen seitens Carlo und Proietti gibt und wir uns auch nicht den Kopf darüber zerbrechen müssen, wie Filippo Perra eine größere Summe aufgebracht hätte.«

»Womit das Thema Geld wieder vom Tisch wäre und nichts übrig bliebe«, meinte Tommaso lakonisch. »Denn es scheint zum derzeitigen Zeitpunkt so, dass diesen beiden Frauen, sofern wirklich sie den Männern das GHB verabreicht haben, das perfekte Verbrechen gelungen ist. Mir fällt nämlich absolut nichts mehr ein, wo wir ansetzen könnten, um an ihre Identität ...«

Es klingelte.

Doch nicht Serafico Benellis, sondern Lorenzo Valleverdes Handy begann plötzlich zu leuchten.

Im selben Moment ruckte der Minutenzeiger der Wanduhr vor. Es war Viertel vor eins.

»Es ist Califano«, sagte Lorenzo, nahm das Gespräch an und aktivierte den Lautsprecher.

DREIUNDVIERZIG

Montepulciano, Samstagnacht

Der Schmerz in ihrem Rücken hatte nachgelassen. Die Erinnerung an die übervolle Blase war verblasst wie die Angst, die sie während der Fahrt in der Limousine ausgestanden hatte.

Aber das Hämmern in ihrem Kopf war immer noch da.

Mindestens drei Monate, drei Monate, drei Monate.

»Zu viel, zu viel, zu viel«, flüsterte Caterina Neri und wippte mit dem Oberkörper vor und zurück.

Sie saß mit angezogenen Beinen auf dem durchgesessenen Sofa in der kleinen Wohnküche im Untergeschoss. Nur das Licht der Straßenlampe vor dem Fenster drang nach drinnen. In ihrer linken Hand hielt sie die weiße Plastikkarte so fest umklammert, dass sich die Kante tief in den Handballen bohrte. Mit der rechten zog sie den Laptop über den abgewetzten Stoff näher und schob ihn wieder von sich. Wieder und immer wieder, wie schon seit Stunden.

Drei Monate waren eine lange Zeit.

Zu viel nach all dem, was sie mitgemacht hatte.

Sie wollte weg – und zwar sofort.

Was hielt sie noch hier?

Ihre pensionierten Eltern hatten sich gefreut, als sie aus der Lombardei zurückgekommen war und vorübergehend bei ihnen einzog, während sie die perfekte Wohnung suchte, die auch ihr Büro sein sollte. Sie waren stolz auf sie gewesen, da sie in den Jahren nach dem Studium so viel verdient und gespart hatte, dass sie sich selbstständig machen und eine Eigentumswohnung leisten konnte.

Dass sie ihr Geld mit vollen Händen ausgegeben hatte, um den Frust über den faden Job zu kompensieren, und dann auch noch ihre dritte Beziehung zu einem Mann in die Brüche ging, der sie als Psycho bezeichnete, ahnte niemand. Nachdem man ihr gekündigt hatte, weil sie ständig zu spät kam und mit falschen Angaben an die Presse einen Millionenauftrag vergeigt hatte, dachte sie, dass sie rasch einen besseren Job finden würde. Doch ihr ehemaliger Arbeitgeber sorgte dafür, dass man sie nicht einmal zu einem Vorstellungsgespräch einlud. Schließlich konnte sie die Miete nicht mehr zahlen und verließ komplett abgebrannt bei Nacht und Nebel die Mietwohnung, darauf hoffend, dass die Waschmaschine und die paar Möbel, die sie gekauft hatte, den Mietrückstand abdecken würden. Das einzig Positive war, dass zumindest diese Rechnung aufgegangen war. Der Vermieter hatte sich bis heute nicht gemeldet.

Ihren Eltern hatte sie gesagt, dass keine der Immobilien, die zum Verkauf standen, ihren Anforderungen entsprach. Tatsächlich hatte sie sich einige Mietwohnungen angesehen, aber mit der Arbeit hatte es auch in der alten Heimat nicht so geklappt wie erwartet, und mit gelegentlichen Aufträgen war es schwer, das Geld für eine Miete aufzubringen. Irgendwann hatte ihr Vater sie einfach nur ignoriert und ihre Mutter ihr zugeredet, zumindest über die Sommersaison als Kellnerin in einem der vielen Betriebe zu arbeiten, die immer Personal suchten.

Aber sie hatte doch in Mailand studiert und fünf Jahre lang für eine wichtige Maschinenbaufabrik Pressearbeit geleistet! Wenn das diese Idioten hier in der Toskana, ihrer Heimat, nicht begriffen, war es nicht ihre Schuld. Eher hätte sie als Callgirl gearbeitet, als zu servieren und den Launen der Gäste ausgeliefert zu sein.

Sie hatte also weiter Bewerbungen geschrieben, auf die sie nur selten Antwort erhielt – und falls doch, waren es Absagen. Dann war sie zufällig einer ehemaligen

Schulkollegin über den Weg gelaufen, die ihr mit leuchtenden Augen alles abgenommen hatte, was sie erzählte, und ihr angeboten hatte, die Broschüre des Familienhotels zu gestalten. Mit der Zeit hatte es sich herumgesprochen und Caterina konnte mit den Einnahmen leben. Nicht mehr so gut wie zuvor, denn ihre Eltern waren zu ihrer Schwester nach Bologna gezogen, als diese ein Kind bekommen hatte. Aus den paar Monaten waren mittlerweile zwei Jahre geworden, und sie musste nicht nur für ihre persönlichen Ausgaben aufkommen, sondern auch die Rechnungen für Strom und Gas und Wasser bezahlen. Als es durchs Dach geregnet hatte, meinte ihr Vater am Telefon, dass sie ohnehin vorhatten zu verkaufen und sich eine Reparatur nicht rentierte. Ob sie ihnen das Haus abkaufen wolle, nicht das ganze, nur die Hälfte, die ihr sowieso einmal zufallen würde, hatte er noch gefragt. Sie hatte das Gespräch beendet und seitdem hatten sie keinen Kontakt mehr.

Diese alte Bruchbude hatte er ihr verkaufen wollen?

Caterina kicherte los und stellte das Wippen ein. Sie bohrte ihren Blick in die Dunkelheit und sah ihre Zukunft ganz klar vor sich.

Ein großes Haus an einem Strand. Palmen und türkisfarbenes Wasser. Eine Jacht, die auf den Wellen schaukelte, und ein braun gebrannter Mann, der ihr einen in Regenbogenfarben schimmernden Drink in einem langstieligen Glas mit einem Schirmchen reichte. Das alles würde ihr gehören – aber warum warten?

Sie hatte ihren Teil der Abmachung erfüllt – und nun würde sie sich nehmen, was ihr zustand. Nicht erst in drei Monaten.

Für den Anfang brauchte sie nur einen klitzekleinen Betrag, um sich ein Flugticket und die Basisgarderobe und zwei von diesen schicken französischen Koffern zu kaufen.

Caterina zog den Laptop auf ihre Knie, klappte ihn auf und öffnete das Browserfenster. Dann lockerte sie den verkrampften Griff, mit dem sie immer noch die

Plastikkarte festhielt, und tippte den Namen der Bank im Suchfenster ein. Sie klickte auf den Link der Website und sofort erschien mittig ein Log-in-Bereich für Kunden. Sie kniff die Augen zusammen, um die klein gedruckte Kontonummer im nahezu dunklen Raum ablesen zu können, und gab sie ein. Dann bewegte sie den Cursor auf das Feld darunter und schrieb ihren Zugangscode hinein. Sie atmete tief durch und klickte auf den Button.

Während sich die Seite ihres Kontos öffnete, schloss sie kurz die Augen und bereitete sich auf den Moment vor, an dem sie endlich schwarz auf weiß sehen würde, dass sie Millionärin war.

Mit einem Lächeln hob sie die Lider an, blinzelte, beugte sich vor – und begann zu schreien.

Der Tenente Colonello Califano hatte zwanzig Meter von dem kleinen Einfamilienhaus entfernt gehalten und sich erst einmal vergewissert, dass die Adresse stimmte. Montepulciano lag einen guten Kilometer entfernt und es gab keine unmittelbaren Nachbarn. Das Türchen im Gartenzaun hing schief und die Hecke beiderseits wucherte haltlos. Die Fassade war von einem undefinierbaren Grau. An manchen Stellen war die Farbe abgesplittert, sodass man die rostroten Ziegel darunter sehen konnte. Im Grunde genommen sah das Haus unbewohnt aus, wäre da nicht ein Fiat Panda gewesen. Er gab das Nummernschild in die Kennzeichenabfrage ein und las den Namen Caterina Neri. Zwar brannte im Inneren kein Licht, aber das war zu nachtschlafender Zeit nicht ungewöhnlich. Davon ausgehend, dass die Frau sich in dieser gottverlassenen Gegend wohl kaum zu Fuß bewegte, schlief sie sicher schon, wie er vermutet hatte.

Er setzte das Barett auf und stieg aus dem Wagen. Die Tür drückte er leise zu. Während er sich an dem schiefen Gartentürchen vorbeizwängte, ohne es zu berühren, zog er die Uniformjacke zurecht und suchte neben dem Eingang nach der Klingel. Dann streckte er den Arm aus. Noch bevor er seinen Zeigefinger darauflegte, erklang ein markerschütternder Schrei.

Er dachte nicht, sondern handelte, warf sich mit der Schulter gegen die Tür. Holz splitterte. Califano versetzte ihr einen gezielten Stoß mit dem Fuß und griff zugleich mit der Hand an das Holster. Als das Türblatt an die Wand krachte, hielt er bereits die Pistole im Anschlag und entsicherte sie. Er fand einen Lichtschalter. Die hysterischen unartikulierten Schreie hatten an Intensität zugenommen. Er trat durch die Türöffnung in den dunklen Raum, aus dem sie kamen. Im gedämpften Lichtschein, die von der Straßenbeleuchtung durch das Fenster fiel, sah er eine Frau. Sie saß mit schreckgeweiteten Augen auf einem Sofa, das linkerseits an der Wand stand. Auf ihren Oberschenkeln lag ein geöffneter Laptop. Vor sich erkannte er Küchenmöbel, an der Außenwand einen kleinen Esstisch mit drei Stühlen. Ansonsten war die Küche leer und der einzige Zugang zu dem Raum in seinem Rücken. Ohne die Pistole zu senken, war er mit wenigen Schritten bei der Frau, packte sie mit der anderen Hand am Kinn und zwang sie, ihn anzusehen.

Sie starrte auf sein Barett. Es musste die goldene Flamme über dem Visierschirm sein, das Zeichen, das ihn als Offizier der Carabinieri auswies, das sie schlagartig verstummen ließ.

»Signora Neri, ist er noch im Haus?«

Erstaunt, dann ungläubig senkte sie den Blick und sah ihm in die Augen. Ihre Mundwinkel begannen zu zucken, die Lippen öffneten sich, und sie brach in ein hysterisches Lachen aus.

»Sie denken ... Sie dachten ...«

Mit einer abrupten Bewegung packte sie den Laptop mit beiden Händen, hob ihn an und schüttelte ihn.

»Sie hat mich betrogen!«, kreischte sie.

Der Tenente Colonello hatte schon einiges erlebt und beruflich wie privat mit Frauen zu tun gehabt. Weiber reagierten nur so, wenn sie von einem Liebhaber abserviert wurden. Die Neri sprach von einer sie, da lag die Vermutung nah, dass sie lesbisch war. Langsam trat er einen Schritt zurück, sicherte die Waffe und schob sie in das Gürtelholster. Er erinnerte sich an den Spruch, den ältere Frauen in solchen Situationen zu sagen pflegten, fand ihn aber in dieser nicht passend. Sie wollte keinen schönen Sohn einer anderen Mutter.

»Vielleicht irren Sie sich?«, meinte er vorsichtig.

»Denken Sie?« Sie hob den Laptop noch höher. »Schauen Sie! Eindeutiger geht es doch nicht!«

Er war nicht gekommen, um sich wohl eher zweideutige Fotos von Frauen anzusehen, sondern um die vor ihm zu befragen. Aber sie schüttelte das Gerät in ihren Händen derart, dass er befürchtete, dass es ihr entgleiten und zu Boden fallen würde. Er griff danach, strich über das Mousepad und der Bildschirm beleuchtete sich. Unweigerlich fiel sein Blick darauf. Es war nicht das, was er erwartet hatte. Am oberen Rand las er in kapitalen Lettern Grand Cayman Bank und mittig eine Zahl mit einem Dollarzeichen voran.

»Sehen Sie?«, kreischte Caterina Neri. »Da fehlen sechs Nullen!« Ihr Lachen klang wie das einer Hyäne.

Die Frau war verrückt! Zwar hätte er nach Valleverdes und Lo Biancos Bericht damit rechnen müssen, immerhin hatte sie Nando Natuzzi wochenlang gestalkt, aber das hier war etwas anderes. Er war kein Nervenarzt und kein Seelsorger – und er war aus einem ganz bestimmten Grund hier. Er klappte den Laptop zusammen, suchte nach einem Lichtschalter und fand ihn neben der Tür. Die Lampe hing über dem Küchentisch, auf den er den Laptop legte. Er zog einen Stuhl hervor und deutete darauf.

»Kommen Sie her und setzen Sie sich.«

Seine Stimme brauchte auch auf einem Kasernenhof keinen Verstärker. Jetzt erfüllte sie den kleinen Raum und die Frau in den schlabbrigen Hosen und dem weiten Shirt überkreuzte die Arme vor ihrer Brust und begann zu zittern.

»Was machen Sie hier? Wer sind Sie? Und wie sind Sie überhaupt hereingekommen?«

Normal war anders, dachte er. Aber vielleicht war genau das seine Chance, um rasch die Antworten zu bekommen, auf die man in Florenz so dringend wartete. Er ging auf sie zu, packte sie an der Schulter und schob sie vor sich her zum Tisch. Er drückte sie auf den Stuhl und beantwortete ihre letzte Frage zuerst.

»Durch die Tür, Signora Neri. Sie haben geschrien und ich dachte, Sie seien in Gefahr. Mein Name ist Califano. Dienstgrad Tenente Colonello. Ich bin der Provinzkommandant von Siena und somit der Vorgesetzte des Capitano Pirro, den Sie ja kennen. Und ich bin hier, um Ihnen noch ein paar Fragen zum letzten Wochenende zu stellen.«

Caterina Neri rieb sich hektisch mit den Händen über die Oberarme.

»Was wollen Sie wissen?«

»Wo haben Sie die Nacht von Samstag auf Sonntag verbracht, in der Maurilio Molteni aus seinem Hotelzimmer verschwunden ist?«

Sie öffnete den Mund, aber kein Ton kam über ihre Lippen.

»Waren Sie hier?«

Die Funkzellenabfrage ihres Handys hatte ergeben, dass es Samstagnacht in dem Sendebereich eingeloggt gewesen war, in dem sich das Hotel Villa Flora befand. Dieses Haus lag hingegen einige hundert Meter außerhalb davon. Gab sie die falsche Antwort, würde er ihr Handschellen anlegen und sie auf die Kommandantur in den Ort bringen.

»Haben Sie meine Frage verstanden, Signora Neri?«

Ihre Augen füllten sich mit Tränen und ihr Blick huschte unstet zu dem Laptop auf dem Tisch.

»Sie hat mich betrogen«, flüsterte sie.

Califano musste an sich halten, um nicht aufzustöhnen.

»Sie hat gesagt, dass mich niemand verdächtigen würde. Dass ihm nur schlecht werden würde. Nicht, dass er sterben würde. Und dass ich so reich sein würde, dass ich nie wieder arbeiten müsste.«

Er hörte ihre Worte und versuchte sie einzuordnen. Dann sah er, wie sie den Arm ausstreckte und den Laptop aufklappte. Sie drehte ihn so, dass sie beide auf den Bildschirm schauen konnten, der sich aktivierte.

»Sehen Sie? Das ist mein Konto und das hier ist der Kontostand.« Sie tippte mit dem Zeigefinger auf die Zahl. »Da fehlen sechs Nullen.«

Der Saldo des anonymen Kontos der Grand Cayman Bank war zehn Dollar.

Er sah zu ihr. Sie starrte immer noch auf den Bildschirm.

»Wer ist sie, Signora Neri?«

Caterina Neri wandte ihm den Kopf zu und leckte sich über die trockenen Lippen und öffnete den Mund. Mit überraschend lauter Stimme sprach sie den Namen aus. Dann sackte sie in sich zusammen, vergrub das Gesicht in ihren Händen und begann lautlos zu weinen.

Vierundvierzig

Florenz, Samstagnacht

Califano wunderte sich nicht, dass ihm sein Gesprächspartner nicht antwortete. Er hatte es ja selbst erst verarbeiten müssen, dass Caterina Neri, in der sie eine psychologisch labile Stalkerin vermutet hatten, nicht nur Zeugin, sondern auch Täterin war.

»Wie gesagt«, fuhr er fort. »Ich habe sie vorerst in eine Zelle in der Kommandantur Montepulciano bringen und einen Arzt rufen lassen. Erst, nachdem er ihr etwas gespritzt hatte, war sie wieder in der Lage, zu sprechen. Caterina Neri hat mir den Namen dieser Frau genannt, die Rufnummer hat sie unter den Initialen abgespeichert. Vor ein paar Minuten habe ich die Technik mit der Handyortung beauftragt, Colonello. Die Kollegen werden Sie sofort informieren, sobald sie die Position haben. Aber das ist noch nicht alles. Die Neri hat ...«

Er hörte das Klingeln eines Telefons.

»Danke, Tenente Colonello.«

Lorenzo Valleverde unterbrach das Gespräch.

Er senkte seinen Arm und schaute auf das Display.

Der Colonello konnte ihn doch nicht einfach wegdrücken. Das, was er ihm noch nicht gesagt hatte, war in seinen Augen möglicherweise viel wichtiger als alles andere.

Er drückte die Wahlwiederholung. Es klingelte, aber niemand antwortete.

Califanos knapper Bericht hatte eingeschlagen wie eine Bombe. Noch während der Tenente Colonello sprach, war

Tommaso aufgesprungen und hatte nach dem Autoschlüssel gegriffen. Er hatte ihn fragend angesehen, als Serafico Benellis Telefon klingelte. Schon vor dem zweiten Läuten nahm er das Gespräch an und aktivierte den Lautsprecher.

»Danke für Ihren Rückruf zu dieser späten Stunde, Avvocato.«

»Wie könnte ich dem Oberstaatsanwalt eine solche Bitte abschlagen, mein lieber Benelli? Aber sagen Sie, was kann ich für Sie tun?«

Die joviale Stimme klang leicht schleppend. Sicher hatte der Mann bei dem Empfang ein paar Gläschen zu viel getrunken. Lorenzo sah Serafico an, dass er dasselbe dachte. Wahrscheinlich sprach er deshalb langsamer als sonst und betonte jedes einzelne Wort, als er antwortete.

»Ich habe nur eine Frage an Sie, verehrter Kollege. Sie haben vor etwa zwei Monaten die Erbschaftssache Ihres verstorbenen Klienten Castellani abgewickelt. Wie ist der Name seiner Erbin?«

»Sie wissen, dass ich Ihnen das nicht sagen kann«, erwiderte der Rechtsanwalt und schien plötzlich nüchtern, nicht ohne schriftlichen Antrag auf Akteneinsicht, Benelli.«

»Den Sie selbstredend am Montag erhalten, Herr Kollege.«

Juristen unter sich, dachte Lorenzo, der jetzt abwartend unmittelbar neben Tommaso stand.

»Ein Eiertanz«, flüsterte ihm sein Freund ins Ohr.

»Dann werden Sie selbstverständlich umgehend Antwort auf Ihre Frage erhalten.«

Serafico schob die aufgerollten Hemdsärmel höher und beugte sich vor. Sein Mund war nur noch wenige Zentimeter von seinem Handy entfernt.

»Avvocato, lassen Sie uns nicht um den Brei herumreden. Ich brauche den Namen jetzt.«

»Die Dame ist meine Klientin, Herr Kollege. Ich mache mich strafbar, wenn ich meine Schweigepflicht verletze.«

»In diesem Fall nicht, Avvocato. Es ist Gefahr im Verzug.

In meiner Funktion als Oberstaatsanwaltschaft fordere ich Sie auf, mir den Namen der Erbin des Giorgio Castellani zu nennen.«

»Also doch«, murmelte der Rechtsanwalt.

Lorenzo spürte, wie das Kribbeln von seiner Wirbelsäule ausgehend die gesamte Lendengegend erfasste.

Tommaso atmete lautstark ein.

»Was meinen Sie damit, Avvocato?«, fragte Serafico Benelli.

Der Mann räusperte sich.

»Es bleibt unter uns, Benelli.«

»Selbstverständlich!«

»Ich war seit vielen Jahren Giorgio Castellanis Anwalt, man könnte sagen, dass wir so etwas wie Freunde waren. Er kannte diese Frau schon länger, wie das bei uns in Florenz eben der Fall ist, wenn man in denselben Kreisen verkehrt, aber sie hat ihn immer ignoriert. Geldadel und Adel sind nicht unbedingt kompatibel, wie Sie wissen. Umso verwunderter war ich, als Giorgio mir seine geheime Liaison mit ihr gestand, die sie öffentlich machen wollten, sobald der Ehemann die Trennungsdokumente unterschrieb. Das war der Tag, an dem er sein Testament änderte und sie als Universalerbin einsetzte. Zehn Wochen später war er tot.«

Lorenzo hatte die Hand gehoben und Tommasos Handgelenk umklammert, als der Avvocato vom Adel gesprochen hatte. Jetzt drückte er noch fester zu und sein Vize brummte unwillig.

»Sagen Sie mir den Namen«, forderte Serafico Benelli den Anwalt auf.

»Ginevra Della Rovere.«

Das war der Tropfen, der das Fass zum Überlaufen brachte.

Oder der Funke, der das Feuer entzündete.

Welchen Vergleich auch immer man anstellen wollte, plötzlich fügten sich die vielen Teilchen zu einem Ganzen zusammen.

Commissario Capo Tommaso Lo Bianco und Colonello Lorenzo Valleverde hörten nicht mehr, wie sich der Oberstaatsanwalt von dem Rechtsanwalt verabschiedete. Dem Leiter der Gerichtspolizei und seinem Vize reichte ein Blick und sie liefen zur Höchstform auf. Effizienz war ihre Stärke, ihre Einsätze als verdeckte Ermittler die Basis ihrer wortlosen Kommunikation. Tommaso hatte bereits die Kollegen der Technik in der Leitung, während Lorenzo mit der Einsatzzentrale sprach.

»Vier Männer, Maggiore«, befahl Lorenzo. »Wenn man Ihnen nicht öffnet, sollen Sie sich gewaltsam Eintritt verschaffen. Der Bewohner ist in Lebensgefahr.« Dann gab er die Adresse des Palais Valleverde, seines Elternhauses, durch.

»Sie ist irgendwo im Zentrum«, rief ihm Tommaso zu, während er die Sprechmuschel mit der Hand abdeckte. »Es dauert, bis sie den Radius einengen.«

Lorenzo schlug mit der Faust auf den Tisch. Hoffentlich kamen die Männer noch rechtzeitig zu seinem Bruder.

Sein Handy klingelte schon wieder. Was auch immer Califano wollte, es konnte nicht so wichtig sein, dass ...

»Maria Borgonovo für Colonello Valleverde«, hörte er die Sekretärin antworten. Califano war keiner, der schrie, aber seine Stimme klang bis zu ihm. Lorenzo schnappte sich das Telefon.

»Was gibt es denn noch?«

»Sie haben mich vorhin nicht ausreden lassen, Colonello«, antwortete der Provinzkommandant unbeirrt.

»Also dann, sagen Sie schon.«

»Es gibt noch eine dritte Frau.«

Lorenzo presste das Handy fester an sein Ohr und schaute dabei direkt in Tommasos dunkelbraune Augen.

»Stell auf laut«, raunte ihm der Freund zu.

Er tat es.

»Eine dritte Frau?«, fragte er dann.

»Ja. Die Neri hat sich gestern mit beiden in einem Spa in Florenz getroffen, wo sie die Karte mit der Kontoverbindung erhalten hat. Sie weiß, dass die andere in alles eingeweiht ist.«

»Kennt sie den Namen dieser Frau?«

»Allerdings, Colonello. Es handelt sich um Flavia Conti, die Witwe von ...«

»Die wohnt ebenfalls ...«, unterbrach ihn Lorenzo.

»... im Zentrum«, vervollständigte Tommaso seinen Satz, während er bereits zur Tür lief.

»Der Autoschlüssel«, rief ihm Lorenzo nach und dann »Danke, Califano«.

Er beendete das Gespräch, holte die Dienstwaffe aus der Schreibtischlade und schnappte sich seine Jacke.

»Ich hab den Schlüssel«, schrie Tommaso vom Flur.

Serafico Benelli zog seine Sekretärin zur Seite. Gerade rechtzeitig, damit der Colonello sie nicht umrannte.

Fünfundvierzig

Florenz, Samstagnacht

Flavia Conti saß auf dem ergonomisch geformten Rattanliegestuhl auf der Terrasse und starrte vor sich hin. In den Häusern auf der anderen Straßenseite war kein einziges Fenster beleuchtet und der allgegenwärtige Smog hatte wie so oft eine dichte Kappe über der Stadt gebildet. Hier im Zentrum war der Autoverkehr Samstagnacht fast komplett verboten, weshalb sie nur hin und wieder das Knattern eines Motorrads oder die Hupe eines Taxis hören konnte.

Sie hätte längst zu Bett gehen können, aber sie verspürte keinen Schlaf. Stattdessen fühlte sie sich eigenartig. Sie kannte dieses Ziehen im Brustraum, dort, wo das Herz war, und die mit Unruhe gepaarte Traurigkeit nicht. Ob das Einsamkeit war?

Was es auch war, es mochte daran liegen, dass Carlo sich die Samstagabende immer freigehalten hatte und sie etwas gemeinsam unternommen hatten. Zwar war ihre Ehe nach all den Jahren abgenutzt gewesen wie ein alter Schuh, aber Sex war nicht alles. Sie hatten nie gestritten, sondern alles rational ausdiskutiert und waren höflich und freundschaftlich miteinander umgegangen. Deshalb hatte sie seine stets wechselnden Affären stillschweigend hingenommen – und eine solche hatte ihm ja letztlich auch das Leben gekostet. Die Affären ebenso wie ihr Schweigen, dachte sie jetzt, und ein bitteres Lächeln umspielte ihren Mund.

Sie überlegte, es vielleicht doch damit zu versuchen, sich ins Bett zu legen und auf den Schlaf zu warten. Allein auszugehen, und das nur zehn Tage nach dem Tod ihres Mannes, war indiskutabel. Um diese nachtschlafende Zeit erst recht. Unentschlossen stand sie auf, schaute über die Brüstung der zurückversetzten Terrasse bis zum Rand des Daches. Hinter den Häusern erhob sich die riesige Kuppel der Kathedrale Santa Maria del Fiore in den Nachthimmel. Das Wahrzeichen der Stadt, das ihr sonst immer ein Gefühl der Sicherheit gab, erschien ihr trotz der Beleuchtung bedrohlich. Sie stieß sich vom Geländer ab, drehte sich um und trat durch die offen stehende Terrassentür. Doch anstatt sie zu schließen, ging sie durch den von einer Stehlampe erleuchteten Raum in die Küche. Zielsicher öffnete sie den Kühlschrank und griff nach der Flasche Champagner, die Carlo für einen besonderen Moment mitgebracht hatte. Er hatte dabei an die Gründung der Gesellschaft gedacht, die das Restaurantprojekt zwischen seinen Partnern und ihm offiziell besiegeln sollte.

Flavia starrte auf das Etikett und begann zu kichern. Leise zuerst, bis das glucksende Geräusch zu einem lauten Lachen wurde – und abrupt endete.

Da, schon wieder! Jemand hatte an der Tür geläutet! Nicht unten am Haustor, denn die Gegensprechanlage gab ein Schnarren von sich. Nein, es war der Gong an der Wohnungstür. Er war noch nicht verklungen, als er erneut anschlug. Mit der Flasche in der Hand lief sie aus der Küche und durch den Flur zur Haustür – und blieb stehen.

Wer sollte denn um diese Uhrzeit ...?

Sie hatte keinen engen Kontakt mit den Nachbarn. Es gab nur wenige Wohnungen im Haus, daher kannte und grüßte man sich, wenn man sich auf der Treppe oder in der Eingangshalle begegnete. Bis auf eine Ausnahme, aber Sympathie war ja keine Voraussetzung für Wohnungsbesitzer. Tatsache war, dass sie es grundsätzlich vermied, mit jemandem in den altmodischen, engen Lift zu steigen, der mit Außengitter und Innentür doppelt gesichert war. Wobei man das Öffnen und Schließen bis in die Wohnungen hörte – vor allem um diese Uhrzeit. Sie aber hatte nichts dergleichen vernommen, bevor es klingelte. Außerdem brauchte man auch dafür einen Schlüssel, so wie man ohne nicht ins Haus kam.

Wer also sollte mitten in der Nacht ...?

Plötzlich klopfte es an der Wohnungstür.

Sie erschrak. Dann schüttelte sie über sich selbst den Kopf und ging näher, blieb stehen.

»Flavia, ich bin es. Mach auf!«

Sie stieß einen erleichterten Stoßseufzer aus, drehte den Schlüssel im Schloss und riss die Tür auf.

»Was machst du denn da?«

Ihre Freundin hob die Arme und nestelte an der Hutnadel, die das kleine Meisterwerk mit dem Netzschleier auf ihren wie immer zu einem perfekten Chignon hochgesteckten Haaren festhielt. Sie nahm den Hut ab und legte ihn auf die Flurkommode.

»Ich war in der Stadt und dachte, dass ich bei dir vielleicht etwas zu trinken bekomme.«

Flavia hielt die Champagnerflasche hoch.

Obwohl sie im dunklen Flur standen, der nur vom Licht des Treppenhauses beleuchtet wurde, sah sie das Lächeln im Gesicht ihres Gegenübers.

»Ich wollte ihn soeben öffnen. In einer Stunde wäre wahrscheinlich nichts mehr übrig ...«

»Das ist jetzt unwichtig. Ich war also wieder einmal zum richtigen Zeitpunkt am rechten Platz. Das scheint mein Lebensmotto zu sein.«

Lachend schlossen sie die Tür, holten zwei Gläser und gingen auf die Terrasse.

Sechsundvierzig

Florenz, Samstagnacht

Marcello Russo hatte die Flucht ergriffen. Er kannte Guido Vanni seit mehr als zwei Jahrzehnten und hatte gedacht, jede seiner möglichen Stimmungen erlebt zu haben. Aber die Laus, die ihm heute über die Leber gelaufen war, musste die Dimensionen eines Dinosauriers haben. Seitdem er mit dem anderen Dicken, sprich Nando Natuzzi, telefoniert hatte – bei offen stehender Tür seines Kabuffs –, war er unerträglicher denn je gewesen. Solange Marcello die paar Artikel über kleinere Delikte geschrieben hatte, die in die morgige Ausgabe der La Nazione kamen, hatte er den Chef einfach ignoriert. Aber dann hatte er sich von dessen Laune anstecken lassen, was ja bei der Flaute der letzten Tage auch kein Wunder war. Wütend darüber, dass es absolut keine Neuigkeiten zu den beiden Toten der Restaurants gab, sich die Ärzte und Schwestern in den Krankenhäusern in Pisa und Pistoia dumm und taub stellten und der Oberstaatsanwalt Benelli wie ein Grab schwieg, hatte er sich eine Pizza bringen lassen. Er hatte gegessen und darauf gehofft, dass das Telefon läuten würde. Fehlanzeige. Vanni hatte ihn angeschnauzt, ob er sich nicht irgendeine Nachricht aus den Fingern saugen konnte, die sich nicht wie ausgespuckter Kaugummi las, als der Minutenzeiger endlich auf Redaktionsschluss gesprungen war. Von dem Moment an hatte er vierundzwanzig Stunden bis zum nächsten und konnte die Füße unter den Arm nehmen und der beschissenen Atmosphäre der Redaktion entkommen.

Er hatte sich aus dem Staub gemacht.

Nur ist Florenz an einem Samstagabend einfach nichts für einen Redakteur der Cronaca nera, der logischerweise auf der Suche nach Delikten ist. Bis auf ein paar Taschendiebe, deren Geschäfte in der Dunkelheit weitaus besser liefen als tagsüber, schlugen Verbrecher Samstagnacht einen großen Bogen um das Stadtzentrum. Tausende von Touristen mischen sich mit der Bevölkerung der Randbezirke in Feierlaune und bevölkern die schmalen Straßen und noch engeren Gassen. Auf dem Ponte Vecchio kam er keine drei Meter weit und musste seinen Plan, ans Südufer des Arno und eine Bank in einem der Gärten zu gelangen, aufgeben. Genervt zwängte er sich zwischen selfiesüchtigen Asiaten mit Handystecken und schwitzenden Deutschen mit Bierbäuchen, weißen Socken und Gesundheitssandalen hindurch und stieß schließlich beim Schweinebrunnen, der Fontana del Porcellino, auf eine Gruppe biertrinkender Engländer. Die setzten dem Tier abwechselnd ihre Kappen, Hüte und Brillen auf und filmten sich dabei. Mitleidig betrachtete er die Kopie des bronzenen Wildschweins, dessen Original zum Glück im Museo Bardini ausgestellt war, als er im Augenwinkel eine schwarz gekleidete Frau wahrnahm. Sie war mittelgroß und schlank und definitiv overdressed. Auf ihren Stöckelschuhen stakste sie in einem schwarzen Kleid mit Jäckchen an der Hauswand entlang. Nicht nur, dass ihre Bleistiftabsätze absolut nicht für das Pflaster gemacht waren, sie trug einen von diesen lächerlich kleinen Hüten mit Schleier. Marcello Russos Nasenschleimhäute begannen zu kribbeln. Er wischte sich mit dem Handrücken über die Nase. Eine wie die ließ sich chauffieren. Die spazierte nicht in dieser Aufmachung und allein Samstagnacht durch die Stadt. Sie war seine Trüffel, er der Hund. Der Redakteur schob sich an den grölenden Engländern vorbei und nahm die Fährte auf.

Sie entfernte sich zielstrebig und bog an der nächsten Straßenecke ab. Marcello sah das Taxi über die Kreuzung fahren und hörte es abbremsen. Er lief zur Ecke, sicher, dass ihm die Frau vor der Nase davonfuhr. Gefehlt! Sie deutete dem Chauffeur, der sie offenbar durch das herabgelassene Fenster angesprochen hatte, weiterzufahren, und beschleunigte den Schritt. Er war froh, immer Schuhe mit Gummisohlen zu tragen, denn hier waren kaum noch Menschen unterwegs. Sie blieb stehen, legte den Kopf in den Nacken und schaute an einer Fassade entlang nach oben. Alle Fenster waren dunkel. Das schien die Frau aber nicht weiter zu interessieren. Sie ging auf den Eingang des Palazzo zu, nahm die beiden Treppen hinauf und umfasste den Türknauf. Es geschah nichts. Marcello stand auf der anderen Straßenseite hinter einem Auto und schaute über das Dach. Er griff nach seinem Handy, öffnete die Kamerafunktion und deaktivierte den Blitz. Dann zoomte er. Die Frau drehte sich mit dem Gesicht zum seitlich angebrachten Klingelschild und beugte sich vor. Mit einer Hand hielt sie die Handtasche, mit der anderen hob sie den Schleier an.

Er riss die Augen auf, als er sie erkannte – und im selben Moment drückte er die Taste auf dem Display seines Handys. Sie tippte mit der Spitze des Zeigefingers auf eine Klingel. Sie wartete sicher zwanzig Sekunden, hob die Hand – und presste den Finger auf einen anderen Knopf. Weiter unten. Plötzlich erklang eine krächzende Stimme. Marcello konnte weder die Person im Haus verstehen noch die Frau davor, die eindringlich zu sprechen schien. Das Kribbeln in seiner Nase sagte ihm jedoch, dass die sich nicht kannten, aber was auch sie sich hatte einfallen lassen, es funktionierte, denn kurz darauf surrte der Türöffner. Sie ließ den Schleier sinken, stieß die Tür auf und verschwand in dem Palazzo. Das Licht im Treppenhaus ging an.

Marcello Russo wartete endlose Minuten, bis es hinter den Scheiben wieder dunkel wurde.

Erst jetzt überquerte er die Straße und las die acht Namen auf dem Klingelschild. Die unten sagten ihm gar nichts. Ebenso wenig die darüber. Die in der nächsten Reihe auch nicht. Doch als er ganz oben ankam, erhellte sich sein Gesicht. Flavia Sbrana & Carlo Conti. Die Hausnummer hatte er nicht mehr im Kopf, aber an die Gasse erinnerte er sich wieder. Hier hatte der tote

Unternehmer gewohnt.

Wenn das kein Zufall war!

Stellte sich nur die Frage, was ausgerechnet Ginevra Della Rovere mit der Witwe von diesem Conti zu tun hatte. Er zweifelte nicht daran, dass dem so war. Seine Nase täuschte ihn nicht. Jetzt musste er nur noch abwarten, bis die Frau, die sich seit etwa einem halben Jahr nicht mehr mit ihrem Gatten zeigte, das Haus verließ und er ihr folgen konnte. Es handelte sich zwar nicht um ein Verbrechen, aber gehörnte oder verlassene Ehemänner gaben auch Stoff für einen Artikel. Vor allem, wenn die Ehefrau eine Adelige war und der Mann der Leiter der florentinischen Baubehörde. Die gesamte Redaktion von La Nazione wartete seit Jahren darauf, das Foto dieses korrupten Schweins auf die Titelseite zu bekommen. Die Chancen, dass es ihnen endlich gelingen würde, standen gut. Dafür opferte Marcello auch gern seine Nachtruhe. Er ging zurück auf die gegenüberliegende Straßenseite, trat in den Schatten eines Hauseingangs und lehnte sich mit verschränkten Armen gegen die Mauer.

Siebenundvierzig

Florenz, Samstagnacht

Tommaso warf ihm schweigend den Autoschlüssel zu, stieg auf der Beifahrerseite ein und griff nach dem Handmikrofon.

»Zentrale, hier Commissario Capo Lo Bianco. Zwei Fahrzeuge sind auf dem Weg zum Palais Valleverde. Geben Sie uns einen reservierten Kanal, schalten Sie Oberstaatsanwalt Benelli dazu, und schicken Sie einen Wagen an folgende Adresse.« Tommaso nannte die der Signora Conti. »Kein akustisches Signal, Blaulicht bis maximal hundert Meter vor dem Haus. Die Männer sollen das Haustor öffnen.«

»Verstanden.«

Tommaso hängte das Handmikrofon in die dafür vorgesehene Vorrichtung und drückte einen Knopf auf der Mittelkonsole.

Kurz darauf knackte der Lautsprecher. Eine Einheit meldete sich.

»Wir sind in der Nähe des Zielorts, Ankunft in drei Minuten.«

»Stellen Sie den Wagen unauffällig ab und warten Sie im Haus auf uns«, befahl Tommaso.

»Verstanden.«

Lorenzo raste mit dem im Frontgrill des Alfa Giulia integrierten Blaulicht auf die Innenstadt zu.

Mit einem Auge kontrollierte er ab und an den Punkt auf dem Bildschirm über der Mittelkonsole, der immer kleiner wurde und schließlich klar in einem Gebäude lokalisiert war. Ginevra Della Rovere war in dem historischen Palazzo, in dem Flavia Conti lebte.

»Wir sind vor dem Palais Valleverde, aus einem Raum dringt ein wenig Licht, Colonello«, kam eine Stimme über den Lautsprecher.

»Wo?«

»Erdgeschoss, ganz links.«

»Das ist die Bibliothek. Haben Sie geklingelt?«

»Ja. Noch dreißig Sekunden und wir gehen hinein.«

Lorenzo schaltete einen Gang herunter und bog mit quietschenden Reifen nach rechts in die verkehrsarme Zone ein. Ein Taxi, eins der wenigen im historischen Stadtzentrum erlaubten Fahrzeuge, wich ihm geschickt aus. Ein Pärchen, das sich selbstvergessen mitten auf der Straße küsste, sprang zur Seite. Er erreichte die Kreuzung mit der Gasse, in der Flavia Conti lebte, überlegte einen Moment, fuhr dann gegen die Einbahn hinein und hielt auf der Straßenseite des Palazzos vor einer Garageneinfahrt.

Der Lautsprecher knackst.

»Colonello, Sie lagen mit Ihrer Vermutung richtig. Wir haben ihn gefunden.«

»Lebt er?« Lorenzos Stimme verriet keine Emotion.

»Ja, seine Atmung ist stabil, aber er ist nicht bei Bewusstsein. Der Notfallwagen ist in vier Minuten da.«

»Gut. Ich melde mich später bei Ihnen.«

Er hörte nur noch die erste Silbe von »Verstanden«, bevor er den Lautsprecher deaktivierte und das mobile Funkset einschaltete.

Tommaso wartete vor der Motorhaube und nickte ihm zu, als er seine Pistole unter der Jacke in den rückwärtigen Hosenbund schob. Rasch gingen sie auf den Hauseingang zu, vor dem ein Mann stand und ihnen entgegensah.

Lorenzo erkannte ihn sofort.

»Russo«, knurrte er. »Haben Sie wieder einmal unseren Funk abgehört?«

Der Redakteur schüttelte den Kopf.

»Ginevra Della Rovere ist mir zufällig bei der Fontana del Porcellino über den Weg gelaufen. Ich bin ihr nach, habe sie erst erkannt, als sie den Schleier ihres Hütchens anhob, um die Namen auf dem Klingelbrett zu lesen.«

Er deutete darauf.

»Wissen Sie, bei wem sie geklingelt hat?«

»Wahrscheinlich beim Portier, nachdem ihr ein anderer Hausbewohner nicht öffnete. Aber ich vermute, dass sie ganz oben bei Signora Conti ist.«

Er grinste.

Lorenzo schob ihn zur Seite.

»Lassen Sie uns unsere Arbeit machen und entfernen Sie sich zumindest ein paar Meter vom Haus.«

»Ich will die Story exklusiv, Colonello«, sagte er mit Nachdruck. »Egal, welche.«

Die zwei Carabinieri in der Eingangshalle salutierten.

Lorenzo nickte ihnen zu und drehte sich noch einmal um.

»Die haben Sie, Russo. Und jetzt ...«

Der akute Schrei einer Frau unterbrach ihn.

Tommaso rannte auf die Treppe zu und sprang in Riesenschritten nach oben. Die beiden Carabinieri folgten ihm. Lorenzo überholte den einen, dann den zweiten. Ein weiterer Schrei war zu hören. Er erreichte das vierte Stockwerk.

Tommaso kniete bereits vor der Wohnungstür und schob zwei filigrane silbrige Stifte in das Schloss. Konzentriert übte er mit dem einen Druck auf den Zylinder aus und bewegte vorsichtig den anderen.

Lorenzo deutete den Uniformierten, ihre Waffen zu ziehen.

»Sie folgen uns und sichern«, sagte er leise. »Vermutlich befinden sich zwei Frauen in der Wohnung.«

Die beiden nickten und das Schloss klickte. Tommaso richtete sich auf, zog seine Pistole und schob die Tür auf.

Lorenzo wartete, bis sich seine Augen an die Lichtverhältnisse anpassten.

Er trat an seinem Partner vorbei in den Flur.

Bis auf einen aus einem zur Straßenseite gelegenen Raum fallender Lichtschein war es dunkel und still. Zu still.

Sein Blick fiel auf einen achtlos auf einer Kommode abgelegten Hut. Der Schleier hing über den Rand.

Vorsichtig und lautlos setzte er einen Fuß vor den anderen und ging auf das Licht zu. Eine Stehlampe beleuchtete ein Sofa, zwei gepolsterte Stühle, ein kleines Tischchen in der Mitte. Er drückte die Tür komplett auf, konnte den Puls in seiner Halsschlagader spüren.

Mit einem Handzeichen erklärte er Tommaso, den er hinter sich wusste, dass der Raum leer war. Dann deutete er auf die nach draußen führende, offen stehende Tür.

Er machte einen Schritt, verhielt.

Jetzt konnte er ein Geräusch hören.

Heftiges Atmen, oder ...?

Es klang, als ob sich zwei Menschen leidenschaftlich küssten und ihre bekleideten Körper aneinander rieben.

Lorenzo bewegte sich lautlos auf die Balkontür zu, sah zu Boden. Der Übergang zwischen Parkett und Steinfliesen war fließend. Er schob einen Fuß vor und seine rechte Hand unter die Jacke an den rückwärtigen Hosenbund zu seiner Pistole, als ob er sich vergewissern müsste, dass sie an ihrem Platz war.

Erst dann zog er den zweiten Fuß nach, beugte seinen Oberkörper so weit vor, dass er nur den Kopf drehen musste, um den gesamten Außenbereich kontrollieren zu können.

Bis auf den Schein des Mondes und die beleuchtete Kuppel der nahen Kathedrale vor ihm gab es kein Licht.

Rechts stand ein Grill, daneben eine riesige Topfpflanze.

Lorenzo wandte den Kopf – und erfasste die Szene, die absolut nicht die war, die er sich aufgrund der Geräusche erwartet hätte.

Er sprang auf die beiden Gestalten zu.

Die eine war ganz in Schwarz gekleidet und lehnte vorgebeugt über der anderen, die auf einem Liegestuhl mit hoher Rückenlehne saß. Ein Bein berührte den Boden, das zweite war um den Körper der anderen Person geschlungen. Auch ihre Arme hielten sich an den Schultern fest.

Nur wollte sie die Schwarzgekleidete nicht näher ziehen, sondern von sich schieben.

Denn deren Hände lagen eng um ihren Hals und drückten zu.

Lorenzo packte die Frau an den Oberarmen und zerrte sie zurück. Sie schrie auf, wand sich in seinem Griff und bohrte ihre Fingernägel in seine Brust. Dabei legte sie den Kopf in den Nacken, schaute zu ihm auf, riss die Augen weit auf – und begann zu lachen.

Schrill, durchsetzt mit hysterischen Schreien und völlig irre kreischte Ginevra Della Rovere. »Aber du bist doch tot!« Wieder und immer wieder, bis Lorenzo Valleverde ausholte und ihr eine Ohrfeige versetzte, die sie zum Schweigen brachte.

»Ich nehme Sie wegen versuchten Mordes fest«, sagte er mit eiskalter Stimme und schob sie auf seine uniformierten Untergebenen zu. »Legen Sie ihr Handschellen an und klären Sie Signora Della Rovere über ihre Rechte auf. Und dann bringen Sie die Frau in den Justizpalast und stecken sie in eine Zelle.«

»Folgen Sie uns?«

Er schüttelte den Kopf. »Oberstaatsanwalt Benelli ist vor Ort, er wird die Inhaftierung schriftlich anordnen.«

Noch mit hinter dem Rücken gefesselten Armen versuchte die Frau, sich gegen die beiden Carabinieri zu wehren, die sie in ihre Mitte genommen hatten und von der

Terrasse ins Innere der Wohnung bugsierten.

»Das werdet ihr mir büßen«, kreischte sie. »Ihr alle!«

Lorenzo ballte die Hände zu Fäusten.

Er ließ nie zu, dass ihn Gefühle übermannten und von ihm Besitz nahmen. Aber in diesem Moment musste er sich zurückhalten, um die Irre nicht persönlich in das Untergeschoss des Justizpalastes zu begleiten und mit der Vernehmung zu beginnen. Er hatte so viele Fragen an sie ... doch die mussten vorerst warten.

Er wandte sich um und starrte auf das leise weinende Bündel Mensch, das auf dem Liegestuhl saß. Daneben Tommaso, der Flavia Conti einen Arm um die Schulter gelegt hatte.

»Entweder wir rufen Ihren Hausarzt oder den Notarzt, Signora Conti.« Er redete mit sanfter Stimme auf sie ein. »Man wird Sie ins Krankenhaus bringen und Ihnen etwas zur Beruhigung geben.«

Und die Verletzungen kontrollieren, die ihr diese Verrückte zugefügt hatte, dachte Lorenzo und ging vor ihr in die Knie. Irgendjemand hatte das Licht auf der Terrasse angemacht. Im Schein der Wandleuchte und aus seiner hockenden Position konnte er klar die Würgemale am Hals der Frau erkennen.

»Später«, flüsterte sie.

Lorenzo hatte oft genug mit Opfern tätlicher Angriffe zu tun gehabt, um zu erkennen, dass sie Redebedarf hatte.

»Sie sind befreundet und haben Ginevra Della Rovere in die Wohnung gelassen, richtig?«

Flavia Conti hob das Kinn und schaute ihn aus tränenverschleierten Augen an. Sie schüttelte heftig mit dem Kopf.

Lorenzo deutete auf die Flasche Champagner und die beiden Gläser, die zwischen einem unordentlichen Stapel Zeitschriften und einem Buch auf dem Tisch standen, und wandte sich wieder ihr zu. Die Lippenstiftspuren auf dem einen Flötenglas, das fast leer war, mussten von Ginevra della Rovere sein. Denn die Frau vor ihm war ungeschminkt und trug einen zweiteiligen Hausanzug. Sie hatte nichts mit der eleganten Person gemein, die er beim Begräbnis von Orazio Proietti, dem Geschäftspartner ihres Mannes, kennengelernt hatte.

»Sehen Sie das, Colonello?«, fragte sie mit nahezu tonloser, kratziger Stimme. Zugleich rutschte sie an die Kante des Liegestuhls und löste Tommasos Hand von ihrer Schulter. Sie streckte den Arm zum Tisch aus und schob ein paar Zeitschriften zur Seite. Sie griff nach etwas, was sich als Fiale herausstellte, als sie ihm den Gegenstand reichte.

»Das sind K.-o.-Tropfen«, erklärte sie. »Ginevra wollte sie mir in den Champagner schütten, aber ich war nicht auf der Toilette, wie sie dachte. Ich hatte ein komisches Gefühl, als sie mitten in der Nacht hier auftauchte. Angeblich zufällig, doch ich glaubte ihr nicht. Sie hat plötzlich direkt vor meiner Wohnungstür gestanden, und in dieses Haus kommt ohne Schlüssel niemand ...«

Sie unterbrach sich und ihre Wangen röteten sich.

»Außer Ihnen«, murmelte sie. »Und Sie wussten, dass sie hier war.«

Er nickte, bevor er Tommasos Blick erwiderte, der auf sein Handy schaute und es dann wieder in die Tasche schob. Der Arzt konnte warten.

»Wie spät war es, als Signora Della Rovere kam, Signora Conti?«

»Ich weiß es nicht genau. Irgendwann nach Mitternacht. Ich war noch wach und hier auf der Terrasse, wollte mir etwas zu trinken holen, da ich nicht schlafen konnte. Sie hat ihren Hut abgenommen und wir haben uns hier herausgesetzt. Sie hat die Flasche geöffnet und gemeint, dass das Leben wunderschön sei und ihr Mann nur noch die Papiere für die Trennung unterschreiben musste, damit sie endlich wieder ganz von vorn anfangen konnte.«

»Solche Vertraulichkeiten erzählt man sich doch nur, wenn man sich gut kennt. Aber Sie haben vorhin verneint, als ich Sie fragte, ob Sie Freundinnen sind.«

Flavia Conti verschränkte ihre Hände im Schoß, rieb mit dem Daumen der einen den Handrücken der anderen.

»Wir kannten uns, wie man sich eben kennt, wenn man sich auf irgendwelchen Empfängen begegnet. Dann sind wir uns zufällig in dem Spa über den Weg gelaufen, wo ich mich einmal pro Woche massieren lasse. Sie hat mich angesprochen.«

Ihr Blick glitt an Lorenzo vorbei zu der hell erleuchteten Kuppel der Kathedrale.

»Sie wusste über Carlo Bescheid, fragte mich, wie ich mit seinen ständigen Seitensprüngen zurechtkam. Dann hat sie mir erzählt, dass sie ihren Mann verlassen hat und ob ich nicht auch darüber nachdenken wollte, diese Farce einer glücklichen Ehe zu beenden ...«

Tommaso stieß ihn mit der Fußspitze an. Im selben Moment schoss Lorenzo ein Gedanke durch den Kopf.

»Signora Conti«, sagte sein Freund und Partner.

Nein! Sie sollte von sich aus erzählen!

Lorenzo kam Tommaso zuvor, bevor er weitersprechen konnte.

»Signora Della Rovere ist also mitten in der Nacht hier aufgekreuzt und Sie haben miteinander Champagner getrunken.«

Flavia Conti blinzelte, dann suchten ihre Augen seine.

»Nicht wirklich. Ich habe nur an meinem Glas genippt, Ginevra ihres auf einen Schluck geleert. Sie lachte, sprach davon, dass es nun nur noch Filippo gab, der ihrer Freiheit im Weg stand, und dass sie sich auf die eine oder andere Art von ihm trennen würde. Ich wollte ihr nicht zuhören, bin aufgestanden, um zur Toilette zu gehen, und habe mich hier drinnen«, sie deutete zur Terrassentür, »hinter den Vorhang gestellt. Sie hat sich nachgeschenkt, getrunken, das Glas abgestellt. Dann hat sie in ihre Handtasche gegriffen und etwas herausgeholt. Als ich erkannte, was es war, bin ich auf sie zugestürzt und habe ihr gesagt, dass sie verrückt ist, sie gefragt, wann sie denn endlich mit ihrem kranken Spiel aufhören würde. Sie hat mich von sich gestoßen und sich auf mich gestürzt. Ich habe geschrien und sie hat mir den Mund zugehalten und ich habe ihre Arme gepackt und ihr einen Stoß versetzt, ihr erklärt, dass sie mich anekelte und ich sie anzeigen würde. Sie hat nur ein wenig gewankt, mich angezischt, dass wir im selben Boot säßen – und da hat sie ihre Hände um meinen Hals gelegt und zugedrückt.«

Flavia Conti verstummte. Eine Träne löste sich aus ihrem Augenwinkel und lief lautlos über ihre Wange.

Plötzlich hörte Lorenzo ein leises Knacksen in seinem Ohr. Er hatte komplett vergessen, dass die Verbindung über den reservierten Kanal immer noch offen war. Die Männer, die sich um seinen Bruder und Ginevra Della Rovere gekümmert hatten, waren sicher nicht mehr zugeschaltet, aber der Oberstaatsanwalt hörte jedes Wort mit – und er schwieg.

Lorenzo schloss die Finger fester um den Gegenstand in seiner Hand. Dann öffnete er sie und schaute nach unten auf seine Handfläche. Die Fiale aus braunem Glas hatte einen Schraubverschluss aus schwarzem Kunststoff und war nicht beschriftet. Er nahm sie zwischen Daumen und Zeigefinger und hielt sie hoch.

»Wieso wissen Sie, dass hier drinnen K.-o.-Tropfen sind?«

Flavia Conti schluckte und öffnete die Lippen.

»Weil mir Ginevra genau so eine Fiale gegeben hat und ich damit Orazio Proietti umgebracht habe.«

ACHTUNDVIERZIG

Florenz, Sonntag

Flavia Conti wollte keinen Arzt, sondern reden.

Ihre Vernehmung auf dem Kommando der Carabinieri im Justizpalast verdiente den Namen nicht. Immer noch mit dem Hausanzug bekleidet erzählte sie in den frühen Morgenstunden emotionslos, und ohne eine einzige Träne zu vergießen, alles. Sie tat es wie eine Beobachterin, die Ereignisse miterlebt hatte, jedoch nicht selbst daran beteiligt gewesen war.

Die Würgemale an ihrem Hals leuchteten in Blautönen mit einem Stich ins Grün, als sie zwei Tage später von einem Richter zu zehn Jahren Freiheitsentzug wegen Mordes an Orazio Proietti verurteilt wurde. Das milde Strafmaß begründete sich in ihrer Zeugenaussage gegen Ginevra Della Rovere.

Als sie im Innenhof des Justizpalastes in den Wagen stieg, mit dem sie in die Haftanstalt überführt werden sollte, folgte ihm ein zweiter, in dem Caterina Neri saß. Das Urteil und dessen Begründung waren identisch, der Zielort des Fahrzeugs ein anderer: eine geschlossene Anstalt für geistig abnorme Rechtsbrecher. Die von der Staatsanwaltschaft hinzugezogenen Gutachter, ein klinischer Psychologe und ein Psychiater waren sich darin einig, dass die Frau nach dem Absitzen der Haftstrafe wohl kaum in die Freiheit entlassen würde. Viel wahrscheinlicher war eine Überstellung in eine Struktur, in der die psychisch Gestörte keine Gefahr für andere und sich selbst darstellte.

Die Vernehmung von Ginevra Della Rovere wurde für Lorenzo Valleverde und Tommaso Lo Bianco zur

Nervenprobe. Sie begann um acht Uhr morgens und zog sich mit kleinen Unterbrechungen über dreizehn Stunden.

Die Frau, die sich weigerte, das schwarze Kleid mit dem Jäckchen gegen den Overall zu tauschen, der Untersuchungsgefangenen gestellt wurde, spielte mit ihnen wie eine Katze mit Mäusen.

Ihre Stimmung kippte zwischen hysterisch und phlegmatisch, ihr Benehmen den beiden Männern gegenüber war in einem Moment sinnlich-lockend und im nächsten überheblich und beleidigend – und durchweg respektlos. Die Wortwahl der Adeligen entsprach mit fortschreitender Tageszeit immer mehr der einer drittklassigen Hure.

Ginevra Della Rovere hatte aus Geldgier gehandelt. Das riesige Vermögen, das sie nach dem Tod ihrer Mutter geerbt hatte, war zwischen ihren Fingern zerronnen wie Sand. Filippo Perra, ihr Mann, konnte ihren gewohnten Lebensstil nicht einmal annähernd finanzieren – trotzdem er sich (un)redlich bemüht hatte. So suchte und fand sie das ideale Opfer: Giorgio Castellani. Mit welchen Tricks sie den alten Mann überzeugte, ihn zu lieben und die perfekte Frau für ihn zu sein, würde ihr der Staatsanwalt möglicherweise bei der Verhandlung entlocken. Tatsache war, dass der Idiot sie in alle legalen und halblegalen Geschäfte eingeweiht und zur Universalerbin eingesetzt hatte. Sie hatte zehn Wochen gebraucht, um seinen gesunden Körper mit gering dosiertem Digitalis und GHB zu schwächen, bis es zum Herzstillstand kam. Der Arzt hatte ohne mit der Wimper zu zucken den Totenschein ausgestellt.

Selbstredend war sie auch in das Restaurantprojekt eingeweiht und hatte Giorgio selbst geraten, das Grundstück an den Conte Adalrico Landi di Valleverde zu verkaufen. Längst wusste sie von dessen finanziellen Problemen und seiner Spielleidenschaft, die dieser weniger am Roulettetisch oder bei illegalen Pokerrunden auslebte, denn mit hohen Einsätzen in risikoreiche Finanzgeschäfte.

Giorgio Castellani war dem Rat seiner Geliebten gefolgt und hatte sich nicht aus dem Projekt zurückgezogen. Somit hatte sie auch nach seinem Tod Zugriff auf das projektbezogene Konto bei der Grand Cayman Bank. Denn die Quoten waren sehr wohl eingezahlt worden und lagen im zweistelligen Millionenbereich. Es gab keine bessere Option, um Schwarzgeld außer Landes zu schaffen.

Der Einzige der Projektpartner, der seinen Beitrag nicht in Bargeld geleistet hatte, war ihr Mann Filippo Perra, der als Leiter der Baubehörde bei allen Bauvorhaben seines angeblichen Freundes Giorgio Castellani – und nicht nur diesen – Schmiergelder kassierte, um jede auch noch so kleine mögliche Komplikation aus dem Weg zu räumen. Und ausgerechnet er, der sich für ach so intelligent hielt, hatte sie, seine eigene Frau, nicht erkannt, als sie ihn und die anderen Beteiligten des Restaurantprojekts mit den Worten »Das werdet ihr mir büßen« bedroht hatte.

Nur Adalrico Valleverde wusste, wer sie war, aber der war keine Gefahr für sie, im Gegenteil. Sie erlaubte ihm, weiterhin mit dem Schwarzgeld des Projekts zu spielen, und übernahm ohne sein Wissen die Bürgschaft für die Hypothek auf das Palais Valleverde, in das sie nach seinem Bankrott ziehen wollte.

Dieser Schachzug berauschte sie so sehr, dass sie zur Höchstform aufgelaufen war und beschlossen hatte, noch einen Schritt weiterzugehen.

Sie war (natürlich nicht) zufällig über die einfältige und duldsame Flavia Sbrana Conti gestolpert, die seit Jahren die Seitensprünge ihres Mannes erduldete und sich damit zufriedengab, ihn hin und wieder auf irgendein Event zu begleiten. Es war ein Leichtes gewesen, ihr klarzumachen, dass sie ohne ihren Carlo besser dran sei und sie, Ginevra Della Rovere, den perfekten Weg wusste.

Vor allem aber hatte sie sich den idealen Täter für die geplanten Morde ausgesucht, falls diese als solche erkannt werden sollten: Nando Natuzzi.

Die Daten der Tischreservierungen des dicken,

selbstverliebten Restauranttesters, wie sie ihn nannte, hatte ihr die Sekretärin des Chefredakteurs der Gastronomia Italiana verraten, für die der Mann seine allseits gefürchteten Restaurantbewertungen schrieb. Sie hatte während eines Wochenendes in Rom dieser Chiara aufgelauert und ihr vor einer Gelateria den bereits geschmolzenen Inhalt ihres Eisbechers über den Rock geleert, sich wortreich entschuldigt und darauf bestanden, für die Reinigung aufzukommen. Als sie der Frau ihre Karte gereicht und diese ihren adeligen Namen gelesen hatte, musste Ginevra Della Rovere sie nur anstupsen, und sie spuckte Antworten aus wie ein Spielautomat beim Jackpot.

Mit Caterina Neri war es fast noch einfacher gewesen. Diese dumme Pute, die glaubte, eine hervorragende, aber unerkannte Journalistin zu sein, bewunderte jeden Schreiberling, dessen Artikel veröffentlicht wurden. Ginevra Della Rovere hatte sie während der Preisverleihung prämierter Weine kennengelernt und im ersten Moment gedacht, dass die unscheinbare Frau der billige Seitensprung des Präsidenten des Consorzio del Vino Nobile di Montepulciano war, den sie begleitete. Innerhalb weniger Minuten kannte sie die Wahrheit und wusste, dass sie die perfekte Marionette für ihre Zwecke gefunden hatte. Sie hatte ihr zehn Millionen Euro versprochen – und Caterina war Wachs in ihren Händen geworden.

Caterina hatte Nando Natuzzi ein paar Nachrichten zukommen lassen.

Ginevra hatte sich im Circolo del Tennis in Florenz an Carlo Conti herangemacht, ihm ihren echten Namen genannt und eine heiße Nacht versprochen – nach einem Abendessen. Der von ihr gewählte Tag im Ristorante Da Mimmo in Pisa war derselbe, an dem Nando Natuzzi dort sein würde. Ihre Perücke und Verkleidung hatte sie vor Carlo damit gerechtfertigt, dass sie viel zu bekannt war und auf Nummer sicher gehen müsste, solange sie noch verheiratet war.

Der nächste Tag war eine Kopie des vorangegangenen,

nur spielte das Schauspiel an einem anderen Ort und mit anderer Besetzung.

Orazio Proietti, der noch nichts vom Tod seines Partners Carlo ahnte, hatte sich geehrt gefühlt, dass ihm Flavia Conti, die Frau seines Geschäftsfreundes, eindeutige Avancen machte. An dem Abend, an dem sie miteinander im Ristorante Gufo Grigio in Montecatini essen und anschließend in ein Hotel fahren würden, war dort auch für einen gewissen Bruno Bianchi reserviert. Unter diesem Namen prüfte Nando Natuzzi Restaurants, wo man ihn noch nicht kannte, wie ihr Chiara verraten hatte.

Für Caterina Neri war es schließlich ein paar Tage später in Montepulciano ein Leichtes gewesen, den angetrunkenen Maurilio Molteni einzuladen, mit ihr eine besondere Flasche an einem lauschigen Plätzchen im Mondschein zu leeren. Er war vom Balkon gesprungen und mit ihr quer durch den Park in die hinterste Ecke gelaufen, wo sie ihm sofort die ganze Fiale GHB in das Glas gekippt hatte. Nach wenigen Minuten hatte er sich schlecht gefühlt, war umgekippt, und sie hatte ihn unter die Konifere gezogen.

Um klare Spuren in die Richtung von Nando Natuzzi zu legen, hatte Ginevra Della Rovere der einfältigen Frau die Anschrift des Restaurantkritikers in Viareggio gegeben und ihr befohlen, sich als die Verfasserin der anonymen Nachrichten zu erkennen zu geben. Caterina hatte ihre Rolle hervorragend gespielt und Ginevra erfahren, dass Nando Natuzzi den Colonello Lorenzo Valleverde, Adalricos Bruder, kannte.

Dass ausgerechnet ihr Mann Filippo dem Conte Adalrico den Namen Nando Natuzzi als möglichen finanzkräftigen Partner nennen würde, hatte sie nicht ahnen können, jedoch sofort die Gefahr erkannt, die ihr drohte. Und so hatte sie beschlossen, Adalrico aus dem Weg zu räumen.

Dass er das halbe Glas Rotwein mit dem GHB fallen lassen würde, war nicht eingeplant gewesen. Noch weniger, dass er plötzlich auf dem Sofa umkippen würde, komplett bewegungslos, wie gelähmt, aber bei vollem Bewusstsein.

Er hatte sie entgeistert angeschaut und ihr auf den Kopf zugesagt, dass sie auch ihn aus dem Weg räumen wollte.

Ginevra war geflüchtet. Sie war heimgefahren, in die Wohnung, die Giorgio Castellani vor dem Beginn ihrer Beziehung für die Treffen mit seinen Geliebten benutzt hatte. Dort war ihr Caterina Neri eingefallen, die zuerst sie und danach ihr Chauffeur eingeschüchtert hatten, in drei Monaten bemerken würde, dass ihr keine Zukunft als reiche Frau bevorstand. Es war also noch ein Vierteljahr Zeit, aber sie wusste ohnehin, dass dieses dumme Weib, das einen Mord begangen hatte, sie niemals anzeigen würde.

Anders war es mit Flavia Conti. Die hatte am Nachmittag in dem Spa, nachdem sie Caterina Neri verscheucht hatten und allein geblieben waren, eigenartige Bemerkungen gemacht. Ganz offensichtlich bereute sie, was sie getan hatte, und vor allem fehlte ihr der untreue Mann. Das war absolut lächerlich, aber auch beunruhigend. Ginevra hatte eine weitere Fiale GHB aus dem Safe des Schlafzimmers geholt, in dem Giorgio früher seine blauen Pillen gelagert hatte.

Sie hatte den Hut mit dem Schleier aufgesetzt und hatte sich von einem Taxi zur Kathedrale Santa Maria del Fiore fahren lassen. Sie war ausgestiegen, hatte das Gotteshaus betreten und eine Kerze angezündet. Selbst wenn Bekannte unterwegs wären, war sie sicher, nicht erkannt zu werden. Und sollte jemand Zweifel haben, so würde niemand eine Frau, die in Trauer war und zu dieser späten Stunde aus der Kirche kam, wo sie offensichtlich Trost gesucht hatte, ansprechen.

Ginevra Della Rovere war zu Flavias Haus gegangen, und der schlaftrunkene Portier hatte sie eingelassen, als sie sich an der Gegensprechanlage als Signora Conti ausgab. Natürlich hatte er nicht die Wohnungstür geöffnet und kontrolliert, sein Schlaf war ihm wohl wichtiger als die Sicherheit der Hausbewohner.

»Und was hatten Sie mit Ihrem Mann vor, Signora Perra?«, war Lorenzo Valleverdes letzte Frage am Ende der Vernehmung gewesen.

Sie war zusammengezuckt, als er sie mit dem Namen ihres Ehemanns ansprach.

»Na, was schon? Mein Anwalt hat die Papiere für die Trennung bereits vorbereitet.«

»Sie wollten also tatsächlich diese durchziehen und danach die gesetzliche Trennungsfrist abwarten, um die Scheidung zu beantragen?«

»Warum denn nicht? Meinetwegen könnten bis dahin auch zehn oder zwanzig Jahre vergehen. Oder denken Sie, dass ich mein Vermögen mit irgendeinem anderen geldgeilen und titelsüchtigen Idioten teilen werde? Niemals!«

Ginevra Della Rovere verzog ihren Mund zu einem irren Lächeln, zupfte am Ausschnitt ihres Kleides herum, sah wieder auf und leckte sich anzüglich über die Lippen. Ihr Blick ging von Lorenzo zu Tommaso.

»Und jetzt, wo ihr alles wisst, fickt mich endlich, ihr Hurensöhne, bevor ihr an eurer Geilheit krepiert.«

Die Vernehmung hatte ihn ermüdet und ausgelaugt, sein sonst so unsensibler Magen hatte sich des Öfteren während der detaillierten Beschreibungen schmerzvoll zusammengeballt, und er meinte, den Geschmack von Galle auf seiner Zunge zu spüren.

Jetzt verspürte er den Wunsch, aufzuspringen, sie an den Haaren zu packen und ihren Schädel mit dem Gesicht voran so lange auf den Tisch zu schlagen, bis ihre Nase Brei und das verdammte Grinsen nicht mehr zu sehen war. Doch Lorenzo Valleverde war kein gewalttätiger Mann. Vor allem aber glaubte er an die Gerechtigkeit.

Daher stand er auf und verließ, auf dem Fuße gefolgt von Tommaso Lo Bianco, den Vernehmungsraum.

Eine knappe Stunde später saßen Tommaso und er auf der großzügigen Dachterrasse seiner Wohnung und stießen mit einem doppelten Whiskey an und kippten das erste Glas auf Ex.

»Auf dass wir sie bis zur Gerichtsverhandlung nicht mehr wiedersehen«, sagte sein Freund.

»Darauf, dass Serafico und der Richter ihren Strafverteidiger, egal, wer das Mandat annehmen wird, in Grund und Boden stampfen.« Lorenzo schenkte ihnen beiden erneut ein. »Dieses elende Weib soll im Gefängnis verrecken.«

Epilog

Tommaso Lo Bianco saß auf dem Beifahrersitz, während Lorenzo Valleverde den Alfa Giulia Biturbo auffällig langsam vom florentinischen Justizpalast im nordwestlichen Stadtteil Novoli Richtung Arno steuerte. Dort würde er die Ponte alla Vittoria, die Friedensbrücke, überqueren und dann kilometerweit am südlichen Ufer des Flusses bis in den Osten der Stadt fahren. Er freute sich auf den Männerabend, zu dem Guido Vanni eingeladen hatte. Der Direktor von La Nazione hatte auch jeden Grund, sich erkenntlich zu zeigen, füllten die exklusiv veröffentlichten Artikel über die unwahrscheinlichen Begebenheiten rund um Ginevra Della Rovere doch immer noch tagtäglich zumindest eine Seite seiner Zeitung.

Vier Wochen und zwei Tage waren seit der Nacht vergangen, in der Caterina Neri, Ginevra Della Rovere und Flavia Conti festgenommen wurden. Aber erst heute war für die florentinische Gerichtspolizei das Kapitel, das unter dem Namen Causa Gourmet eröffnet worden war, abgeschlossen.

Das dritte psychiatrische Gutachten hatte keinen Zweifel daran gelassen, dass schon das erste, das die Staatsanwaltschaft angefordert hatte, den geistigen Zustand der Angeklagten korrekt beurteilt hatte.

Daraufhin war zuallererst der Psychiater, der Ginevra Della Rovere im Auftrag ihrer Familie untersucht und aufgrund einer Borderline-Persönlichkeitsstörung, kurz BPS, klare Zurechnungsunfähigkeit attestiert hatte, auf freiem Fuß wegen Fälschung des Gutachtens angezeigt worden.

Ihr Anwalt hatte unmittelbar danach trotzdem versucht, den Richter zumindest von der verminderten

Schuldfähigkeit seiner Mandantin zu überzeugen. Dieser hatte ihn jedoch nicht einmal ausreden lassen und ihn gewarnt, dem hohen Gericht mit weiteren juristischen Tricks und Wortklaubereien Zeit zu stehlen. »Der Termin der Eröffnung des Prozesses in sämtlichen von der Staatsanwaltschaft erhobenen Anklagepunkten gegen Signora Della Rovere wird Ihnen schriftlich mitgeteilt.« Er hatte den Verteidiger keines Blickes mehr gewürdigt, hingegen Serafico Benelli angesehen und sich dann direkt an Lorenzo Valleverde gewandt: »Lassen Sie die Angeklagte zurück in ihre Zelle führen, Colonello.«

Den Zusatz »und werfen Sie am besten den Schlüssel weg« hatte er zwar nicht ausgesprochen, aber sein Gesicht hatte Bände gesprochen.

Mit diesem Richter versprach der Geschworenenprozess, nicht zuletzt, da die Öffentlichkeit durch die Artikel der Tageszeitung La Nazione seit Wochen mehr als nur Mutmaßungen serviert bekam, zu einem Triumph der Gerechtigkeit zu werden.

Mittlerweile waren sie am Stadtrand angelangt. Der Arno floss linkerseits träge Richtung Osten und rechts lagen größere alleinstehende Häuser auf sanft ansteigenden grünen Hügeln.

»Dort vorne ist es.«

Tommaso deutete auf eine beeindruckende antike Villa.

Lorenzo fuhr durch das offen stehende zweiflügelige Tor und parkte hinter dem Haus neben Serafico Benellis feuerrotem Porsche. Er stellte den Motor ab und legte die Hand an den Türgriff, als ihn Tommaso zurückhielt.

»Wie geht es deinem Bruder?«

Lorenzo atmete tief ein und stieß lautstark die Luft aus.

Er hatte Adalrico ein einziges Mal einige Tage nach dem Vorfall im Krankenhaus besucht – gemeinsam mit dem Notar. Der musste bezeugen, dass die Dokumente, die das Stadtpalais betrafen, von Conte Adalrico Landi di Valleverde aufgrund seiner kompletten Lähmung nicht eigenhändig unterzeichnet werden konnten. Lorenzo hatte ihn nicht gegrüßt und nicht gefragt, wie es ihm ginge. Er war nur so lange in dem Zimmer geblieben, bis der Notar ihm zugenickt hatte, dass alles in Ordnung war. Als Verwandter war Lorenzo glücklicherweise nicht befugt gewesen, Adalrico zu den Ereignissen zu vernehmen, die dazu geführt hatten, dass man ihn bewusstlos und sämtlicher Körperfunktionen beraubt in seinem Kot liegend gefunden hatte. Aber er hatte jedes Wort des Berichts so oft gelesen, dass er ihn auswendig kannte und sich seine Gleichgültigkeit dem Bruder gegenüber in abgrundtiefe Abscheu und Verachtung verwandelt hatte. Und sosehr er seinen Vater vermisste, war er zum ersten Mal seit seinem Tod froh, dass der alte Herr nicht mehr am Leben war und all das nicht miterleben musste.

»Gleichbleibend«, beantwortete er jetzt die Frage seines Freundes. »Die Ärzte sind weiterhin davon überzeugt, dass seine Lähmung psychisch bedingt ist. Die Dosis GHB, die er geschluckt hatte, konnte ihn zwar einige Stunden in diesen Lähmungszustand versetzen, aber nicht dauerhaft. Tatsache ist, dass er bis auf die Augenlider und den Mund nichts bewegt. Er redet so gut wie nie, isst wenig, starrt vor sich hin. Physiotherapie verweigert er. Die Pflegerin entschuldigt sich bei jedem Telefonat, dass er niemanden sehen will – auch mich nicht. Die Frau hat immer noch nicht begriffen, dass Blut nicht dicker als Wasser ist und dieser Wunsch auf Gegenseitigkeit beruht.« Lorenzo schüttelte den Kopf. »Egal. Ob er irgendwann wieder laufen wird oder nicht, interessiert mich nicht, Tommaso. Es ist schlimm genug, dass ich entscheiden muss, ob ich mit meinem Vermögen die Hypothek des Stadtpalais auslöse, nur um es ebenso leer stehen zu lassen wie das Landschloss.«

»Dann tu es nicht, Lorenzo. Es war Adalricos Erbe und er hat es verloren. Du bezahlst bereits seine Pflege, das reicht.«

Lorenzo legte einen Arm auf Tommasos Schulter und zog ihn näher.

»Ich bin froh, dass ich dich habe, mein Freund.«

»Na, ihr beide, habt ihr keine Lust auf herrliche, saftige Steaks?«

Sie hatten Serafico nicht kommen sehen. Er stand neben dem Wagen und grinste durch das offene Fenster. Die Jacke des Anzugs, den er vor Gericht getragen hatte, hatte er ausgezogen. Die Krawatte fehlte und die Hemdsärmel waren lässig aufgekrempelt.

»Selbstverständlich!«

Lorenzo öffnete die Fahrertür und stieg aus. Er war froh, dass er noch im Büro das Hemd gegen ein Poloshirt gewechselt hatte.

Während Serafico vorging, immer dem Duft der kokelnden Holzkohle nach, rief Tommaso hinter ihnen: »Wird es sich vermeiden lassen, über den Fall zu sprechen?«

Der Oberstaatsanwalt zuckte mit den Schultern.

Interessanterweise war es ausgerechnet der Gastgeber, der darauf bestand, beim Essen nicht über Ginevra Della Rovere und den Fall, den seine Zeitung mit dem reißerischen Titel Gourmetkiller betitelte, zu sprechen.

Nando Natuzzi, der die fantastischen Steaks aus allerbestem Chianina-Rind persönlich grillte, nachdem er bereits für Antipasti und herrlich würzige Ofenkartoffel gesorgt hatte, teilte sich mit dem Freund sogar noch eine dritte Bistecca alla Fiorentina.

»Wir müssen Kalorien sparen, daher gibt es kein Dessert, sondern Kaffee und Zigarren«, meinte er lachend, als er das Besteck weglegte.

»Die werden wir zukünftig öfter gemeinsam genießen«, erklärte Guido Vanni. »Nando hat beschlossen, dem Meer den Rücken zu kehren und künftig in Florenz zu leben.«

»Und hier ist Endstation«, fügte der Restaurantkritiker hinzu. »Nach Portovenere und Viareggio, mit Umweg über

Kreuzfahrtschiffe, ist das ein perfekter Abschluss, finde ich.«

»Sie reden, als ob Sie nur noch kurze Zeit zu leben hätten«, wies ihn Serafico zurecht, »dabei sind wir drei mit fünfundvierzig doch im besten Mannesalter, habe ich mir sagen lassen.«

»Der Tod ist keine Altersfrage, wie ich hautnah miterleben durfte, da man mich zum Gourmetkiller auserkoren hatte«, konterte Nando Natuzzi.

Seine ironische Antwort erntete Heiterkeit.

»Zudem«, fuhr Guido Vanni fort, »gibt es nicht nur den physischen, sondern ebenso den beruflichen Tod. Lest morgen Marcello Russos Artikel über Filippo Perra, und ihr werdet verstehen, was ich meine.«

»Es ist schon längst an der Zeit, dass ihr ihn endlich auffliegen lasst«, murmelte Serafico Benelli. Als ermittelnder Oberstaatsanwalt im Fall der Ehefrau des Filippo Perra konnte er Ermittlungen wegen Korruption, die den Mann als Leiter des Bauamtes betrafen, erst nach dem Prozess einleiten, in dem dieser als Zeuge auftreten würde. Und bis dato waren weder der Beginn noch das Ende des Geschworenenprozesses gegen Ginevra Della Rovere absehbar.

»Die beiden Ehepartner werden also früher oder später hinter Gittern sitzen«, meinte Lorenzo lakonisch.

»Ich denke, dass ich für uns alle spreche, wenn ich sage, dass das unsere Hoffnung ist. Aber bei Filippo Perra müssen erst ausreichende Beweise vorliegen, um ihn anzuklagen und ein Gerichtsverfahren einzuleiten«, erwiderte Guido Vanni. »Doch im Falle von Ginevra Della Rovere besteht nach dem heutigen Beschluss des Richters, ihr keinerlei psychische Erkrankung zuzugestehen, kein Zweifel daran, dass sie eine lange Haftstrafe absitzen wird.«

»Ich war ehrlich gesagt davon überzeugt, dass Ginevra Della Rovere am Borderlinesyndrom leidet«, unterbrach Tommaso die Stille. »Ihr könnt euch gar nicht vorstellen, wie froh ich bin, dass ihr zwei Gutachter attestieren, dass dem nicht so ist. Mit nachgewiesener BPS wäre sie jetzt in einer psychiatrischen Klinik, anstatt in Einzelhaft auf ihren Prozess zu warten.«

Lorenzo fing über den Tisch hinweg Seraficos Blick ein. Nur sie beide kannten die Wahrheit und so würde es bleiben.

Manchmal reichte es einfach nicht aus, gottergeben der Göttin Justitia und den mahlenden Mühlen der Gerechtigkeit zu vertrauen. Selbst dann nicht, wenn man ein Rädchen dieser Maschinerie war. Es gab Verbrechen, für die nicht einmal die höchstmögliche Strafe genug erschien. Doch zumindest die sollte es für Ginevra Della Rovere sein. Ein Aufenthalt in einer luxuriösen, wenngleich geschlossenen Anstalt gehörte nicht dazu.

Lorenzo Valleverde, Colonello der Carabinieri und Leiter der florentinischen Gerichtspolizei, hob sein Glas und prostete dem Oberstaatsanwalt zu. Dann zog er das schwere Feuerzeug aus der Tasche und sein Blick fiel auf das Wappen seiner Familie. Plötzlich glaubte er, darin das Gesicht seines Vaters zu erkennen, der ihm zuzwinkerte.

Er schob die Cohiba zwischen die Lippen und entzündete sie.

Und dann verpufften seine Gedanken mit den kleinen Wölkchen der Zigarre im nächtlichen Himmel über Florenz.

DANKE.

Vielen Dank, dass Sie dieses Buch erworben und gelesen haben. Ich hoffe, dass ich Ihnen damit ein paar spannend-entspannende Stunden bereiten konnte.

An dieser Stelle will ich Ihnen auch meinen Debüt-Thriller "Waffenkinder" ans Herz legen, sollten Sie ihn noch nicht gelesen haben.

Wenn Sie mir eine Nachricht zukommen lassen wollen, schreiben Sie mir. Ich antworte Ihnen persönlich, versprochen. Mail: ElsaBergh@gmk.co.uk

Nicht zuletzt würde ich mich über Ihre ehrliche Rezension in Ihrem bevorzugten Online-Shop oder auf einer literarischen Plattform freuen,

Ihre Elsa Bergh